虎を鎖でつなげ

落合信彦

集英社文庫

虎を鎖でつなげ——目次

主な登場人物

織田信虎――織田信長の末裔、傭兵部隊「ハイエナ軍団」を率いる
城島武士――コングロマリットNCIC経営者、織田を支援する
朱英花――NCIC上海支社長
ジェームス・バーンズ――NSA（アメリカ国家安全保障局）東京支局長
ニコラス・マクレイン――MI6（イギリス対外情報局）東アジア担当責任者
ダン・クライバー――NSA長官
アブド・マンスール――エリトリア陸軍スポークスマン、武器商人
グエン・ダイ――ヴェトナム外務省次官
トーマス・ガルシア――ガルシア船舶社長、元傭兵
韓慈男――ハイエナ軍団ナンバー2の大尉、北朝鮮人民軍第五軍団出身
呉元安――ハイエナ軍団中尉、中国人民解放軍出身
黄星勝――ハイエナ軍団軍曹、中国人民解放軍出身で呉の部下
ハッサン・イシマエル――ハイエナ軍団兵士、新疆出身で呉の部下

ジャンナーム——ハイエナ軍団軍曹、インド出身
斎恩儒——竜騎兵団を率いる、元中国人民解放軍大佐
荘忠国——竜騎兵団少尉
アトマバイエフ——カザフ族の武器商人
エドワルド・ムサシビリ——グルジアの国会議員、武器商人
周強東——中国大使館員
趙豊国——中国大使館付国家安全部要員
余競銘——中国人民解放軍少将、総参謀部副官
許報国——中国国家安全部次長
楊澄林——中国共産党中央情報部局長
呂文光——中国共産党中央軍事委員会副書記
王勝拳——中国外交部特別局副局長
宗清宅——中国国家公安部副部長
喬暁程——中国人民解放軍大将、党中央軍事委員会副主席

虎を鎖でつなげ

プロローグ

二〇〇七年六月　中央アフリカ共和国　首都バンギ

サミュエル・ボータはジープの後部に立って道の両側を埋めた人々の歓声と拍手に手を振って応えていた。彼の後ろを五十台ほどのトラックとジープが砂ぼこりを立てながら従《つづ》いた。道は真っすぐに大統領官邸につながっている。道路から少し離れたところのあちこちに政府軍のトラックやラクダの死体などが無残な姿でころがっている。

ボータは得意の絶頂にあった。それもそのはず、ついこのあいだまではただの藪ゲリラにすぎなかった自分が、ついに中央政府を倒したのだ。

五百メートルほど先に真っ白な大統領官邸が見え始めた。権力の頂点のシンボルだ。今日からはあそこに七人の妻と三十人の子供たちと住むことになる。これまでジャングルや砂漠の生活に耐えてきた甲斐《かい》があったというものだ。

助手席にすわった男が耳に当てていた携帯電話を閉じて振り返った。

「将軍、官邸でハイエナ軍団が待っています。フリーマンを拘束しているとのことです」

ボータがその男を見下ろして、

「中尉、言葉に気をつけろ！　私はもう将軍を通り越したのだ。今日からは大統領なのだ！」

「すいません、大統領閣下」

「ハイエナたちは全員官邸にいるのか」

「おそらくそう思います」

「ブグア大佐に伝えろ。最終的な掃除の準備は万端にしておくように、と」

「はい、大統領閣下」

中尉が再び携帯を取り上げた。

ボータは数人の部下を率《ひ》き連れて官邸内の巨大なボールルーム《—舞踏会場—》に入った。数十人の迷彩服を着た男たちが休んでいた。ある者は床に横たわり、またある者はあぐらをかいてタバコをすっている。バンダナを頭に巻いている者もいれば黒いベレーを被《かぶ》っている者もいるが、全員が頬《ほお》や額を濃い緑色に塗りたくっている。

傭兵《ようへい》部隊としては異様な集団だった。普通傭兵といえばヨーロッパやアメリカで食い詰めた白人や黒人がなるケースが主流である。伝説の傭兵マイク・ホアー大佐が率いたワイルド・ギースなどはその代表だった。

しかしここにいる傭兵たちに金髪や縮れた髪の者はひとりもいない。インド系もわずかにいるが、大部分は頬骨が出て目がつりあがっていて、ひと目で東洋系とわかる。

「ご苦労だった」

ボータが彼らにいった。

「諸君の働きのおかげでこの国もやっと独裁から解放された。心から礼をいう。君たちはこの国の民主化に貢献したのだ。私もこの国の民も君たちのことは未来永劫《えいごう》忘れないであろう」

ひとりの男が立ち上がってボータに近づいた。細身の体つきだが、首と腕は体操選手のように太い。まだ若く三十過ぎといったところだ。ボータの前に立って、その鋭い切れ長の目で彼を見据えた。

「織田《おだ》中佐！」

ボータが手を差し出した。中佐はそれを無視した。

「さっきスイス銀行に連絡したんだが、あんたからの金が入っていない。どうなってるんだ？」

「それはおかしいな。部下にはちゃんといっておいたはずだが」

中佐が携帯をボータに差し出した。

「さあ、約束通りやってくれ」

ボータはそれを受け取らなかった。

「私は今じゃ大統領だぞ。その私に命令することは許さん！」

中佐がせせら笑った。

「関係ないね。おれたちにとっちゃあんたはただの依頼人だ。仕事は終わった。あんたはこの国の大統領になる。お互いハッピーエンディングで別れよう」

「ブグア！」

ボータが叫んだ。次の瞬間、肩にひとつ星をつけた制服を着た男に率いられて、ライフルを構えた兵士たちがなだれ込んできた。

彼がボータに敬礼した。

「ブグア大佐、ご命令に従うべく参上いたしました」

ボータが傭兵たちをあごで指した。

「ハイエナたちを掃除しろ」

「はっ」

大佐が周囲を見まわして大声で怒鳴った。

「みな立ち上がって両手を頭の後ろにまわして壁に向かって並べ！」

「どういうことだ？」

中佐の声はそれまでと同じようにフラットで無感情だった。

ボータがうす笑いを浮かべながら、

「最後のゴミ掃除、というよりハイエナ退治といったほうがいいかな」

「なるほど。そういうことだったのか」

憎たらしいほど落ち着き払っている。

「君はちょっと欲張りすぎだ」

「契約を破棄するということかね」

「そういうことだ。わが国は貧しい。三百万ドルを君たちに支払う余裕など到底ないんだ。それに君はすでにアメリカCIAから三百万ドルを前払いされているというじゃないか」

「あれはアメリカとの契約だ。あんたとは別にしていたはずだ」

それには応えずボータがブグアに、

「大佐、早くすませろ」

大佐が腰の拳銃を抜いて天井に向けて一発撃った。

「さあ、壁に面して並ぶんだ！　並んだら楽に死なせてやる。並びたくない者はそれで結構。ただ死に方が苦しくなるだけだ」

というと中佐に向かって、

「もし部下を苦しめたくなかったら、あんたがまずいわれた通りにすることだね」

中佐がボータに向き直った。

「お前さんはやっぱり――スモール・ポテト《小物》――だ。藪の中で戦争ごっこをやってるのがお似合いだよ」

「ほざきたければほざけ」ただ君は自分の置かれた立場を理解していないようだ」

中佐が氷のような眼差しでボータを見据えた。

「その言葉はそっくりそっちに返す。こういうことになるのをおれが考えなかったとでも思っているのか。よくある話なんだ。仕事はやってほしい。だが金は払いたくない。小物に限ってそういうばかなことを考える。だが悪いことはいわん。素直に払うものを払え。そうしたらお前さんを生かしたままにしておいてやる」

「……?」

「その血走った目をおっぴろげてよーく見てみろ。ここにハイエナ軍団は何人いる?」

「……?」

「軍団は全部で五十人のはずだろう。今回の戦いで命を失った者はひとりもいなかった。かすり傷を負ったのはひとりだけだ。ところがここにいるのは三十五人、残りの十五人はどこに行ったと思う?」

「……?」

「空港だよ。今ごろはこの国に一機しかないC-130がエンジンをふかしておれたちを待っているところだ」

「あきらめが悪いぞ、中佐」

「まあ聞けよ。おれたちが空港に行くのを待ってるのは十五人の隊員だけじゃない。あと四十八人いるんだ」

「四十八人? 誰なんだ?」

「お前さんの女房七人と子供三十人プラス、フリーマン前大統領と閣僚どもだ」

「……!」

「あんたが金を払わなければ、彼らはみな殺しになる」

ボータがブグア大佐に空港の管制塔を呼び出すよう指示した。中佐は相変わらずのポーカーフェースで二人を見ていた。

携帯を片手にブグアが不可解な表情で、

「閣下、変ですよ」

「どうした? 誰も出ないのか?」

「いえ、出てるのですが、ただウーウーというなり声しか聞こえないのです」

ボータがブグアの手から携帯をもぎ取って耳に当てた。

「何だこれは? おい、何かいえ!」

「いうわけないだろう」

中佐がいった。

「相手はハイエナだぜ。声でわかるだろうが。管制塔の奴らはみな逝《い》っちまったよ」

ボータの額から脂汗が流れた。

「お前さんもどうしようもないばかだな。シナリオ通りにいけば、ここにお前さんが入ってきたとき家族のみなが迎えるはずだった。そうだろう? だが誰もいなかった。変だと思わなかったのか」

「家族が無事という保証はあるのか?」

「おれの言葉だ。彼らはまだ生きてる。おれはお前さんとは違う。約束は守る。さあスイス銀行に電話を入れろ」

中佐が手にした携帯のボタンを押した。

「クレディ・スイスですね。プレミアー部門にまわしてください。……プレミアー部門? こちら中央アフリカ共和国の新大統領サミュエル・ボータのオフィスですが、今大統領と代わります」

携帯をボータに手渡した。

「こちらボータだが、私の口座から次の番号に三百万ドルをトランスファーしてくれ……」

ボータが携帯を中佐に返した。

「お前さんが大統領としてどれだけ長続きするかわからないが、ひとつだけ忠告しておこう。どんな契約をするときでも相手をよく見ることだ。過小評価は絶対に禁物だ。おれはその気になれば今お前さんとそこにいる大佐や兵士を全員殺せるんだ」

といって迷彩服を開いて見せた。ベルトのまわりに粘土状の固まりが三つぶらさがっていた。ボータにさえもそれがC－4プラスティック爆弾であることはわかった。間違いなく建物ごと吹っ飛ぶ量のC－4だ。

「だが君も木っ端微塵《こっぱみじん》になるじゃないか」

「もちろんだ。しかしすかっとして死ねる。あんたと違っておれたちハイエナは自分たちの命を過大評価してないんでね」

「フリーマンと閣僚はどうするんだ？」

「そっちに渡す。どうするかはお前さん次第だ」

「国外追放だな」

中佐がかぶりを振った。

「お前さんはどこまでばかなんだ。最後のアドヴァイスをやろう。追放などしたら必ずカムバックを考える。奴と奴の家族、閣僚とその家族は根絶やしにするのが一番だ」

といって中佐が白い歯を見せた。その笑いにはさすがのボータも背筋が冷たくなるような不気味さがただよっていた。

それから三十分後、ハイエナ軍団を乗せたC－130ハーキュリーズはエリトリアのアスマラに向かって飛び立った。

二〇〇七年六月　東京

広尾にあるイタリアンレストラン、ペルージャの個室にはすでに周強東《ジョウキャンドン》が来ていた。だが彼ひとりではなかった。初めて見る男が一緒だった。

中国大使館の連中はこういうことをよくやる。こっちに断りもなしに同僚や上司をよく連れてくるのである。

「城島《じょうじま》先生、紹介します。文化担当官の趙豊国《チャオフングオ》氏です」

趙が名刺を差し出した。

「先生については周君からよく聞いております。お目にかかれて光栄です」

周と同じくらい流暢《りゅうちょう》な日本語だった。だが目つきは生粋《きっすい》の外交官である周とは違っていた。見る者が見れば即座に情報機関関係者とわかる雰囲気をかもし出している。多分、国家安全部の要員だろう。何しろ東京の中国大使館やロシア大使館はメンバーの七十パーセントが情報機関関係者なのだ。

城島が周やほかの中国大使館員とこういった食事を定期的に持ち始めたのは、三年前上海《シャンハイ》に支社を作ってからのことだった。

当時中国に詳しいジャーナリストの友人に支社設立の最短コースについて尋ねた。

その友人はいった。中国では外国人が銀行口座を開くにも時間がかかり、支社設立にはスムースにいっても通常三ヵ月はかかる。しかし中央政府に強力なコネがあれば特例的に扱われる。その特例扱いを受ける確かな手法は寄付をすることだ。名目は内陸部の貧困地帯に小学校を建てるためというのが一番効き目がある。

その友人の言葉に従って、城島は駐日中国大使館に挨拶《あいさつ》に赴いて大使に百万ドルの寄付を申し出た。効果はてきめんだった。中国外交部の外郭組織のひとつである国際友好親善協会の会長から城島に招待状が送られてきた。

北京《ペキン》に行くとVIP待遇が待っていた。数日間北京で熱烈歓迎された後、上海に向かった。協会の会長からすでに上海市長に連絡がなされていた。その後すぐに特例的措置で支社設立となった。

あのとき北京から上海まで城島の案内役兼通訳を務めたのが外交部七年目の周強東だった。その後彼は一等書記官として東京の大使館に赴任してきた。

周たちに会って食事をするのは、城島にとっては中国の国内事情についての情報を得る機会だった。周にとっても、城島は日本社会というより国際的な金融や経済、政治についての裏情報を与えてくれるよきソースだった。

ワインが開けられ食事が運ばれてきた。

大部分の中国人は中華料理が世界で一番と思っている。だからVIPが外国訪問をするときは必ず政府御用達の料理人を連れていく。中国大使館のメンバーも大体中華料理しか食べない。しかし周は特に料理にはこだわらなかった。

「いつも感心するんだが、周君は食べ物の好みが広いね」

「子供のころから好き嫌いないように育てられましたから。それにここ東京では政治家の先生方がわれわれをよく接待してくれるんですが、必ず中華なんです。いいかげん食傷気味になりますよ」

「日本に来てすでに三年か。早いものだな」

「この九月で丸三年です」

「江沢民《ジャンズーミン》が中央軍事委員会主席のポストを降りたときだったな。あのとき日本ではいろいろと憶測がなされたのを思い出すよ」

「あれはただの新旧交代劇にすぎなかったんですがね。現に中国国内では問題にもならなかったですし」

城島が苦笑いしながら、

「エイズさえ中国国内では問題になってないしな。だがあの交代劇は外から見たら非常に不思議だった。あれだけ権力にしがみついていた江沢民がそれを手放したのだから。胡錦濤《フージンタオ》や温家宝《ウエンジャパオ》たちと何らかの取引をしたと勘ぐられても仕方なかったな」

「どんな取引です？」

「訴追の免除というのが香港筋の情報だったな」

「その情報は誤っています。なぜあの方が訴追されるんです？」

「彼も彼の家族も随分と腐敗に関わっていたらしいじゃないか」

「それはちょっと酷な見方です。中国が本格的に経済発展の軌道に乗ったのは、あの方が国家主席の座についてからです。貢献度は高かったと思います」

趙は二人のやりとりを黙って聞いていた。

「趙さんは日本に来て何年ほどになるんです？」

「四年です」

「まだ江沢民の時代ですね」

「あの方が辞める一年前でした」

「わが国と中国が急激に関係悪化に陥ったのは、江沢民がトップにいるときでしたよね」

「私は一介の文化担当官です。政治のことはわかりません」

周が続けた。

「中日関係はアジアで最も大切なものですから、それが悪くなるのは誰にとっても不幸なことです」

「だが現実は反対の方向に向かっている。三年前のサッカーアジアカップでもすごい反日的行為があったし、日本人の大部分はあれほど中国人が日本人を嫌っているとあのとき初めて知らされたんだ」

「しかしあれはただのスポーツの場です。中国人サポーターが感情的になりすぎたのは認めます」

「確かにスポーツの場にすぎなかった。だがああいう場所でこそ人々の本音が出てくるものだ。あれが日本で行われていたら、あのようなことはなかっただろうね」

「日本人のほうが礼儀正しいというわけですか」

「いや、礼儀の問題じゃない。日本人はあんなにネガティヴにはなれないんだ。相手が誰であろうが、あくまでスポーツ交流の一環として見る。個人的または国家的感情など関係ないんだ。北朝鮮が日本でプレーしたときだってブーイングはなかった。日本人をかっさらっていってのうのうとしている国だが、選手たちを罵倒《ばとう》しても意味はないと知ってるからだ。もちろん日本人だっていったん全体主義の支配下におかれたらネガティヴにはなる。戦前、戦中のときのようにね」

「今の中国人がかつての日本人のようだというわけですか」

「あたらずといえども遠からずだと思うね。歪曲《わいきょく》されたナショナリズムに侵されている。かつてアインシュタインという偉大な物理学者がいったことがある。ナショナリズムは人類の癌《がん》だ、と。反日感情は江沢民以前には見られなかった。しかし毛沢東《マオズードン》や鄧小平《デンシャオピン》のようなカリズマもヴィジョンもなかった江沢民は求心力もなかった。求心力がなければ国民の目をほかにそらすしかない。それには外国に敵を作る必要があった。そして教育という最も重要な武器を使った。愛国教育によって日本を憎ませる構造を作った。だから反日的な層は圧倒的に若者に多いんだ」

「おっしゃってることを聞いていると、日本にはまったく責任がない、悪いのは中国の指導部だと決めつけているようですね。中国人が被った不幸な過去はどうなんです」

「日本にだって責任はあるさ。日本人は都合の悪い過去は忘れたがっている。しかし過去は決してわれわれを忘れない。そこのところが大部分の日本人にはわかっていない。歴史観がない故の悲しさだ」

この間ずっと趙は何もいわず、ただフォークを口に運んでいた。ワインの飲みっぷりも相当なものだ。多分、ビオンディ・サンティなど初めてなのだろう。ときどき何げない手つきで背広の内ポケットに手を滑り込ませているが、おそらくテープレコーダーが作動しているのを確認しているのだろうと城島は見た。ごく稚拙なやり方だが、周はそんなことには気づいていないはずだ。趙が情報部員であることさえ周が知らない可能性は高い。

食事が終わりデザートと食後のリキュール、フェルネット・ブランカのボトルが運ばれてきた。甘いがきつい酒だ。趙は一気に三杯も干した。

「趙さん」

周がいった。

「どうです? おもしろいディスカッションと思いませんか。いつもこんな調子でやり合うんです」

「なかなか刺激的ですね」

「でも城島先生とだけです。ほかの日本人はこういう議論は避けてどうでもいいようなことしか話しません。これからはこういうオープンな議論こそ大切だと僕は思うんです」

「そうですね」

そっけない口調で趙がいった。

城島がにやっと笑って、

「台湾などについて話すと激論になるんですよ」

周が急に真剣な表情になった。

「ほかのことはともかく台湾については絶対に先生が間違っていますよ」

「そう決めつけること自体が間違っているんだよ」

「決めつけるも決めつけないもない。台湾は歴史的に中国の一部なんです」

「歴史を掘り下げていけば、台湾は遠い昔、東南アジアから移住してきた高山《こうざん》民族のものだ。その後はオランダ、スペイン、清朝、日本、国民党などによって支配された。しかし問題は現状だ。台湾は民主主義国家となり経済も発展している。中国とはまったく違う国家だ。それを無理やり統一ということに無理があるんだ」

「高山民族は確かにいますが、完璧な少数民族です。主体は漢民族です」

「だがシステムが違う。台湾人は国民党の独裁に耐えて多くの血を流してやっと民主主義を確立した。そういう国民が共産主義国家になびくと思うかね」

「すぐには無理でしょうが、だからこそ香港と同じように一国二制度を提唱してるんです」

「だが香港はトラブル続きだ。あそこの民主主義は後退しているじゃないか」

「先生は外国人だから、われわれの気持ちがわからないのです。台湾統一は全中国人の悲願なのです」

「だが台湾は嫌がってる。俗っぽいい方をすれば、中国は金持ちの美人に結婚を迫って拒否されると腕ずくで奪う男のようなものだ。それよりなぜもっと自国を魅力的にしようと考えないのか。台湾国民の半分以上がぜひ中国と一緒になりたいと思うようなアピール度の高い国家にすべきじゃないか。そんな努力もせずにただ問答無用的かつ一方的な主張を繰り返すだけ。それが私にはわからないんだ」

「自分のものを自分のものと宣言するのが、なぜ奪うことになるんです。世界が何といおうと、台湾は中国の一部なんです」

「宣言しているだけならまだいいが、武力統一もちらつかせているじゃないか」

「それはありません」

周がきっぱりといった。

「よほど台湾が挑発的態度に出れば別でしょうが」

「趙さんはこの問題についてどう思いますか？」

「さあ、私には何ともいえません。ただわが国は平和を愛する国ですから、武力に訴えるのは最後の最後になるでしょうね」

「しかし中国は強引な理屈と手法でチベットや新疆《シンチアン》も自国領としてしまった。その調子だと今にわが国の九州や沖縄も中国の一部といい出しかねないですね」

「それについてですが」

趙が身を乗り出した。

「沖縄はわが国の一部であるという学説がすでに中国では出まわっています。歴史的な裏づけもあるとのことです」

城島は一瞬あっけにとられてまじまじと趙を見つめた。どうやら冗談ではないらしい。

城島の顔に皮肉っぽい笑いが浮かんだ。

「趙さん、バブルという言葉を聞いたことがあるでしょう。経済がよく引き合いに出されるのだが、領土についても同じことがいえるんです。拡張に拡張を重ねるといつかは破裂する。ローマ帝国しかり、オスマン帝国しかり、大英帝国しかり。それこそ歴史が証明しています」

城島がリキュールのグラスを上げた。

「大中華思想に乾杯といきますか」

趙は不快感をあらわにした。

「嫌みないい方ですね」

城島が肩をすくめた。

「嫌みをいい合えるうちが花ですよ。いえなくなったら悲劇が始まります」

三人はレストランを出た。黒塗りのベントレーが三人の前に滑り込んだ。

「大使館に帰るのなら送っていくよ」

「いえ結構です。すぐそこですから、食後のいい散歩になります」

趙が城島に握手を求めた。

「今日は大変御馳走《ごちそう》になりました。ためになるお話もうかがえましたし、またぜひお会いしたいと思っております」

「そうですね。あなたの担当の文化についていろいろ聞かせてください」

といってから趙の耳元にささやいた。

「友達同士話し合うのにレコーダーは必要ありませんよ」

趙の眉間《みけん》にしわがよった。

「それでは再見！」

バックドアーが閉まってベントレーが動き出した。

「どうです、趙さん。おもしろい人でしょう」

趙は走り去る車を見つめていた。

「不気味な人です」

ぽつりといった。

第一章　身構える虎

ひとりの男がアメリカ大使館を出て、霊南坂《れいなんざか》を上って早足に南西に向かっていた。ブラウンの髪、背は百八十センチくらいだが、広い肩幅と分厚い胸板はアメフトのラインマンを思わせる。ジェームス・バーンズ、五十六歳、NSA（ナショナル・セキュアリティ・エージェンシー、国家安全保障局）東京支局長。

締めつけるような蒸し暑さにワイシャツの中はじっとりと汗で濡《ぬ》れている。右手にサウジアラビア大使館が見える地点に来たとき腕の時計に目をやった。一時をちょっと過ぎている。車ではなくウォーキングとしゃれ込んだのを後悔していた。日本の梅雨どきの不快指数は半端ではない。しかしここからはもうそう遠くはない。坂を下り、もう一度上ればいい。思い直して彼は坂道を降り始めた。

それから十分もしないうちに麻布台二丁目にあるアメリカン・クラブに着いた。地下一階にあるレストラン〝アメリカン・ルーム〟の入口に立って中を見渡した。昼食の客が引き始めていた。左側にあるスモーキング セクションには客がひとりしかいなかった。ウイスキーのようなものを入れたグラスを前に新聞を読んでいる。ひと昔前までは英国紳士の象徴ともいえた立派な口髭《くちひげ》をたくわえている。

「ニコラス、待たせちまったかな」

バーンズが近づきながらいった。

ニコラスと呼ばれた男が新聞をたたんで立ち上がった。

バーンズが手を差し出した。

「イッツ ビーン ア ロング タイム」

ニコラスが満面に笑みを浮かべて、

「ブラディ ナイス トゥ スィー ユー、チャップ」

典型的なイギリス アクセントで応えた。

バーンズがウエートレスを呼んでランチを注文した。

「東京にはどのくらい滞在するんだ」

「あと数時間だ。夜の便でアメリカに発《た》たねばならんのでね」

ニコラスがなつかしそうに周囲に目をやった。

「ここもすっかり変わってしまったようだな」

「建て直されたんだ。バーは以前よりずっと小さくなってしまった。その代わりアスレティック施設や子供用施設が充実している。小市民向けの施設になっちまった。だけどその名の通り〝アメリカン・クラブ〟に戻ったよ」

　ニコラスが笑った。

　かつて東京に駐在する各国の情報機関員たちはアメリカン・クラブを〝ロシアン・クラブ〟と揶揄《やゆ》していた。ソ連大使館と隣り合わせにあることもさることながら、夜になるとクラブのバーはＫＧＢやＧＰＵ（ソ連国家政治保安部）のメンバーのたまり場になっていたからだ。

「バーに限っていえば、確かにモスクワにいるような感じがしたもんだ。カンパニー《ＣＩＡ》の連中はめったにいなかったからな」

「彼らのたまり場は当時赤坂にあった山王ホテルのバーだった。ＣＩＡの夜の事務所であることはみな知っていたな」

　ニコラスがうなずきながら、

「われわれもカンパニーのメンバーに会いたかったらあそこに行ったものだったよ。東側からの亡命者はみなあそこへ行ってクリアー《高飛び》されていた。亡命者の代表的なのがＫＧＢのスタニスラフ・レフチェンコだった」

　彼は亡命するに当たって赤坂の山王ホテルのバーに行った。ＣＩＡの当時の東京支局長ロバート（暗号名）が毎晩のようにそこで飲んでいるのを知っていたからだ。レフチェンコは亡命を申し入れたのだが、ロバートは最初彼が冗談をいっていると思って取り合わなかった。レフチェンコが体を震わせて泣き出したので、初めてマジな話と受け取ったということだった。

「当時日本のマスコミは大騒ぎだったな。その後レフチェンコはどうなったんだ？」

「あれからアメリカに送られてロスアンジェルス郊外のセイフハウス《隠れ家》で二ヵ月間デブリーフィング《事情聴取》をされてシロと判断され整形手術を受けた。その後カンパニーが用意した人物になりきって中西部の町に住んでいたが、今じゃ完全に自由の身になってニューヨークに住んでるらしい」

「冷戦期はああいうのが現れては消えていった。夢幻だったな」

「あんたと最後に会ったのはいつごろだったかな？」

ニコラスがちょっと考えてから、

「九一年の十二月じゃなかったかな」

「そうそう。ゴルバチョフが失脚した翌日、ソ連大使館の連中とここのバーで飲んだっけ」

「セルゲイ・ブロウセヴィッチが涙を流していたのを思い出すよ。ＫＧＢと涙は不似合いだが、やっこさん、よほど悔しかったんだろうな」

「そりゃそうさ。祖国ソ連邦が瓦解しちまったんだからね」

「今ごろどうしてるのかな」

「風説ではモスクワでマフィアのボディガードをやってるらしい。エリツィンが連邦保安局を作ったとき、腕利きの元KGBマンがほしいということで誘われたらしいんだが、エリツィンのようなオポッーニスティック《日和見主義的》な政治家はごめんだといって断ったらしい。何でも保安局のナンバー3のポストをオファーされたらしいがね」

「あいつらしいな。でも惜しいね。われわれにとっては最高の敵だった。今じゃああいう古風なプロはあまりいなくなっちまった」

ランチが運ばれてきた。

バーンズがフォークとナイフを取り上げて、

「さあ食おう。この舌平目のムニエルは絶品なんだ」

ジェームス・バーンズとニコラス・マクレインの関係は今から二十九年前にさかのぼる。

一九七五年にプリンストン大学院で国際政治学で博士号を得たバーンズはシビリアン《文官》としてペンタゴンに就職した。一年後、国際関係についての鋭い分析力を買われてNSAに推薦された。

その二年後の一九七八年、NSA東京支局にまわされたのだが、すでにそのころ彼は初心から遠く離れた仕事についていた。国際関係の分析ではなく、その世界の真っ只中で働く諜報員となっていたのである。だが別に抵抗はなかった。分析はあくまでデスクワークの域を出ない。だが諜報員は現場で動く。世界の鼓動と脈を肌で感じられるのだ。

東京支局では最も若いエージェントだった。しかし若いからといって、ヴェテランが手取り足取り教えてくれるような甘い世界ではない。最初から数人のサポート エージェントを与えられて情報収集やディスインフォーメーション《―偽情報―》工作に当たらされた。サポート エージェントの大部分は第三国の外交官やビジネスマンだったが、ソ連をはじめとする東側の外交官との人脈が豊富な者に限られていた。ということは裏を返せばかなりの危険性もあるということである。だが若いバーンズには上から与えられたサポート エージェントを疑いの目で見るような大胆さはなかった。

ある日大使館のそばにあるホテルのレストランで朝食をとっているとき、ひとりの男が近づいてきた。

「ご一緒してもよろしいですかな」

そのアクセントとマナーからして英国人であるのは確かだった。バーンズがうなずいて向かいの椅子を指した。

男が背筋をぴんと伸ばしてすわった。軽く咳《せき》払いをした。

「私はニコラス・マクレインと申します。マザーから送られてきた者です」

〝マザー〟とは情報界ではイギリス情報機関を意味することぐらいはバーンズも知っていた。

「5ですか、それとも6で？」

「後者のほうです」

ということはMI6（イギリス対外情報局）ということだ。

「私は……」

いいかけたとき、ニコラスが片手でバーンズを制した。

「それ以上おっしゃる必要はありません。あなたのことはよく知ってますから」

「……？」

「プリンストン、ペンタゴン、NSA。成績は常にトップでしたな」

「よく調べてますね」

「それよりNSAは非常に余裕がおありなのですな」

「……？」

「あなたは五人のサポート　エージェントのコントローラーですよね」

バーンズはぎくっとした。彼が使っているエージェントの数まで知るなど不可能に近いことだ。だが相手はMI6。不可能などという言葉は受け入れない。

「五人の中のひとりにシンというインド人ビジネスマンがいますね」

バーンズが黙ったままうなずいた。

「彼は東側のダブルエージェント《──二重スパイ──》ですよね」

「……!!」

「なのにあなたは彼を泳がせている。余裕がなければできないことです。しかし泳がす期間が長すぎるとわれわれは危惧《きぐ》しているのです。彼はあなたの指令やほかのサポートエージェントのアイデンティティなどについて狸穴《まみあな》（KGB）に伝えています。いつごろまで彼を泳がすつもりなのですか？」

バーンズのショックは隠しようがなかった。心臓の鼓動が今にも聞こえてくるほどの動揺がその顔にありありと表れていた。と同時に彼はとてつもない屈辱感を覚えていた。

バーンズが首を振りながら、

「お恥ずかしい限りです」

それ以上の言葉は出なかった。

マクレインが立ち上がった。

「お会いできて光栄です。これからも頑張ってください」

手を差し出した。バーンズが自動的にそれを握った。

「シンに関してはどうすればいいのでしょうか」

マクレインがちょっと間をおいてから、

「彼の処置は私に任せてください。お近づきのしるしといっては大袈裟《おおげさ》ですが、ベストな方法を考えます。それに彼のような裏切り者はわれわれにとっても非常に都合が悪いものですので」

そういってマクレインがにやっと笑った。

マクレインの〝処置〟の内容は二日後のジャパン・タイムズの三面に載っていた。サムナラ・シンというインド人ビジネスマンが都心のホテルで首吊り自殺していたと伝えられたのである。バーンズは別に驚きもしなかった。世界の情報機関の中でMI6とイスラエルのモサドが最も多くの人間を消しているというのは上司からも聞いていた。

かつてイギリス人の観光客が東京の新宿でやくざに殺されたとき、その一週間後MI6はそのやくざを消した。殺されたのが一般人でも、それが自国の民なら殺《や》った相手を決して許さないというのがMI6の方針である。これはイスラエルのモサドについてもいえる。両情報機関がこの道で最も恐れられているのは当然といえば当然なのだ。

シンの件以来バーンズとマクレインの関係は急速に深まった。週に二度は会って情報交換をしたり、飯を食ったりした。バーンズにとってマクレインは上司より信頼し得る存在だった。またマクレインにとっては若くて頭が切れるバーンズは将来NSAを背負《しょ》って立つ人材と思われた。この先行投資は正しかった。十二年のうちにバーンズはNSAの東京支局長のポストに就いていたからだ。

昼食が終わって二人は二階の小さなパーティ部屋に席を替えた。

「ここは日本で一番安全なスペースだと思ってくれて結構だよ」

バーンズがいった。

「アメリカ大使館よりかね?」

「あそこも安全だが、ひとつだけ欠陥がある。外部の敵には万全だが、内部の連中にはノーガードだ」

「内部に敵がいるとでもいうのかね?」

「敵といえば大袈裟かもしれんが、われわれの仕事に大いに悪影響をおよぼすのは確かだ。あんたも知っての通り合衆国政府の中には十五の情報機関がある。それらが全部東京の大使館にオフィスをおいている。もしあんたが私に会いに大使館に入ってきたら、彼らのアンテナがすぐ始動する。彼らに対して目くらましのスクリーンを張るだけでも大変な労力を要する。あんたがきのうロンドンから電話してきて今日会いたいといってきたとき、事はトップ プライオリティ《―最優先事項―》と私は思った。だから会う場所はここしかないと考えていたんだ」

マクレインが二、三度うなずきながら、

「あんたの考え通りだ。これはウルトラ トップ プライオリティなんだ。それじゃ早速始めようか」

　バーンズが心持ち身を乗り出した。

「ジェームス、まず聞きたいのだが、中台関係についてのペンタゴンのボトムラインの考え方はどうなんだ？　ホワイトハウスと一枚岩なのか、それともまったく違う考えを持っているのかね？」

　バーンズがちょっと間をおいてから、

「その質問自体、的がはずれているな」

「というと？」

「現在ホワイトハウスとペンタゴン、それに国務省は、あらゆる案件について完璧に一枚岩になってる。こんなことは過去六十年間で初めてのことだ。まさに三位一体が現実のものとなっているんだ。もちろんその中心はホワイトハウスだ」

「じゃホワイトハウスのひとつの中国という見解にペンタゴンは反対していないんだな」

「もちろんさ。しかしその質問もちょっとおかしいな」

「なぜだ？」

「ホワイトハウス自体が本当にひとつの中国を信じているのかどうかだ。もし本当に信じているならペンタゴンは反対にまわっているだろう」

「ホワイトハウスは中国に対してリップ サーヴィスを使っているという意味かね」

バーンズがうなずきながら、

「あくまで一時的かつ便宜上のものだよ」

「しかしこれまでホワイトハウスや国務省は上海コミュニケを尊重すると折りに触れて繰り返してきたじゃないか」

バーンズの口元に皮肉っぽい笑いが浮かんだ。

「あんたにもうぶなところがあるんだな。いいかい、ニコラス。わが国政府が何かを繰り返し強調するときは、往々にして本音を隠しているからなんだ。上海コミュニケがそうだ。三十五年前のニクソン時代に宣言されたあんなコミュニケが今の時代に通用するなんて、中枢にいる者は誰も信じちゃいない。ただ今それをいうと不必要な事態を招く可能性が大きい。だからリップ サーヴィスでお茶を濁してるんだ」

「ということは、もし中国が台湾侵攻に踏み切ったらアメリカは介入するのか？」

「状況によるね。台湾が何の挑発もしていないのに突然中国が侵攻したら、アメリカは間違いなく介入する。経済的に豊かでかつ民主主義を信奉する小国が全体主義国家にレイプされる。これは外交や政治を超えたモラルの問題だ。現政権が一番好きなテーマだ。アメリカ世論も黙ってはいない。アメリカは中国を叩《たた》きに出るだろう。それによってアメリカは冷戦崩壊以来ずっと国家的目標として掲げてきたことが成就されるんだ」

「その国家的目標とは何なんだ？」

「中国をばらばらにすること。もっと具体的にいえば勝てるうちに叩くことだ。東西冷戦が終わったとき、当時の国務長官だったジェームス・ベーカーや国防長官のディック・チェニーは二度ともうひとつのスーパーパワーの台頭は許さないと公言した。それは今日に至ってもアメリカの外交政策や軍事政策の根底にあるんだ。今ではチェニーは副大統領、ベーカーは現大統領の後見人のひとり、そして国務長官はソ連崩壊に貢献したひとりだった」

マクレインはしばし黙したまま考え込んでいた。

「あんたも知ってると思うが」

バーンズが続けた。

「ペンタゴンはいろいろな民間のスィンクタンクに中国に関する軍事、経済、内政などの分野での分析を依頼している。そのうちのひとつにランド研究所が請け負っているクロス ストレート問題がある。台湾海峡を挟んでいつどのような状況下で両国がぶつかるかの分析だ。ランドが初めてその問題に答えらしきものを出したのは、今から約三年前の十二月だった。それによると中国は二〇一二年までに台湾を武力統一するという。空中戦ではまだ中国は台湾にかなわないから、まずミサイルで台湾のインフラを破壊する。その直後、上陸部隊が台湾南西部を奇襲して台湾政府を屈服させる。これに対して、台湾は大陸沿海部の都市を空爆するとしているが、所詮《しょせん》は象とネズミの戦いだ。結果は目に見えている」

「あのレポートは私も読んだ。だが二〇一二年までに中国がアクションを起こすという部分は、ちょっと漠然としすぎているんじゃないかな。あまりにラフなタイム・スパンだ」

「そうともいえないよ。二〇〇八年は北京オリンピックがある。その前後に中国は事を構えたくはない。二〇一〇年には上海の万博がある。問題はその後だとペンタゴンは考えている」

「ということはアメリカの現政権はとっくに消えているということになるな」

「二〇〇八年以前に中国が武力統一のアクションを起こせば米中戦争は必至だが、そのあととなると今の段階では限りなくファズィだ。民主党政権誕生ということもあり得るからな」

といってバーンズが両手を広げて、

「中国に対する現政権の姿勢は今いった通りだ。さあ、あんたのウルトラトップ・プライオリティの話とやらを聞かせてくれ」

マクレインがやや姿勢を正した。口髭のはしを指でつまみながら、

「まずいっておきたいのは、あんた方の対中観とわれわれの対中観は少々違う。はっき

りいえばあんた方は非現実的だ。中国という国は何事においても政治が優先する。ということは共産党の存続が最優先する。オリンピックは経済的なボーナスをもたらし国威の高揚にもつながる。しかし共産党が崩壊するような状況に直面したら、彼らは躊躇《ちゅうちょ》なくオリンピックなど捨て去るよ」

「何がいいたいんだ？」

「それをこれから話すところだ」

といって今度はマクレインが身を乗り出した。

「ジェームス、〝クラウチング　タイガー《―身構える虎―》〟という言葉を聞いたことはあるかね？」

「確か中国か香港の映画のタイトルにあったな」

「映画じゃない。これは軍事作戦の名前なんだ」

「初耳だな」

マクレインはそばにおいたアタッシェケースを取り上げると、中から茶色の封筒を取り出してバーンズに渡した。中には分厚い書類が入っていた。その書類の表紙を見ながらバーンズが、

「これは中国語じゃないか」

「後ろに翻訳がついてるよ」

英語のタイトルは〝ウォー　プラン：クラウチング　タイガー〟とつけられている。

バーンズが苦笑いしながら、

「仰々しいタイトルだな」

しかしページをめくりながら速読し始めたバーンズの顔色が次第に青ざめていった。

書類は三つの章から成っていた。第一章は〝台湾武力統一の必要性〟、第二章は〝アメリカの反応について〟、第三章は〝攻撃手段とその後の占領方法〟。

「いったいこんなものどこから手に入れたんだ？」

「三週間前、上海にいるわれわれのエージェントが北京のモール《モグラ》から受け取ったんだ」

「もちろん本物なんだろうね」

「偽物だったらあんたに見せたりはしない」

「しかし中国側はすでに盗まれたことに気づいているのでは？」

「その点は大丈夫だ。その書類は本物をコピーしたものなんだ。本物を盗んだんじゃ意味がないからね。それにもしあちらさんが気づいていたら、何らかの反応があるはずだ。総参謀部総司令官や軍事委員会メンバーの降格とか解任、そして内部粛清などがあるはずだが、そういう気配は全然ない。人民解放軍内部はいたって平静との報告もあった」

バーンズは改めてＭＩ６のリーチの広さと長さに感服していた。サテライト《人工衛星》を使ったエスピオナージ《諜報活動》では世界一と自負できるＮＳＡだが、ことヒューミント《スパイによる諜報活動》となるとＭ

I6の足元にもおよばない。しかし考えてみれば当然かもしれない。イギリスSIS（秘密情報局）はアメリカ合衆国誕生よりずっと前から、東インド会社や植民地統治政府を土台として諜報活動を行ってきた。特に東アジアにおける経験と実績はどの国の情報機関よりも抜きん出ている。

しかし感心ばかりしてもいられない。手にある書類は中国がいつ台湾を攻撃してもおかしくないことをはっきりと述べているのだ。

まず成都《チョンドウ》軍管区の管轄下にある四川省の山の中から千ポンドの通常爆弾をつけた中距離ミサイル東虎《ドンフー》が台北《タイペイ》に向けて発射される。その直後、台湾の対岸にある福建省から短距離ミサイルが台湾都市部に撃ち込まれる。これによってインフラの大部分は破壊される。投入される短距離ミサイルは四百五十基、爆撃機や戦闘機は計五百機。そして四十万人の人民解放軍兵士による上陸侵攻。このころすでに台湾内部では一万人の破壊工作員が製油所、港、空港、政府の庁舎、ガスや電力施設を攻撃している。作戦終了は四十八時間以内。この時間が守られれば、アメリカが介入する時間はなく既成事実が成立する。

「物量作戦の典型だな」

「それだけじゃない。ここにある通りこれは奇襲電撃作戦だ。ミサイルだけで台湾のインフラ破壊は簡単にできるだろう。台湾はパトリオットをいくらか持っているが、福建省から短距離ミサイルがいっせいに発射されれば防ぎようがないだろうしね」

「第一章では、中央軍事委員会が必要と思えばいつでも攻撃を開始するとある。しかも上海の万博は考慮に入れないといっている。ということは、中央軍事委員会すなわち共産党のトップが必要と感じたら台湾攻撃はいつでも始めるということだ。何の前触れもなく、ある日突然ということだな」

「いや何らかの前触れはある」

「軍の移動やフォーメーションが変わり始めたら、もう遅いだろう」

「その前に、まず人民解放軍内でコミュニケーションのために使っている暗号コードが頻繁に変わるだろう。今は二週間に一度だが、いざとなったら二日ごとに変えるはずだ。それに福建省にある短距離ミサイルを少し内陸部に移動させるだろう。こういうことはうちの衛星でキャッチできるはずだ」

「〝はずだ〟とは随分と謙虚だな」

「謙虚なのはわれわれの美徳のひとつだよ」

「あんたがいうと嫌みに聞こえるな。うちが逆立ちしても勝てないのがエリント《——電子情報収集活動——》やコミント《——通信傍受活動——》だ。使う金のケタが違うからな」

実際NSAは予算面ではCIAの七倍。人員数では三倍。衛星を使ったエリントやコミントの分野では、世界のどの諜報機関もNSAにはかなわない。その気になれば個人の電話の盗聴やファックスの通信内容入手も簡単にできる。

バーンズが書類に目を移して、

「ひとつ興味深いのは上海の万博については述べているが、北京オリンピックには触れていない。やはりオリンピックは是が非でも開催したいんだろうね」

「それは違うな。さっきもいったように、彼らにとっていざとなればオリンピックなどどうでもいいんだ。あくまで政治が優先する。オリンピックについて触れてない理由はただひとつ。アメリカの現政権が二〇〇九年の初めまで居座るからだ。奇襲電撃作戦で既成事実を作ったとしても、アメリカの現政権はその後経済制裁を加え、国連の場で中国をつるし上げる。そんな面倒なことはできるだけ避けたいんだ。だが本当に中央軍事委員会が必要と感じたら中国は作戦発動に踏み切るだろうね」

バーンズが眉《まゆ》をひそめて、

「ニコラス、この文書がまさか台湾側に渡っているということはあるまいね」

「それはないと思う。少なくともわれわれはこれについて台湾側にアプローチはしていない。しかし台湾側が中国の奇襲攻撃を予期して常に戦闘機を飛ばしているのは周知の事実だ。一朝有事の場合は厦門《シアメン》、汕頭《シャントウ》、上海などの沿海部都市を攻撃する作戦なんだ。空軍だけはまだ台湾のほうが上だから、かなりのダメージは与えられると読んでいるんだろうね」

「もしこの文書が台湾側に渡ったら大変なことになる。逆に大陸に対して奇襲攻撃に出るかもしれない。そうなったらアメリカとて大義がなくなって介入できなくなる。早速本部に知らせよう」

「ちょっと待ってくれ。この文書はあんただけに見せるためにわざわざ持ってきたんだ」

「……？」

「表紙にスタンプで〝アイズ　オンリー〟と押してあるだろう。われわれの側ではこれについて知っているのは、首相とうちの長官だけだ。私は彼らから命じられてあんたに会いにきた。ホワイトハウス、国務省、ペンタゴンにはいっさい知らせてはならないというのが、わが首相の命令なんだ」

「何をいってるんだ、ニコラス！　米英は何でもシェアーするというのが原則なのに。しかもこれだけの情報だ。うちの大統領に知らせないというのはおかしいじゃないか」

「もし知らせたら、事態がとんでもない方向に発展してしまうのを首相は恐れているのだ」

「勝手なことをいうな！」

「そう熱くなるなよ、ジェームス。これはあんたにとって生涯忘れられないような仕事になるんだ」

「確かにそうだろうよ」

バーンズが片手の親指で喉《のど》をかき切る仕草をして、

「こうなるかもしれないんだからな」

「大丈夫。どうころんだって、あんたがクビになることなんてない。あんたのボスであるNSAの長官だけにはうちの長官が明かすことになっている。今晩私がアメリカに発つのはむこうで長官と合流して二人であんたのボスに会うためなんだ。NSAのバックアップはぜひ必要だからだ」

「いったいお宅の首相は何を考えているんだ」

「首相としてはこの作戦プランを知ってしまった以上、何とか中国に対してブレーキをかけなければならないと思っている。台湾侵攻がいかに愚かなことか中国の指導部に思い知らせねばならない。しかも事を公にしないままでだ」

「あの狂人国家にブレーキをかける？」

バーンズがせせら笑った。

「それができる国家はこの世界にひとつしかないことぐらいあんたも知ってるはずだ」

「確かにアメリカならブレーキをかけられるかもしれん。が同時に戦争を起こすこともできる。現にあんたは今の政権は中国を叩きたくてうずうずしてるといったじゃないか。そんなリスクは負えないんだ」

「しかしわからんな。こんな重要な話を私に持ってきて私の政府には伝えるなという。いったいどうなってるんだ」

「わが首相はアメリカ抜きでこの危機は未然に防げると考えている。もうひとつ。事はアジアで起こりつつある。だからこのことはアジア人に任せるべきと思っているんだ」

　バーンズが首を振り振り、

「ますますわからなくなってきたよ。これだけのインパクトがあることの処置をアジア人に任せるなんて」

「ごく常識的な考え方だと思うがね。われわれ欧米人はかつてアジアで痛い目に遭ってきた。朝鮮半島やヴェトナムなどでは大きな判断の過ちを犯した。アジア人の考え方をよく理解してなかったからだ」

「歴史のレクチャーはいいから私の質問に答えてくれ。お宅の首相はアジア人に任せるといっている。具体的にどの国とはいってるのかね」

「この国だ」

　バーンズがぽかんとした顔つきでマクレインを見つめた。

「カム　アゲイン？」

「日本」

　バーンズが何かを振り払うようにかぶりを振った。今度は目を丸くしてマクレインを見据えた。

　次の瞬間彼は大声で笑っていた。

「ジョークをいったつもりはないがね」

　マクレインがむっつりした表情でいった。バーンズはまだ声をあげて笑っていた。あまりに笑いすぎてか目から涙がこぼれている。マクレインは降参したように両手を広げてバーンズの笑いが止まるのを待った。

　バーンズがハンカチを取り出して涙を拭《ふ》いた。

「あんた方イギリス人はまともな表情でジョークをいうからな」

「そんなにおかしいかね」

「今年のユーモア大賞ものだよ。だってそうだろう。日本は人さらい国家北朝鮮に対してさえ弱腰で何もできない。そんな国が北よりはるかに無法で力がある中国に対して何ができる。ドラゴンが一声吠《ほ》えたらすくむのがおちさ」

「相変わらずあわて者だな。私は日本政府にやらすといっているんじゃない。彼らには逆立ちしてもできることじゃない。私がいっているのはあくまで個人プレーだ」

「個人プレー？　個人を中国という国家にぶつけるといっているのか？」

「その通り」

「あんた、長い間本部に引きこもっちまったんで頭がおかしくなったんじゃないか。中国相手に個人にいったい何ができる？」

「それはその個人の力量によるだろう」

バーンズが舌を鳴らしながらかぶりを振った。

「不可能に挑戦するギリシャ悲劇に終わるのが関の山だよ」

「何事にもポズィティヴなあんたらしくないいい方だな」

「現実的に考えているだけだよ。個人プレーで中国指導部の考え方を変えるなんて、水鉄砲で戦車に向かっていくようなもんだ」

「正面から向かっていけばそうなるだろう。だがやり方はいろいろある。やってみなきゃわからないよ。優秀な奴はいる。数はごく限られてるがね。台湾、韓国、フィリピンなどにもいるが、いまいちスケールが小さいし、つぶしが利かない。リーダーがいなければ動けない連中ばかりだ。それにくらべると日本には一匹狼的な仕事師がいる。うちのファイルにも五人ほど載っているが、彼らのうちどれをとっても頭の切れといい、度胸といい、創造力といいトリプルAクラスばかりだ」

「私が知ってるのもいるかね」

「ラングレー《CIA》の連中なら知ってるのもいると思う。例えばこの男だ」

といって、マクレインがポケットの中から一通の封筒を取り出してバーンズに手渡した。中には写真と数枚の書類が入っていた。バーンズがそれに目を移した。

「名前は城島武士《たけし》。写真は彼がMI6と仕事を始めたときのもので、かなり古いから参考にはならないかもしれない。NCIC――ニュー・センチュリー・インヴェストメント・コーポレーションの創立者でオーナー。NCICはヨーロッパはもとより今ではアメリカにも進出している。あっちこっちでM&A（企業買収）やTOB（株式公開買付）を展開しているアグレッシヴな企業だ。城島の資産はどのくらいなのかはわからないが、ニューリッチのその上をいくスーパー　ニューリッチであることは間違いない。ラフなバックグラウンドはそこに書いてある」

「もう連絡したのかい」

「いやまだだ。こういうことは電話じゃ話せないからね。彼との話し合いはあんたにやってもらう。彼のオフィスは虎ノ門のホープウエル・ビルにある」

「ジョージマねぇ。どこかで聞いたことがある名だな」

「CIAかFBIから聞いたんじゃないのか」

「いや本部の誰かから聞いたんだと思う」

ちょっとの間考えてから、

「そうだ。ソ連崩壊に関与していた日本人ビジネスマンだったのでは?」

「彼だよ」

バーンズがうなずいて、

「確か〝オペレーション パンドラ〟とかいってたな。ソ連崩壊の前夜、アメリカのあるグループと城島はデスマッチを展開した。両者ともソ連の天然資源に王手をかけようとしていたらしい。アメリカ側の負けだったと聞いたが」

「城島は当時まだ三十そこそこの年だった」

「ということは今では四十代の後半か」

「〝オペレーション パンドラ〟の前に城島はうちの仕事をやったことがあったんだ」

「MI6の仕事を?」

「今ではMI6の語り種になってる。作戦名は〝オペレーション スバボーダ〟。それが後のベルリンの壁崩壊につながったんだ。現代史の真っ只中に生きた男だといっても過言じゃない。敵にしたら恐ろしい男だ」

バーンズはしばし考えた。いつの間にかマクレインのペースにはまって、城島についての話に引き込まれてしまった。マクレインは決して人をオーヴァーに評価するような男ではない。どちらかというと、ごく冷静かつアンダーに評価する。そのようにコンサーヴァティヴ《保守的》な彼がこと城島に関してはべたぼめ調なのだ。

「まるでスーパーマンだな」

マクレインがにこりともせずに、

「スーパーマンは実在しない。だが城島武士は存在する」

たとえマクレインのいうことを額面通りに受け取っても、所詮は個人だとバーンズは思った。中国のような国家と渡り合えるはずはない。しかも話はビジネスではなく政治と軍事がからんでくるのだ。

しかし興味を引かれるのは確かだ。個人対国家の闘いなどそう見られるものではない。オールラウンドプレーに長《た》けた個人の創造力やガッツ対国家の生の力の死闘に発展するかもしれない。見届ける価値はある。バーンズが考えていることを察したようにマクレインが、

「カモンチャップ、夢のない話だなんていわせないぜ」

「問題はどう城島を説得するかだな。普通の人間なら笑い飛ばすような話だし……」

「城島に限っては笑い飛ばすなんてことはしない。彼は世界の裏の裏を知りすぎている。アマチュアーじゃないってことだ。この書類を見せて簡単に説明すればすむ。そしてどんな手段を使ってもいいから中国の野望をストップすること。それだけいえばいい。あとは彼が受けるかどうかだ。必要なものはMI6とNSAが提供する。報酬は彼のいう通りとする」

「いいのかい。そんな条件をつけてしまって」

「彼には十分にその価値がある。それに彼はベラボウな額をふっかけてくるような男じゃない。もう金は持ちすぎている。金よりスリルを求めると私は見てる」

「もし彼が断ったらどうする?」

「そのときはバック トゥ スクエアー ワン《――白紙に戻す――》。最初から考え直さねばなるまい」

「わかった。早速アプローチをかけてみよう」

「いつでも携帯に連絡してくれ。いい知らせを待ってるぜ」

その日の夜、マクレインはワシントンへと発った。


ホープウエル・ビルはアメリカ大使館から歩いて五分ぐらいのところにあった。三十七階にあるニュー・センチュリー・インヴェストメント・コーポレーションの受付で名前をいうとすぐに応接室に通された。

スペースはあるが応接セットがおいてあるだけのやや殺風景な部屋だった。壁には絵は一枚もないし、花瓶や電話がおいてあるわけでもない。

バーンズが城島に電話を入れたのは、昨日マクレインとアメリカン・クラブで別れた後だった。城島の仕事のスケールからいってさぞかし忙しいに違いない。それに気難しい男かもしれない。一度や二度の電話ではアポは取れないだろうと勝手に考えていた。

しかし電話に出た城島は口調は穏やかで、使う英語もアイヴィーリーガー並みに洗練されていた。自己紹介してできるだけ早く会いたいというと、城島が、

「ご用件は?」

「電話でいえることならわざわざお忙しいあなたにアポを求めたりはしません」

「こりゃ一発やられましたね。じゃもうひとつ。あなたはアメリカ大使館のメンバーとのことですが、具体的なポジションは？」

この際隠す必要などないと思った。

「NSA東京支局の支局長です」

ちょっと間をおいて城島が、

「お会いするのはやぶさかではありませんが、無駄に終わるかもしれませんよ」

「かもしれませんが、ぜひ話を聞いていただきたいのです。その上であなたの判断を待ちます」

「わかりました。明日十一時にいかがです」

「感謝します」

それからバーンズはマクレインからもらった城島についての書類に目を通した。MI6が作り上げた書類だが、〝オペレーション スバボーダ〟についてはかなり克明に記されているものの、〝オペレーション パンドラ〟についてはディテールのようなものは書かれていない。MI6自体それについてはあまりわかっていないという印象を受けた。FBIやCIAにチェックすべきかどうか迷ったが、やめた。彼らが自分たちの失敗を素直に認めるようなことをするはずがないからだ。

だが〝オペレーション スバボーダ〟について読むだけで、城島という男のプロファイルは十分だった。その発想と実行力は到底普通の人間が持ち得るものではない。こういう人間が今の日本人の中にいたというだけでも驚愕《きょうがく》に値する。会って話すだけでも価値がある。

待つこと五分ほどで応接室のドアーが開いた。

「お待たせしました。城島武士です」

にこやかに近づいてきて手を差し出した。

バーンズがあわてて立ち上がった。

力強いグリップだった。手の皮が肉体労働者のように硬い。

バーンズにはちょっとした驚きだった。写真の顔と今目の前にいる城島の顔にほとんど違いがなかったからだ。あの写真はＭＩ６と城島が仕事を始めたときに撮られたものだとマクレインはいった。ということは〝オペレーション スバボーダ〟当時だ。つまり三十歳ぐらいだった。あれから十八年たった。なのに……。

「何か私の顔についてますか」

城島が笑いながら訊《き》いた。

「こ、これは失礼しました」

二人が腰をおろした。

「まずこうしてお会いする時間をいただいて感謝します」

「あなたのような優秀な方に会うのはいつでも歓迎です」

「お世辞がお上手ですね」

「お世辞でも何でもありません。あなたはよくアメリカ人がいうザ ベスト アンド ブライティストの典型じゃないですか。プリンストン特待生、ペンタゴン、NSA、七八年東京支局、九〇年東京支局長。既婚、息子さんがひとり、MIT(マサチューセッツ工科大学)で学んでいる。まさに幸せな超エリートコースを歩んでいらっしゃった」

バーンズが苦笑いしながら、

「参りましたねぇ。チェックするのはこっちの専売特許と思っていたのに」

「会う人について事前に最低限のことを知っておくというのは礼儀です。昨日電話をいただいてからわが社の情報部にチェックさせたのです」

「情報部を持っているんですか」

「呼び名は違っても今ではほとんどの企業が持っていますよ。もちろんNSAやCIAのようなレヴェルにまではいきませんが」

「そのうちわれわれから情報交換を申し込むことになるかもしれませんね」

「いやいや、お宅はメジャーリーガーです。マイナーの私たちから得るものなどありませんよ」

軽い会話を交わしながらも城島が自分を観察していることをバーンズは感じていた。顔は笑っていても、底知れぬ深さを秘めた目は笑っていない。

秘書がコーヒーを持って入ってきた。

彼女がそそくさと出ていくと城島が改まった口調で、

「お話をうかがいましょうか」

「その前にひとつお訊きしたいのですが、お宅の会社は中国でビジネスを展開していますか」

城島がうなずいて、

「上海にオフィスを持っています」

「じゃかなり確度の高い情報もお持ちですね」

城島が一笑に付した。

「情報などという高度なものじゃありません。ことあそこの不動産価値に関しては二〇一〇年までは右肩上がりで伸び続けるというのは業界の常識ですから」

バーンズが二、三度軽くうなずいて城島をストレートに見据えた。

「上海が爆撃されるというような話を聞いたことはありますか？」

「噂《うわさ》では聞いたことはあります。アメリカのランド研究所のレポートにもそのような可能性があると書かれていましたね。しかし台湾がそんなことをするとは思えません」

「引き金をひくのは中国のほうです」

といって小さく深呼吸してから、

「実は中国が台湾を攻撃しようとしているのです」

城島が眉ひとつ動かさずにうなずいて、

「根拠は？」

「ＭＩ６が得た情報です。人民解放軍の対台湾攻撃作戦書を手に入れたのです」

「ＭＩ６が得たのならかなりのクレディビリティはありますね」

もう少し張りのある反応を期待していたバーンズにとっては肩すかしを食わされた感じだった。

バーンズがブリーフケースから書類を取り出して城島の前に置いた。

「作戦名は〝クラウチング タイガー〟、具体的な計画はそこに書かれています」

城島がその書類を手に取って素早く目を通した。その間バーンズは黙っていた。ページが次々とめくられていく。速読のスピードは自分より速いとバーンズは思った。

読み終わって城島が、

「なるほど。中国指導部の焦りが見え見えですね」

「これに対する包括的カウンターを考えなければなりません」

「具体的にいってどういうことです」

「台湾攻撃は中国にとってマイナスにこそなれ、決してプラスにはならないということを中国に知らしめるのです。いわばプリエンプティヴディフェンス《――先制的な防御――》です」

「よい言葉ですね。初めて聞きましたよ」

「釈迦《しゃか》に説法とは思いますが、もしこのクラウチング タイガー作戦が実行されたら、東アジアは一大ケイオスに陥ります。台湾海峡は封鎖され日本には石油も入ってこなくなる。海上だけでなく空の交通もめちゃくちゃになります」

「日本の生命線はあらゆる分野で断たれるでしょうね。実に不幸なことです」

　まるでひとごとのような口ぶりだ。

　バーンズがいらだちを抑えながら、

「さらには世界中の証券市場が大混乱をきたします。世界経済をつなぐネットワークはずたずたになり破綻《はたん》するのは目に見えています」

「そしてアメリカはここぞとばかり中国を叩く。まさにアルマゲドンですね」

　バーンズがムッとした表情で、

「これはゲームじゃありませんよ。対処の仕方を間違えたら大変なことになるんです」

「ゲームなどとは思ってませんよ。これまでの中国と台湾の関係を考えれば十分に現実味のある話です」

「でもあなたはまったく話に乗っておられない」

「乗りようがないでしょう。私としてはなぜあなたがこのような重要な話を私ごときのところに持ってきたのか。それが不思議でしょうがないのです」

「それをこれから説明しようと思っていたのです。これはＭＩ６のＮという者が私のもとに直接持ってきた話なのです。アメリカの大統領やペンタゴンなどにはいっさい知らせていません。イギリス側で知っているのは首相とＭＩ６の長官、それに今いったＮだけです。アメリカ側ではＮＳＡの長官と私だけです」

「ちょっと待ってください」

城島が信じられないという表情を見せた。

「この話は御国の大統領も国防長官も知らないというわけですか？」

「そうです。われわれとＭＩ６は、誰にも知られることなくクラウチング　タイガー作戦を闇に葬ることが最善と考えています」

「それは違うんじゃないですか。中国にそういう危険な冒険をやらせない最善の方法は、アメリカの空母と巡洋艦を台湾周囲に張りつけることじゃないですか。現に九六年だったと思うが、中国が台湾を威嚇《いかく》するためにミサイル演習をやったとき、アメリカの空母インデペンデンスと巡洋艦バンカーヒルが駆けつけた。中国はすぐに演習を取りやめた。そうだったでしょう？」

「おっしゃる通り、あのときは中国が退きました。しかしインデペンデンスが行ったからではなく、ペンタゴンの脅しが効いたからなのです」

「……？」

「これは機密事項ですが、あなたには打ち明けてもいいでしょう。あのときペンタゴンはかなりマジでした。ミサイル演習が始まったとき、ペンタゴンのジョーンズ将軍と国務省のメンバーが北京に行ったのです。私も表向きペンタゴンの将校としてついていきました。北京の総参謀部で中国側の張万年《ジャンワンニエン》将軍以下軍事委員会の制服組と会ったのですが、ジョーンズ将軍の態度はすさまじかった。彼は中国の将軍連中を前にこうたんかを切りました。〝貴様らそんなに戦争がしたいのならこっちはいつでも受けてたってやる！　わがアメリカの空母に一発撃ち込んでみろ。全中国を石器時代に戻してやる！〟とすごい迫力でした。居並んだ中国側の将軍たちは明らかに脅えていました。国務省のメンバーや私もある種の恐れを感じたほどです。ジョーンズ将軍がただのブラッフをかけているとは思えなかったからです。わかりますか、私のいわんとしていることが？」

城島がうなずいた。

「ペンタゴンは中国と戦いたくてうずうずしていたというわけですね」

「だからこの話を大統領やペンタゴンには持っていけないのです」

「なるほど。だがあなたがたは中国の台湾攻撃をどうしても事前に防ぎたい。その方法を模索している。そうですね？」

「その通りです。それについてあなたに相談にきたのです」

「………………」

「やっていただけませんか？」

城島が首を振り振り、

「とんでもない考えですね。ジンバブエやベラルーシを相手にするわけではないんですよ」

「そういわれると答えに詰まります。しかし正面きっての米中戦争は避けねばなりません。そのためには水面下で誰にも知られることなくできればと考えた結果なのです」

「電話でいったでしょう。あなたに会うのはかまわないが、無駄に終わることになるかも、と」

「それはわかってます」

といってから少し間をおいて、

「ですが、どうしてもお願いしたいのです。NSAもMI6も全力でバックアップすることを約束します」

「無理です」

きっぱりといった。

「どうしてそう簡単にいい切れるのです。〝オペレーション　パンドラ〟のようにジャストアナザージョブと考えられませんか」

城島が小さく笑った。

「畑違いです」

バーンズはあきらめなかった。

「いいですか、ミスタージョージマ。NSAもMI6も自由世界の守護神的存在とわれわれは自負しています。ですからこの話は自由世界の人々が頼んでいると考えてください」

「できないものはできないのです」

「なぜそういい切れるんです?」

しばしの沈黙のあと城島が、

「燃え尽き症候群とでもいいますかね」

バーンズが一笑した。

「よくおっしゃいますね。この写真を見てください。十八年前と今のあなたはまったく変わっていない。だから私はさっきあなたの顔をまじまじと見てしまったのです」

「外見だけです。内面は疲れ果ててぼろぼろなんです」

「わずかの期間でニュー・センチュリー・インヴェストメントをコングロマリット――複合企業――に仕上げたあなたの言葉とは思えません」

「あれはただの金儲《もう》けです。金儲けならよほどのばかでない限り誰にでもできます。しかし今あなたが頼んでいることはレヴェルが違いすぎる。私の気持ちは変わりません」

「考えてみればこんな話を急に持ってきて、この場で結論を出してくれといっている私が間違っていますよね。そこでどうでしょう。一日か二日じっくりとお考えになっていただけませんか。そのあとで最終的な答えを出していただくということでは？」

「もう出してますよ。ノーが最終です」

「しかし変わることだってなきにしもあらずです。お願いです。よく考えてみてください。そのあとで答えがやはりノーなら仕方がありません。いさぎよく受け入れます」

この際追い返すのが先決だと思った城島がノンシャランな表情で肩をすくめた。

バーンズが立ち上がって手を出した。

「貴重な時間をいただいて感謝します」

「期待に応えられなくて残念です」

「まだ決まったわけではありません。明後日に連絡します。東アジア、ひいては世界がどうなるかはあなたの答えいかんにかかっています。くれぐれもよろしくお願いします」

出口に向かって歩き始めた。

城島が彼を呼び止めた。

〝ウォープラン：クラウチング タイガー〟の書類を片手で持ちながら、

「これをお忘れですよ」

バーンズがにこっと笑った。

「いや忘れたのではありません。ぜひもう一度読んでいただきたいと思いまして」

第二章　傭　　兵

バーンズはコーヒーを飲みながら、今しがたNSA本部経由で届いた解読されたばかりの書類に目を通していた。中央アフリカ共和国の首都バンギが反政府勢力の手に落ち、六ヵ月にわたった内戦に終止符が打たれたという報告だった。

中央アフリカ共和国で反政府勢力がゲリラとして中央政府に戦いを挑み始めたのは半年前からだった。最初中央政府はゲリラなど簡単に撲滅できると考えてか、それほど真剣な対抗策は取らなかった。現にこれまでも何度か中央政府に対する武力蜂起《ほうき》はあったが、それらは所詮烏合《うごう》の衆。政府軍にとっては格好の射撃訓練のターゲットだった。

だが今回はちょっと違った。まずサミュエル・ボータという確固としたリーダーがいた。ボータはケニヤのナイロビ大学で学び、帰国してから中央アフリカ共和国の資源省に入った。しかし三年後に辞めて故郷のブアルに帰った。政府の腐敗ぶりに怒りを感じたというのが辞めた理由だったと本人はCNNとのインタヴューで語っている。まだ二十八歳と若いが、庶民にとっては国家始まって以来の救国のホープに映る。地方の町や村は次々とボータ率いるゲリラの支配下に落ちた。三ヵ月もしないうちに中央政府は地方の町村の七十パーセントを失った。

中央政府は窮地に追い込まれたことにやっと気づいた。大統領のフリーマンは旧宗主国フランスに援助を要請し、フランスはそれに応えて外人部隊を送り込んだ。

これに対してボータは中国に援助を要請した。中国は即刻百五十人の軍事顧問を中央アフリカ共和国に送った。

古典的ともいえる天然資源の利権をめぐっての戦いだった。アフリカで最も貧しいとされる中央アフリカ共和国には、昔からウラン、ダイヤモンド、金などの豊富な資源が眠っていると考えられていた。それらの鉱脈が現実に発見されたのは三年前だった。政府はその開発権をフランスに与えた。

フランスが旧宗主国であったというのが理由とされたが、実際はそんなきれいごとではなかった。利権に群がったアメリカやヨーロッパ、中国などの中でフランスが最も多額のわいろを政権の中枢部にばらまいただけのことである。

中国人軍事顧問団とともに大量の中国製武器がコンゴ民主共和国やカメルーンを通して入ってきた。ボータの軍が首都に近づけば近づくほど兵士の数は膨らんでいった。逆に政府軍からは多数の逃亡兵や敵に寝返る者が続出した。この時点ですでに勝敗は決していた。報告書は結論として腐敗しきったフリーマン政権が自ら破滅を招いたこと、ボータの勝利は今なお独裁政治を進めるほかのアフリカ諸国の政権に対する警鐘であること、サミュエル・ボータは民主主義を標榜するアフリカの新しい星であり、第二のネルソン・マンデラになる可能性があるなどと持ち上げていた。

「まるでニューヨーク・タイムズの社説だ」

独り言をいいながらバーンズが書類を閉じた。

秘書からの電話でパーカーが会いたいといってきているという。

「スティーヴが？　何の用かな。まあいい、通してくれ」

ドアーが開いてCIA東京支局長のスティーヴ・パーカーが入ってきた。年はバーンズより十歳ほど若いが、生え抜きのキャリアーでその分NSAに対するライヴァル意識も強い。

「ジミー、やったぜ！」

興奮した口調でいった。

「バンギが落ちたんだ！」

「それなら知ってるさ。サミュエル・ボータの勝ちだろう」

バーンズが今読んだばかりの本部からの報告書を指した。

「そんなことをわざわざ伝えにきたのか」

「そのいい方はないだろう。せっかく一緒に喜びを分かち合おうと思っているのに」

「なぜボータの勝利が喜びなんだ」

「これであの国は完璧にわが国の影響圏に入ったといってるんだ」

「中央アフリカ共和国が？」

「そう。内戦は終わった。あの国の天然資源はアメリカのものになったんだ」

「中国を忘れてるんじゃないのか？」

「いやチンクは舞台から消えたよ」

「だけど彼らは百五十人の軍事顧問を送ってるだろうが？」

「確かに送り込んだのは事実だ。しかし奴らは全員除去されたんだ」

「誰に？」

「うちが送り込んだ連中にさ。ボータもしたたかな野郎だよ。チンクの援助を受けながら裏ではわれわれにアプローチをかけていたんだ。両天秤というやつさ」

「いつごろからCIAは介入したんだ」

「つい二週間前からだ。あんな宝の山がチンクどもに盗られるのを指をくわえてただ見てるという手はない。ラングレーのトップの決定だったんだ」

「お宅の〝殺人部隊〟を使ったのか？」

「いや今回はほかを使った。ブラック　オペレーション《―極秘作戦―》だったんでね」

「マークか」

パーカーがうなずいて、

「今その筋じゃ売り出し中の傭兵部隊だ。その名もハイエナ軍団。聞いたことないか」

バーンズが首を振った。

「われわれはそういう連中とはあまり付き合いはないからね」

「よくいうよ。冷戦時代、東側に詐欺師や殺人犯を送り込んでいたのはどこの誰だった。いちいち付き合う相手を選んでいたら、この商売はやっていけないということぐらいあんたが一番よく知ってるはずだ。毒蛇の穴にネズミを放り込むわけにはいかない。毒蛇にはさらに強い毒を持った毒蛇かマングースをぶつけなきゃね。それにしてもすごい軍団らしい。たったの五十人でチンクの軍事顧問百五十人とフランス外人部隊百六十人を壊滅させたんだ」

「フランス外人部隊も質が落ちたもんだな」

「いや彼らはまだまだタフだ。ただハイエナ軍団のほうがもっとタフということだ。しかも司令官が超一級の戦略家らしい。私自身そいつに一度会ってみたいと思ってるんだ」

「嚙《か》まれないように気をつけることだな」

パーカーがせせら笑った。

「猛獣使いがハイエナを恐れたらジョークにもならんだろう」

「あんたが猛獣使いねぇ」

「ここアジアには〝猛獣〟がいないのがちょっと寂しいがね」

バーンズが真剣な表情に戻って、

「それにしてもついこないだまでバンギで小役人として働いていたボータが大統領になるとはな。人間の運命なんてわからんものだ」

「運命などといった高尚なもんじゃないよ。アンクルサムを代表するわれわれが、やっこさんを大統領に押し上げてやった。それだけのことだ。だがわれわれは百パーセント彼に賭けてるわけじゃないがね。少々のカリズマはあるが、人間として浅いというのがラングレーの分析だ。ということはあまり信用してはいけないということだな。奴の部下のブグア大佐のほうが大統領としての素質はあるらしい。ボータが変な動きをしたら、ラングレーはすぐに彼を切ってブグアにとって代わらせるようだ」

バーンズは無性に腹が立った。パーカーの話が本当だとしたら、NSA本部は中央アフリカ共和国の内戦についての正確な経過をまったく握っていなかったということになる。反政府軍の側についていた中国人軍事顧問団が抹殺され、政府軍についていたフランス外人部隊も除去された。それを実行したのがCIAとボータに雇われたハイエナ軍団というニューカマー。その軍団について本部からの報告書ではひと言も述べていない。

エリントやコミントをまともに遂行していたら、ハイエナ軍団の存在など簡単につかめていたはずだ。衛星がピックアップした共和国内でのコミュニケーション データを分析しさえすればいいのだ。しかしそんな基本的なことさえなされなかった。こんなドジが暴露されたら、NSAのクレディビリティは一気に落ちる。パーカーもそれは百も承知だろう。

「ところでジミー、ひとつ訊きたいんだが？」

「ジミーじゃなくジェームスだ。あんただってスティーヴィーなんて呼ばれたくないだろう」

「どうしたんだ急に？」

「友達の間にも礼儀というものがあるといってるんだよ」

「わかった。すまない、ジェームス」

「それでいいんだ。訊きたいこととは何なんだ」

「先ほどのラングレーからの連絡では、MI6のホルストン長官と東アジア担当責任者のニコラス・マクレインがきのうNSA本部を訪れたとのことだ。マクレインはかつてMI6の東京支局長をやっていた人物だろう。あんたとは特に親しかったと覚えているが」

バーンズはぎくっとした。だがあくまで平静を装った。

「そんなのは昔のことだ。彼がロンドンの本部詰めとなってからはずっと会ってないよ」

「MI6のトップがNSA本部を訪ねるなんて、よほどのことなんじゃないかな」

「そんなことはないさ。うちの長官とホルストン卿は大学時代からの親友だし」

「だがマクレインが一緒じゃないか」

「カバン持ちとしてついていったんだろう」

「マクレインのような大物がカバン持ちはないだろう」

「しかし大事なことならお宅の長官にも会いにいくだろうよ」

「そうじゃなかったからラングレーの連中は気にしているんだ」

「というと？」

「二人はNSAを出てそのままイギリスに帰ってしまったんだ」

バーンズが黙り込んだ。へたなことをいったら藪から蛇になりかねない。

「マクレインはあんたのところには何もいってこなかったのか？」

「全然。いってくる理由もなかろう」

パーカーがちょっと考えてから、

「どうもおかしい。何か重要なことが起こっているような気がするんだ。私のガットフィーリングは意外に当たるんだ」

　バーンズが苦笑いしながら、

「スティーヴ、あんたが有能な官僚であることは認める。だが官僚はガット フィーリングなんて言葉を使ってはだめだよ」

「ひとつ約束してほしいんだが」

「……？」

「ホルストンがなぜNSAに行ったのか、もしその理由がわかったら知らせてくれないか」

　バーンズが初めて見るような表情でパーカーを見つめた。

「スティーヴ、あんたはCIAのメンバーだ。そうだろう？」

　パーカーがうなずいた。

「私はNSAだ。私にぶら下がるようなマネはよせ」

「人聞きの悪いことをいうね。ぶら下がってるんじゃない。お互いプラスになることは大いにやるべきなんだ」

「お互いプラスになることだと？　冗談もいいかげんにしろ！」

　バーンズが爆発した。

「ハイエナ軍団についても知らせなかったくせに！」

「あれはラングレーが直接イニシアティヴをにぎっていたことだ。私には事後報告しかなかったんだ。だから今あんたに話したんじゃないか」

「こっちはゴミ箱じゃない。そんな古い情報をもらっても何の意味もないんだ！」

「おいおいジェームス、何をかっかしてるんだ」

「ゲットザファックアウト！」

「わかった、わかった。あんたの機嫌のいいときまた話そう」

パーカーがあわてて出ていった。

バーンズはふーと息を吐き出して椅子に沈み込んだ。〝クラウチングタイガー《―身構える虎―》〟の話がパーカーなどに知れたら一巻の終わりだ。彼がそれほどシャープな勘の持ち主でないのが救いだ。

電話が低くシャープな音を放った。赤のボタンが点滅している。盗聴不可能な本部とのホットラインだ。

長官のダン・クライバーからだった。

「MI6も大変な話を持ち込んできてくれたものだな」

挨拶も抜きにクライバーがいった。

「彼らを説得できなかったのですか？」

「するにはしたがだめだったよ。彼らはもう決めてしまっている。かつてイラク戦争ではアメリカのいうことを聞いたのだから、今回は自分たちのやり方を受けいれるべきだの一点張りだった。考えてみれば彼らのいい分にも一理あるがね」

　二〇〇三年のイラク侵攻によってサダム・フセインを倒したとき、世界の世論は真っ二つに割れた。フランス、ロシア、ドイツなどは侵攻に最後まで反対したが、イギリスは最初からアメリカについた。そして有志連合の中ではアメリカに次ぐ数の戦闘部隊を送り込んだ。それがイギリス国内でバックファイアー《裏目に出る》して、当時の政権は大きな苦境に立たされた。イギリスから見ればアメリカに貸しを作ったわけである。

「じゃ彼らの条件に賛成したんですね」

「仕方ないよ。だが三ヵ月という時間的制限は伝えたがね」

「三ヵ月ですって！　ちょっと厳しいんじゃないですか」

「それ以上は待てない。それでなくても話がラングレーあたりに漏れたら大スキャンダルになる。私と君の首は間違いなく飛ぶ」

「私が独断でやったことにすればいいんです」

「そうはいかん。ところでそっちの状況はどうなってるんだ。マクレインによると候補者がいるらしいが?」

「ええ、一昨日会いました。だがまだ答えはもらっていません」

「どんな印象だった?」

「トラック　レコードは申し分ありません。頭は切れるし肝もすわっていると見ました」

「やってくれると思うか?」

「五分五分としかいいようがありませんね」

「何かつけ込める材料はないのか」

「そんな手が通じる相手ではないと思いますよ」

「もしその男がだめだったら、ほかに候補者がいるのかね?」

「彼クラスは難しいのではないでしょうか」

「ということは彼に断られたら次のオプションを考えねばならんということだな」

「そのときはイギリス側の提案をスクラップして、ほかのやり方を考えねばなりません」

クライバーがちょっと間をおいてから、

「いや、ほかのやり方など考えられん。そのときは〝クラウチング タイガー〟作戦の存在をホワイトハウスとペンタゴンに知らせる。もちろんイギリス側の了解は取るが」

「そうなったら中国との戦争に発展する可能性がありますよ」

「それは承知だ。だがほかに方法はあるまい。われわれだけで進めるにはボールが重すぎる」

「おっしゃる通りです。世界に対しての責任は取れませんからね。だけどヴェリー ベストは尽くさねば」

「その通りだ、ジェームス。私にできることがあったら何でもいってくれ」

長官がこんなことをいうのは初めてだった。バーンズには急に長官が近くに感じられた。

「お言葉に甘えてひとつだけお願いがあります。東アジア地域の偵察、盗聴を三倍にしてください」

「わかった」

といってから語気を強めて、

「いいか、ジェームス。何としてもその男をくどき落とすのだ。NSAとしては必要なバックアップは何でもする。やってくれたらホワイトハウスに招待して一ヵ月特別室に泊まらせる。ハーヴァードの名誉博士号も与える。土下座してでも受けさせるんだ」

いったん電話を切ってからもう一度受話器を取り上げた。しかしすぐにもとに戻した。電話で話すより直接行ったほうが誠意が通じる。それに歩いてわずか五分ほどだ。いなかったらまた行けばいい。

バーンズは立ち上がってジャケットを引っかけた。

その日の朝、城島武士はいつもより早目に出社して、世界各地の支社から届いている週間報告書に目を通していた。

ニューヨーク、ロスアンジェルス、マドリッド支社は順風満帆、ジャカルタ、デリーなどの支社は半年目にして情報とハイテク企業の土台作りを順調にこなしている。各報告書ともそれぞれの国や地域の政界や経済界で起きているほんの小さな情報でも記載していた。

ベルリン支社は相変わらず為替とヨーロッパの株で利益を伸ばしている。ベルリン支社は一九八八年六月設立され、支社の中では最も古い。当時はまだ東ベルリンと呼ばれていたが、西へ脱出する市民の数が急激に増えていた。壁の崩壊と東西ドイツ統一がそう遠くない時期に実現すると見た城島は、ブランデンブルク門の東ベルリン側にオフィスを持って、地元の人間を支社長にあてた。それから一年五ヵ月後に壁は崩壊した。時を移さず、支社は市の中心地やポツダムの不動産を買い叩いた。

やがて東西ドイツが統一されたら、その首都はベルリンになると城島は確信していた。となると、ベルリンがヨーロッパ経済の中心地のひとつとなる。統一ドイツはベルリンの壁崩壊から一年足らずで実現した。そのときすでにベルリン支社が押さえていた不動産の価値は、一年前に買い上げたときの千倍に達していた。それらの不動産を売った金が、NCICのヨーロッパでの活動のためのジャンプ資金となった。

これがその後の支社設立のプロトタイプとなった。まず支社を設立する。そして短期勝負ができるような情報を集めさせる。それらの情報を城島が分析して指示を与える。

資金は最低限に投入するが、あとは支社の社員たちがどれだけやれるかにかかる。もし失敗した場合は、本社が緊急資金注入をすることは決してない。金食い虫に未練は禁物だからだ。しかしこれまで失敗したことは一度もなかった。モスクワの支社もこの方法によって設立されたが、ドイツとはスケールが違った。

そのモスクワ支社は今、石油と貴金属分野で急成長している。三年前の決断は正しかったと改めて感じる。当時、プーチン大統領はロシアで三番目の石油会社だったユコス社を破産に追い込んで、国営ガスプロム社に買収させた。この強引な手法は国営資本主義などと揶揄されて、世界のビジネス界から非難を浴びた。その結果、外国からロシアへの投資は激減した。城島はすでに莫大《ばくだい》な資金をロシアに投入していたが、それを引き上げることはしなかった。逆にさらに額を大幅にアップして、中小の石油会社へ投資した。彼の考え方は簡潔明瞭だった。西側のビジネスマンたちはプーチンのやり方を批判し、彼を毛嫌いしているが、石油なしに生きてはいけない。好むと好まざるとにかかわらず、世界第二の生産国であるロシアは無視できない。最大の生産国であるサウジはいつ政変が起きてもおかしくはない状況にある。それにくらべて専制強権政治とはいえ、ロシアの政治的安定はここしばらくは続く。だから石油供給の点から見れば何ら問題はない。

この読みが正しかったことは、その後三年間というごく短い期間に、投資額の十倍に近い利益をもたらしたことによって証明された。

上海支社からの報告書はその内容がほかと大分違う。不動産の値上がり状況や次の物件についての細かい情報はあるが、政治的、社会的な情報はまったくない。支社の連中がいかに政治的なことにタブー観を抱いているかがわかる。しかしこれから中国で大きくビジネスをやっていくには、政治や社会についてのインテリジェンスは不可欠である。

電話が鳴った。直通ラインだ。この番号を知っている者は数えるほどしかいない。

「城島さんですか?」

なつかしい声だった。

「ご無沙汰《ぶさた》しております」

「よお織田君!」

電話で話すのはほぼ一年半ぶりになる。

「織田中佐と呼ぶべきか。それとももう大佐に昇進したかな?」

「まだ中佐です。でも自分でつけるランクですから、そんなに意味はありません」

「久しぶりだな。今どこなんだ」

「エリトリアのアスマラに帰ってきたところなんです」

「ひと仕事終えたのか」

「ええ中央アフリカでした。そっちじゃニュースにもなってないでしょうね」

「CNNで見たよ。クーデターでフリーマン政権がぶっ倒れたとかいってたな。裏にはアメリカCIAの手があったとも匂わしていた」

「そうなんです。今回の依頼人はCIAと反政府軍でした」

「だが、君の名前も軍団の存在もCNNではいってなかったよ」

「当然です。われわれは存在してないことになっているんですから」

「中国の軍事顧問団とフランス外人部隊はクローズアップされていた。だが、その後の報道では彼らの動きについてはまったく何も伝えていないが？」

「彼らを片づけるのが今回の仕事だったんです。意外に楽でした」

「商売繁盛で結構だな」

「繁盛しすぎて困ってるんですよ。嫌みに聞こえるでしょうが」

「そんなことはないよ。これだけ世界が複雑で血なまぐさくなると、どこの政府も自分たちの手は汚したくない。そこで君たちのような軍団が必要になる。ところでいつ日本に帰ってくるんだ？」

「実はそれについて城島さんに相談したいことがあるんです」

　織田によると、彼はアスマラから東京に帰る予定だった。隊員への支払いをスイス銀行に確認し、彼らにはそれぞれの祖国に帰ってしばらく休養するよう伝えることにしていた。

ところがつい昨日、新しい仕事の要請が入った。ロシア内務省からだった。舞台はカフカス地方でコントラクト期間は五ヵ月。報酬は一ヵ月二百万ドル、プラス出来高払い。

「条件は悪くはないと思うのですが、何しろあちらさんはカフカスとしかいわないのです。自分はあの地方に関してはあまり知識がありません。そこでぜひロシアに詳しい城島さんにおうかがいしたかったのです」

「カフカスといっても南もあれば北もある。そこのところをはっきりいわなかったのか?」

「ええ」

「多分北カフカスだろうな。チェチェン、ダゲスタン、イングーシ、北オセチアなどイスラム教徒の地盤だ。イスラム戦士の温床ともいえるところだ」

「どんなタイプの戦士なんです」

「ひと言でいえば優秀な戦士だ。神を味方につけていると信じてるから始末が悪い。戦いのためなら家族をも犠牲にする。残酷さにおいてはほかに類を見ない。純粋なイスラムナショナリストとチェチェンやイングーシ マフィア、それにアルカイーダが共闘しているちょっと複雑な集団だ」

「フランスの外人部隊よりタフそうですね」

「戦い方が違うからな。彼らは正面切って敵とぶつかり合うということはあまりしない。

—待ち伏せ攻撃—アンブッシュや人質を取る作戦に秀でているが、まあルールなしといったほうがいいな。ロシアはこれまで随分と兵士を失ったが、それでも勝てないほど優秀な連中だ」

城島にはロシア内務省の思惑は見え透いていた。この十年以上、ロシア政府は正規軍を北カフカスに投入してテロリスト撲滅作戦を行ってきた。しかしその成果は、ゼロとはいわぬまでも極端に低かった。

そこで戦術を変えて、敵に負けずとも劣らぬ残酷きわまりない傭兵を投入する。イスラム側が唯一恐れをなすのは、彼ら以上に残酷で野蛮な戦い方をする相手である。正規軍ではジュネーヴ条約というハンディキャップがある。イスラムの捕虜待遇についてでさえも縛られてしまう。

かつてアメリカ軍は、イラクやアフガニスタンのテロリストたちをアブグレイブやグアンタナモ基地で不当に扱ったとして、国際世論から突き上げを食らった。ロシアとしてはそういう事態は避けたい。同時に最高の結果を出したい。となるとルールなしの戦いを展開できるプロの戦争請負人を使うのがベストだ。

「それにしてもロシア内務省から仕事の依頼がくるとは、君の部隊も有名になったものだな」

「からかわないでくださいよ」

「いや本心から感心してるんだ」

「受けるべきでしょうかね」

城島がちょっと間をおいてから、

「出来高払いとはどういう意味なんだ?」

「相手の首ひとつにつきボーナスを出すという意味です。この商売にはよくあることです。今回はヒラの兵士をひとり殺《や》れば五百ドル、幹部は千ドル、トップクラスには五千ドルといってました」

「ばかに安いな」

「基本料金が高くなってますから」

「その仕事をやる必要があるのかい」

「どういう意味です?」

「頼んできた者に義理があるとか、または財政的に君のところが逼迫《ひっぱく》してるとか?」

「いえ、義理などはまったくありません。それに金に困っているわけでもありません。今回の仕事で大分儲けましたし、できれば隊員には休みを与えたいんです」

「じゃそうしたほうがいい」

「やばいですか」

「おれの考えではね。理由は二つある。まず、かの地は山岳地帯だ。相手は地形を自分たちの庭のようによく知っている。ところが君たちは違う。それに慣れる前に部隊の半分を失うなんてこともあり得る。なにしろ狂信者の集団だ。自分たちの仲間が百人死んでも敵一人を殺れば上等と考えてる。殉教者の補給には事欠かない。第二にロシア内務省の中には敵のモグラが何人もいる可能性が高い。しかもかなり地位の高い者、多分大佐以上だ。二〇〇四年の九月に北オセチアで三百人以上の人質が殺された学校占拠事件があっただろう。あのとき、テロリストに内通していた内務省高官がいたことは明らかになっている。金で買収されたんだ。それだけロシア内務省は腐敗しているということだ。君たちがカフカスに入る前に、情報が相手に筒抜けになるということは大いに考えられるんだ。これはあくまでおれの参考意見だ。最終的に受けるかどうかは、君の判断次第だ」

「受けるだけの価値はありませんね」

「おれなら受けないね」

「わかりました。やめます」

「骨休めに日本に帰ってこいよ」

「そうします。明日ここを発ちます」

「会うのを楽しみにしているよ」

受話器をもとに戻した。城島の顔にごく自然と笑みが浮かんだ。

あいつも随分と大人になったものだと思った。以前の織田だったら誰の意見も聞かずに、火の中に飛び込んでいったものだ。だが今では意見を聞いてそれを素直に受け入れる。だからといって、彼が受け身になったわけでは決してない。戦場では現実的にならなければ命を失う。数々の修羅場をくぐり抜けてきた経験が、織田をひとまわりもふたまわりも大きくしたのだ。

城島が織田信虎《のぶとら》に初めて会ってからもう十年になる。当時は、アメリカが仕掛けたアジア金融危機が頂点に達していたころだった。

ある晩、仕事を終えて息抜きに一杯飲《や》るため、六本木の会員制クラブ〝アフロダイテ〟を訪れた。入ったところに大きな凹形のカウンターがあり、その奥がフランス料理のレストラン、さらにその奥にホステスが接待するラウンジがある。

城島はカウンターにすわった。凹形の左側に客が三人、右側に一人、城島は真ん中にすわった。

「景気はどうです、社長」

ワイルド・ターキーのグラスを城島の前におきながら、バーテンが愛想よく話しかけた。

「よくないね」

「またまた。社長のところに限って悪いなんてことないでしょう」

「いや日本経済全体が悪すぎる。人間の体でいえば、ほとんど血行が止まってるようなものだ」

「ああ、そうそう。この前教えていただいた株一万ほど買っといたのですが、二百五十円がもう三百五十円に上がりましたよ」

「明日、市場が開いたらすぐに売ったほうがいいな」

「でもこの勢いなら五百ぐらいまでいきそうなんですがね」

「全部紙くずになってもいいんなら、しがみついてることだね」

「いや売ります。社長の目は絶対ですからね。これまで随分と儲けさせてもらったし」

「これからしばらくは株には手を出さないことだ」

「そんなに悪くなるんですか」

「バブルの最高期の日経平均に戻るには、十年から十五年はかかるだろう。この国がそれまでもてばの話だがね」

「あんた株屋さんかね？」

右側にすわった男が城島に声をかけた。

城島が苦笑いしながら、

「まあそんなところだな」

まだ若い。年は多分二十代前半。長い髪を後ろにたばね、切れ長の目と高い鼻が特徴的だ。肩で風を切るようなとっぽさが全身から溢《あふ》れている。着ている迷彩服と背中にしょっている日本刀がいやでも目をひく。

そういえば、そばに自衛隊六本木駐屯地がある。城島はからかってみたくなった。

「自衛隊かね」

「迷彩服を着てるからって、自衛隊とは限らないだろう」

「じゃ右翼か」

男が胸を張って、

「大日本国際闘争塾って聞いたことないか」

「ないな」

「右翼といっても、おれの塾はひと味違う。まず街宣車に乗って通行人に迷惑をかけたり、交通渋滞を巻き起こして、経済効率を下げるようなことはしない。総会屋もどきのこともしない。また外国の大使館に押しかけようともしない。この国は民主国家だから何でもできる。だがそれには責任がともなう。その第一は世間に迷惑をかけないことだ。しかしまだこの国には本当の民主主義が根づいていない。だから権利ばかり主張して、義務や責任を回避する輩《やから》が多いんだ。そして悪がはびこる。日本という国はこんなではなかった。光り輝く日のもとの国だった。人々は礼儀正しく情に厚く、社会には世界に誇れる秩序があった。ところが今はどうだ。政治家や官僚は腐り切って保身しか考えない。企業は儲けだけに走りモラルなど考えない。このままいったら日本は自滅するだろう」

左側にいる三人の男たちは話をやめて、若い男のいっていることに耳をそばだてている。三人ともパンチパーマをかけアルマーニを着ているが、彼らが着るとアルマーニに見えないからおかしい。

「あんたの大日本国際闘争塾の目的は何なんだ」

「この国をもっと風通しのいい本物の民主主義国家にする。それにはまず、この国の不良債権を片づける。不良債権といっても二つある。ひとつは社国を思う心のない亡国銀行家どもが作った莫大な赤字。これは銀行と政府でどうにかしなければならない。もうひとつの不良債権。大日本国際闘争塾のさしあたっての仕事は、やくざをひとり残らず殺してしまうこと。ヤクザフリーの国にするんだ。それから政界、財界、官界などに巣くうダニどもを退治する。一人一殺ではなく一人百殺が目標だ」

「立派な考えだが、多分実現不可能だろうな」

「凡人はそう思うだろうが、この織田信虎に不可能なことなどない」

「信虎なんてすごい名前だね」

「織田家十六代目だ」

「おれの体には信長公の熱き血が流れ、烈々たる魂が燃えているんだ」

城島は吹き出しそうになるのを抑えてバーテンに目をやった。

「本当なんですよ、社長」

バーテンが真剣な面持ちでいった。

「一度家系図を見せてもらったことがあるんですが、ちゃんとしたものでした。殿は信長公の長男、信忠公の直系の血筋を引いてるんです」

「だけど織田信忠は本能寺の乱のとき二条城で自刃した。当時まだ二十五歳だったはずだが」

「あんた日本人かい」

「そのつもりだが」

織田がせせら笑った。

「日本の歴史も知らないで、よく日本人だなんていえるな」

「凡人だからね」

「いいか。当時は十五、六で嫁さんをもらってるんだ。二十五歳ともなれば子供の二人や三人いるのは当たり前だったんだ」

「これは失礼」

「あの織田信長の?」

「あんたが凡人であるのはしょうがない。だが無知な凡人にはなるな」

城島が苦笑いしながら、

「そう凡人、凡人といわれると本当に自分が凡人と思えてきたよ」

「それを悟っただけ、まだあんたには救いがある。無知に対して無知なのが最も始末が悪い。今の日本はそういう輩が跋扈《ばっこ》しすぎている」

城島の左側にすわっていた三人がストゥールから降りた。いかにもといったごっつい体つきだ。中のひとりは相撲取りのように首が肩の間に埋まっている。

三人が城島の後ろを通り過ぎて織田に近づいた。

「殿」

中のひとりがいった。

「今晩はもう大丈夫です。そろそろ帰りましょう。明日が早いですから」

織田がうなずいて止まり木から降りた。

城島を見て、

「縁があったらまた会おう。堅固息災でな。さらばだ」

城島がグラスを上げた。

「ありゃ本物なのかい?」

城島がバーテンに訊いた。

「といいますと?」

「劇画に出てくるようなキャラクターじゃないか」

「いや、本物ですよ。殿は社長のこと気に入ったようですね。普通は知らない人とは口はきかないんです」

「光栄だな。あの背中に背負ってるのは本当の刀なのか」

「いいえ、あれは樫《かし》の木で作った木刀です。刀より効き目があるらしいですね。あれで叩かれると、骨が腐るらしいですから。殿は剣道三段なんです。強いですよぉ」

「何をやって食ってるんだ」

「用心棒です。うちの店も殿に任せているんです」

「みかじめ料か。やくざと変わらないじゃないか」

「いいえ、殿はやくざじゃありません。店を脅して無理矢理用心棒になるなんてことはしません。ちゃんと選択権を与えるんです。うちは三年前オープンしたとき、松田組と契約してたんですが、ある日、殿とさっきの家来が来まして、初めの三ヵ月はみかじめ料ゼロ、プラス従業員に降りかかる生活上のトラブルも解決するというサーヴィスつきでどうかといってきたんです。すでに松田組と顧客契約しているというと、松田組とは話をつけるからぜひ顧客になってくれというのです。三ヵ月間無料ということで、とりあえずやってもらうことにしました。ところが月末の集金日に松田組の集金人と殿が出っくわしてしまったのです。殿は相手を説得しようとしました。相手は聞くわけがありません。運悪く殿の家来は営業のためにほかの店に行ってたので、殿ひとりで五人を相手にせねばなりませんでした。しかしあのとき、私は本当のケンカの強さを目の当たりにしました。こっちがまばたきもしないうちに、殿の木刀が宙で躍り、五人のやくざはうめき声を上げ頭や脇腹などをかかえて床にのたうちまわっていたんです。剣道家にケンカをやらせたら本当に強いですね。殿は息も乱れてなかった。でも、いつの間にか六人目が入ってきて、殿の後ろにまわってビール瓶で頭を殴ったんです。振り返った殿の顔は夜叉《やしゃ》のようでした。頭に手を当てて血が流れているのを確かめると、木刀を捨てて素手で相手に飛びかかり、殴り倒しておいて相手の手の皮と肉を食いちぎり、手の指も嚙み切ってしまいました。まさに狂人でした。店の者みんなで止めたのですが、撥《は》ね飛ばされてしまいました。警察が来たとき、殿はカウンターでバーボンを飲んでましたが、床の上にはあばら骨を折られた男が三人、顔に面をいれられて鼻が折れてる男がひとり、頭をやられて気を失ってるのがひとり、そして指と手の肉を食いちぎられて痛さのあまり泣いているのがひとり。警察もびっくりでした。結局両方とも逮捕されたのですが、警察はみかじめ料をめぐる争いを立件しようとしました。でもうちはシラを切り通し、店のダメージについても訴えなかったため、単純なケンカとして処理されました。松田組の連中は、前科持ちや仮釈放中の者がいたため、六ヵ月から一年の臭い飯、殿は精神鑑定の結果スキゾフレニア、ということは精神分裂症で強制入院させられましたが、六ヵ月で出てきました。治しようがないと医者がサジを投げたのです」

「本当に分裂症だったのか」

「ちゃんとした医者が診《み》たんですから。それにあのケンカのやり方は、普通の人にはできません。織田信長もきっとあんな風だったんでしょうね」

「頭は悪そうではないな」

「それどころか平均的日本人の十倍はいいんじゃないでしょうか。六法全書を全部頭に叩き込んで、大学一年のときに司法試験と会計士試験の両方にパスしてるんです。逮捕されたとき心理学者が殿のIQテストをやったらしいんですが、百八十という数字が出たそうなんです。それ高いほうなんでしょう」

「世界的物理学者だったアインシュタインと同じだよ。天才と狂人は紙一重とはよくいったものだ。弁護士でも会計士にでもなれるのに」

「殿は人に縛られるのが嫌なんです。クライアントに頭を下げるなんてあり得ません。しかしあれほど他人の面倒をよく見る人はいません。あるとき、従業員のひとりが街金融から金を借りたんですが、返しても返しても、借りた金が減らないので殿に相談したんです。次に取り立てが来たとき、借り主の代わりに殿がかけ合ったんです。彼らは三人でした。まず殿はいいました。お前たちは法定金利の六千倍を取っている。これは明らかに法律違反であるから、こちらとしては金融法違反と詐欺罪、および今までの暴力での威嚇、名誉棄損などで告訴を考えている。と同時に、今まで支払った過剰分の利息をすみやかに返すよう訴える。静かな口調でいったのですが、相手は脅しをかけてきました。これ以上話しても無駄と判断した殿は、三人を例のごとく叩きのめしました。その後その街金はほかのやくざを送ってきましたが、結果は同じ。今ではこの地区一帯の店は、殿の庇護下にあります。やくざも殿を恐れてます。おかげで商売も邪魔されずに平穏な毎日です」

「この退屈な日本にもおもしろい奴がいるもんだねぇ」

それから五日後、織田信虎が虎ノ門にある城島の会社を訪ねてきた。迷彩服ではなく背広姿で、家来は連れていなかった。髪をさっぱりとしたクルーカットに変えていた。

「先日は大変失礼しました」

〃アフロダイテ〃で会ったときとはまるで別人のような態度だ。

「どうしてここが？」

「〃アフロダイテ〃のバーテンから聞きました。城島さんがいかにすごい人かについてもいろいろ話してくれました。どうかあの晩の無礼をお許しください」

「あのバーテンもおしゃべりだな。聞いたことの三分の一と思っていたほうがいい。君が無礼を働いたなんて、おれはこれっぽっちも思ってない。逆に楽しかったよ」

「そういわれるとなおさら赤面の至りです。城島さんのような偉大な人間を見抜けなかった自分の愚かさを恥じています」

「そう大袈裟に考えるな。殿らしくないぜ」

「いいえ、こういうことはけじめをつけなければなりません。本来なら無礼討ちされても、何もいえないところです。世界を相手に死闘を繰り広げている城島さんのような方を凡人などといった自分は、超うつけ者です。いくら謝罪しても足りませんが、ひらにひらにお許しを乞う次第です」

といってテーブルに両手をついて深々と頭を下げた。一瞬ふざけているのかと思ったが、そうでもなさそうだ。

「許していただけますか」

頭を下げたまま織田がいった。

「わかった、わかった。許すも許さないもないのだが、許そう。それで君の気がすむなら」

「ありがとうございます」

城島がにこやかに笑いながら、

「それにしても君は一途な人間だな。その真っすぐさは貴重だよ」

「とんでもありません。自分自身を情けなく思っているんです。城島さんのような大きな海で泳いでいる人間もいるのに、自分は澱《よど》んだ泥の池でアップアップしているのですから」

「大日本国際闘争塾をやってるじゃないか」

「あれはやくざに対するいやがらせです」

「なぜやくざにそれほどこだわるんだ」

織田がちょっと躊躇してからその理由を話し始めた。

彼は京都で生まれ育った。京都大学に在学中の二年前の夏のこと、父と母が五条通りを散歩中、抗争中のやくざの撃ち合いに巻き込まれ、流れ弾に当たった。父は即死、母は病院にかつぎ込まれて息をひきとった。抗争中のやくざ組織を訴えようとも思ったが、それには時間がかかりすぎる。ひとりっ子だった彼は大学を中退し、その後上京して腕一本で十人の家来を持つに至った。

「ですから、大日本国際闘争塾はあくまで両親の復讐《ふくしゅう》のためだったんです。単純きわまりない発想でした」

「しかし二年で十人の集団を持つなんて、たいしたものじゃないか」

「自慢になるようなことじゃありません。上京したときは夢中でしたから、新宿や六本木などで腕っぷしの強そうな奴を見るとケンカをふっかけて、屈服させ家来にしたのです。頭はそれほどよくはないが、やくざも恐れるようなタフな連中です。彼らには悪いことをしてしまったと、反省の日々です」

その日はそれで帰った。

城島は、ある種強烈な印象を織田から得た。少々エキセントリックなところはあるが、竹を割ったような真っすぐな性格、礼儀正しく頭も切れる。今どきの日本人の若者には珍しい存在だと感じた。

それから数日後、織田が再び城島を訪れた。

かなり思い詰めた表情をしていた。

「城島さん、出来の悪い人生の後輩として、ひとつお訊きしてよろしいでしょうか」

城島は改めて織田を見つめた。今目の前にすわっているのは、六本木のバーで会った鼻っ柱の強い自信満々の織田ではなかった。目的も行く先もわからず、ただ迷いと不安に脅えるひとりの若者だった。

「何だね？」

「自分はこれからどうすればよいのでしょうか？」

「君は何がしたいんだ」

「大日本国際闘争塾は家来のひとりに譲ろうと思ってます。今ならみなが生活できるぐらいの実入りはありますから」

「その後は？」

「それがわからないのです。城島さんの目から見て、自分が生きられる世界はあるのでしょうか」

城島がしばし考えてから、

「おれは、人に対してこうしろああしろというほど恥知らずじゃない。地獄を選ぶか天国を選ぶか、人それぞれなんだ。だが君は今初めて人生を真っ正面から見つめようとしていると、おれには映る。勇気のいることだ。その勇気への御祝儀としてあえていおう。おれの見るところ君には稀《まれ》な才能がある。戦いの才能だ。それを君は証明してきた。しかし残念ながら戦場が小さすぎる。おれだったら同じ戦うんなら、舞台を世界に求める。迷彩服が輝くような舞台にね」

「傭兵になるというわけですか」

「ただの傭兵じゃない。傭兵部隊を持つのだ。いろいろなビジネスがあるように、これは戦闘の経営だ」

「それがビジネスとして成り立つんですか？」

「昔からホットなビジネスだったが、今じゃ需要が供給をずっと上まわっている。米ソ冷戦が終わったとき、世界は平和になり、紛争はなくなると人々は思った。しかしそれは希望的観測にすぎなかった。やくざの世界を例に挙げれば、冷戦時はソ連とアメリカという大親分がにらみをきかしていた。トラブルが起こると親分同士で話し合って解決した。ところが冷戦が終わり、ソ連という一方の親分が死んでしまった。米ソの力と影響力で抑えるシステムが崩壊してしまった。そこでずっとそれまで親分のいうことをがまんして聞いていたチンピラたちが暴れ始めた。バルカン、ルワンダ、コンゴ、ソマリア、中東、カフカス、東アジアなどエスノナショナリズム《自民族中心主義》、宗教、天然資源や水資源、食糧などをめぐっての紛争は世界で毎日のように起きている。新たにテロリズムという無視できない要素も加わった。これらの紛争に対して、先進国は介入したがらない。泥沼に足を突っ込んで、抜け出られないケースが多いからだ。代わりに彼らは傭兵を使う。傭兵なら紛争のスケールを小ぶりにできるからだ。紛争国にしても、傭兵を使うのが最もてっとり早い。だから市場と需要はそこら中にある。ノウハウを持ち、優秀な兵士を抱えていたら注文は絶えない。まさに右肩上がりのビジネスだ。もっともウォール街に上場するのは無理だがね」

「しかし傭兵部隊を持つといっても、自分には何の経験もありません」

「経験は得るものだ。誰も生まれついて持ってる者などいない」

城島がひと呼吸おいてから、

「君にやる気があるなら、その経験を得る手助けをしよう」

「本当ですか！」

織田の顔がぱっと明るくなった。

「これも何かの縁だろうからね」

「信長公が城島さんに巡り合わせてくれたのです」

「まず君が一人前の経営者となり、比類のない戦士になるのが条件だ。難しいがこの条件がクリアーできなかったら、スタートラインにも立てないと思ってくれ」

織田が真剣そのものといった表情でうなずいた。

「まずしばらくここで働くこと。普通の人間が五年かかって習う経営の基本を、君は一年たらずで修めるんだ」

平均的IQの人間には到底無理であることはわかっていた。しかし織田にはできると、城島は直感的に感じ取っていた。

「その後はアメリカに行って兵士としての訓練をする。二年もすればプロの戦いのマシーンになっているはずだ。そのあとは君次第だ」

翌日から織田は城島のもとで働き始めた。

一年間で経営の基本を叩き込むのは至難のわざである。最も確実で手っ取り早い方法は、実地で体験させることだ。ビジネスマンとしてのベーシックなマナーや姿勢、話し方、ネゴの進め方、ブラッフのかませ方、人の使い方などを現場で見せ、肌で吸い取らせる。そう考えた城島は、織田を個人秘書としてあらゆる場所に連れていった。城島が読んだ通り、織田の消化能力は卓越していた。二ヵ月もしないうちに、城島の代わりに初歩的なネゴさえできるようになっていた。

三ヵ月後、城島は彼に外国出張を命じた。モスクワ、ベルリン、ニューヨークなどの支社巡りをして、経営の実態を把握すると同時に、英語を徹底的に磨き上げることが課題だった。これも織田はスムースにこなした。

半年後、日本に帰ってきたときはいっぱしのジェントルマンとなり、ビジネスでのネゴも英語で難なくこなすようになっていた。

織田が背広を迷彩服に替える時期がきたと城島は判断した。織田が城島のもとで働き始めてから十ヵ月後のことだった。

その後、織田はアメリカに向かった。城島は友人のアメリカ人に織田を紹介し、彼がアメリカ陸軍レンジャー部隊に入れるよう便宜をはかってもらった。

それから二年間、織田は陸軍レンジャー部隊のメンバーとして、ジャングル戦から砂漠戦、山岳戦、アーバンウォーフェアー《市街戦》、対ゲリラ戦など、ありとあらゆる状況下での戦い方を叩き込まれた。アフリカでの小紛争や中南米での麻薬カルテルに対する戦いなどの実戦も経験した。

織田の兵士としての優秀さは、上官だけでなく同僚からも認められた。除隊するとき、部隊の司令官が熱心に彼を引き留めた事実がそれを証明していた。

城島は帰国した織田を空港で迎えた。骨太のたくましい男になっていた。

織田が深々と頭を下げた。

「織田信虎、準備ができました。ここまで導いてくださったことに心より感謝します」

プロの戦士、織田信虎の誕生の瞬間であった。

第三章　契　約

「電話もせずに来てしまったことをお許しください」

バーンズがいった。

「直接お会いして、もう一度お話ししたほうがよいと思いまして」

城島にしてみれば二日前にはっきりと断ったつもりだったので、彼についてはすっかり忘れていた。

「だけど私の答えは変わりませんよ」

城島が作戦書のコピーをバーンズに返した。

「私はこのまま戻れません。あなたに断られたら、NSAでの私の存在価値はないのです」

城島が笑いながら、

「冷たく聞こえるでしょうが、私にはまったく関係ないことです。断りの理由は先日話しましたしね」

バーンズがしばし考えてから、

「確かにあなたのおっしゃる通りです。あなたに無理強《むりじ》いはできない。しかしもし私があなたの立場にいたら、別の角度から考えて結論を下します」

「しかしあなたは私ではない」

バーンズが片手で城島を制した。

「最後まで聞いてください。私にいわせれば、あなたは一千万いや一億人にひとりの人だ。今、東アジアにクライシスがやってこようとしている。それを回避するためNSAとMI6があなたに話を持ってきた。そしてすべてを明かしている。この地域に住む人々もヨーロッパの人々も何も知らない。このまま事態が進めば、東アジアは戦火に見舞われます。だがあなたはそれを止めることができるかもしれない。人間として生まれて、これほどの名誉はありません。私にできるなら喜んでやります。だが私にはそんな能力はない」

「なぜそんなに私を買いかぶるのです。先日もいった通り、今の私にはそんな能力もないし、やる意志もないのです」

「では、ひとつ聞かせてください。中国が台湾に武力行使をしたら、東アジアは戦乱に陥りますよね。そのとき、わが国はほぼ百パーセント介入します。状況は確実にエスカレートする。となると誰にも止められない。日本も日本人も例外的に助かるなんてことはなくなる。それでも仕方がないとおっしゃるんですか」

「それはフェアーな質問ではないですね。だがあえて答えましょう。人類のばかさかげんは今さら始まったことじゃない。自分で自分の足を撃つようなことばかりしている。そのばかさかげん故に、いずれはこの世界は滅びるかもしれない。そのときはしょうがないでしょう。愚かさの代償として受け入れるしかないと私は思っています」

「私はあなたのように哲学的にはなれません。戦争をストップするのが私たちの役目ですから。これから生まれてくる人間たちのためにも、平和な東アジアを残しておいてやりたいのです」

城島が驚いたことに、バーンズの目は涙に濡れていた。

いい男だと思った。商売柄これまで多くの諜報界の人間と会ってきたが、目の前にいるバーンズはひと味違う。諜報の世界とは正反対の純粋さがある。

「あなたはいい人だ。できることなら応えたい。だが受けたらあなたを騙《だま》すことになる」

バーンズがしばらく押し黙った。

意を決したように立ち上がった。

「わかりました。あなたの言葉を尊重します。貴重な時間を取らせてしまって申し訳ありませんでした」

　ドアーに向かった。心なしかその背中が小さく見えた。

「ミスター　バーンズ！」

　城島が呼び止めた。

「〝イフ〟という大きな仮定つきですが、私がある人間を推薦するというのはどうでしょうか」

　バーンズの目が輝いた。

「あくまで仮の話です。相手がノーといったら無理強いはできませんからね」

「あなたの眼鏡にかなった人間なら無条件でお願いしたい。この際こちらに選択権はありません。で、どのような人物なんです？」

「名前はまだいえません。相手がオーケーしてないんですから。ただひとつだけいえるのは、あなた方の目的を達するには、常識的な戦略や戦術では全然通用しないということです。それはあなたもわかってるでしょう」

　バーンズがうなずきながら、

「相手が相手ですから」

「はっきりいって中国という国はアブノーマルな国家です。いったん何かを決めたら、世界世論がなんといおうと関係なく遂行する。狂気的メンタリティを持った国家といってもいい。そういう国家の行動にブレーキをかけるには、同じレヴェルかそれ以上にラディカルなメンタリティを持った人間が必要です。悪魔に対して天使は通用しません。換言すれば血を流すことをまったく躊躇しない、大胆かつ細心な計算に立った即決即断力。そして無限の闘争心と本物の生存本能を持った人間。そういう人間は世界広しといえどもそう多くはいません」

「あなたのような人間ですね」

「とんでもない。〝オペレーション　スバボーダ〟にしても〝パンドラ〟にしても、血は流さなかった。私自身、血を見るのに堪えられないからです。だが今回の話は血が流されることが前提となると思うんです。やわな人間には到底できることではありません。プロの戦士、しかもザ　ベスト　オブ　ザ　ベストでなければ……それでも中国に勝てるとは正直いって思いません。ただ、いいファイトを見せるとは思いますがね」

「日本人なんですか、その人は?」

「生粋の日本人です。人は彼を〝ザ　コントラクター《―請負人―》〟と呼んでいます。この世に暗殺や戦闘を請け負うコントラクターは多いが、私の知る限り〝ザ〟をつけられるのは彼だけです」

「すぐにでもお会いしたいですね」

「多分あさって彼は日本に帰ってきます」

「外国にいるんですか？」

「つい二、三日前、仕事を終えたらしいんです」

「彼に話すとき、私も同席させてくれませんか」

「それはちょっとまずいでしょう。彼がもし断ったら、あなたは彼に対して面を割ったことになる。彼にしてもあなたに知られたとなると、いやな思いをするでしょうからね」

「それはそうですね」

「彼が受けたら、あなたにすぐに紹介します。受けなかったら、残念ながらこの話はなかったことにしましょう」

バーンズが手帳を取り出して何やら書きなぐると、そのページを破って城島に渡した。

「私の携帯番号です。二十四時間オープンにしておきます。何時でも結構ですから、連絡をお願いします」

「携帯は最も盗聴されやすいんじゃないですか？」

「いやそれは特別なんです。逆によく盗聴に使うんです」

城島が笑いながら、

「そりゃそうでしょうね。盗聴を専門とするあなたがたが盗聴されたんじゃ冗談にもなりませんよね」

エリトリア　首都アスマラ

階下のコーヒーショップで朝食を終えた韓慈男《ハンチャナム》大尉は、三階にある織田の部屋に向かっていた。エレヴェーターはあるにはあるのだが、乗る気はしなかった。五十年ほど前の代物で、その間定期点検が何回行われたかもはっきりしない。せっかく戦場で生き残ったのに、エレヴェーター事故で死んだらそれこそ笑い者になる。それにエレヴェーターより歩いたほうがずっと早い。

市の中心地にあるここプラザ・ホテルが、ハイエナ軍団のアフリカでの本部だった。プラザといっても、ニューヨークにある超一流ホテルとは何の関係もない。まだイタリアの植民地だったころに作られた、恐ろしく汚れて古びた建物である。

しかしアフリカ支社として使うには十分だった。兵士たちがアフリカでの仕事の前に集合し、仕事を終えたら、それぞれの国に帰る前に立ち寄る。また金の配分や次の仕事の打ち合わせをする。彼らにとっての息抜きの場でもあり、戦闘状態から抜け出す精神的転換を行える場でもある。ハイエナ軍団の本部は、フィリピンにあるのだが、最近はアフリカでの仕事が多いため、ここがよく使われている。

半分開いた中佐の部屋のドアーをノックした。

「韓大尉、お呼びによって参りました」

「入れ」

ドアーを閉めて居間に入った。織田はポロシャツ姿でコーヒーを飲んでいた。

「何か飲むかね？」

「いえ、ただ今朝食を終えたところですので」

「すわりたまえ」

織田があごでソファを指した。

大尉がぴんと背筋を伸ばした姿勢で腰をおろした。こういう動作を織田は最も大切と考えている。歩き方や身のこなしがだらしない者は戦闘でもろくな働きはできないというのが、彼の常套句《じょうとうく》だった。

「隊員たちの調子はどうだ？」

「少々疲れていますが、士気はいたって高いと感じます。二、三日休んだらロシアに出発できると思います」

「実はそれについてだが、まだ隊員たちには話してないだろうな」

「はい」

「あの話はなかったことにしたい」

「わかりました」

「理由を知りたくないか」

「いえ、中佐殿の決定に従うのが、自分の義務であり仕事でありますから」

「隊員にはそれぞれの国に帰って、しばらく休養するようにいってくれ」

「そう伝えます」

「君はどうするんだ？」

「とりあえずソウルに帰るつもりであります」

「ひとつ頼まれてほしいんだが」

「何でしょうか」

「兵士の数を少し増やしたいんだ。韓国で、もしいいのがいたら引き抜いてくれないか」

「北から亡命してきた元兵士が何人かおります。みな第五軍団出身であります」

「それなら即戦力として使えるな。条件はヒラの兵士扱い。実力に応じてランクも給与も上げていく。二十五歳以上に絞ってくれ」

「わかりました」

「連絡は私の携帯にするように。以上だ。下がってよし」

大尉が立ち上がって敬礼した。

「韓大尉、失礼いたします」

アジア十ヵ国の国籍から成るハイエナ軍団の隊員の中でも韓大尉の前歴は変わっていた。北朝鮮の平壌《ピョンヤン》出身で、当年三十五歳。金日成《キムイルソン》軍事大学卒業後、人民軍最強といわれる第五軍団に入隊。五年後には超スピード出世で少佐に昇進。将来を嘱望されていたエリートだったが、ある日脱北し、最終的に韓国に亡命した。二十七歳のときだった。

しかし韓国内の状況は、亡命者が珍しかったひと昔前とは違っていた。あまりに多すぎて韓国社会が吸収できるレヴェルを超えていた。結果として亡命者に対する待遇も以前とは違った。社会的差別も生じていた。

明洞《ミヨンドン》のバーで用心棒として雇われたが、それほど誇れるものではなかった。ある日ひとりの日本人がそのバーを訪れた。兵士をリクルートに来ていた織田だった。韓をひと目見てその動きや目つきから、彼が鍛えられた元軍人であると織田は見抜いた。それからは話は早かった。

ハイエナ軍団には一兵卒として入隊した韓だが、北朝鮮の第五軍団で鍛えられたその腕は本物だった。一年足らずで中佐は彼に大尉のランクを与え、部隊のナンバー2とした。以来韓は水を得た魚のように働いた。ならず者集団のような隊員を叩き上げて、現在のエリート部隊にできたのは、彼に負うところが大きかった。今では四十八人の兵士たちのまとめ役として、なくてはならない存在だった。そろそろ少佐に昇格させて、給与も大幅アップすることを織田は考えていた。

韓大尉が出ていってから十分後、下のフロントから電話が入った。アブド・マンスール氏が訪ねてきたという。

数分後マンスールがやってきた。でっぷりと太った巨体を安っぽい背広に包んで、肩で激しく息をしている。

「エレヴェーターを使えばいいのに」

織田の言葉にマンスールが大きく首を振った。

「まだ死にたくはありませんからね」

アブド・マンスールは、エリトリア陸軍の第一スポークスマンだが、それはただ肩書的なもので、本業は武器商人であると織田は聞いていた。

ハイエナ軍団がここアスマラをアフリカでの活動の本部として移ってきて三年目になる。以前はコンゴ民主共和国のキサンガニにアフリカ支社をおいていたが、長引く内戦のため、その機能は著しく低下した。ほかの地に支社を移すことを考えていたとき、アプローチしてきたのがエリトリア政府で、その代表がアブド・マンスールだった。

エリトリアがハイエナ軍団を呼び込みたかったのには理由があった。隣国ジブチの存在である。ジブチは一九七七年フランスから独立。エリトリアはイタリアの植民地だったが、戦後エチオピアに合併され、九三年に独立した。独立以前からジブチとエリトリアの関係はあまり芳しくなかった。軍隊としては質量ともにエリトリアが上回っているが、ジブチにはフランス外人部隊が駐留しており、いざとなったらフランス本国が積極的に援助することになっている。

その上エリトリア政府は国内でも問題を抱えていた。反政府勢力の存在である。中でも脅威なのはアブドゥラ・イドリス・エリトリア解放戦線（ＥＬＦ－ＡＩ）とエリトリア国家議会解放戦線（ＥＬＦ－ＮＣ）。これら両勢力はその兵力約一万。

ハイエナ軍団を呼び込むにあたって、エリトリア政府は軍団がこれら反政府勢力を一掃することに協力するという条件をつけた。ハイエナ軍団はこれに対して、フルタイムではなく仕事の合間にというカウンター条件をつけた。エリトリア政府はこれを呑《の》んだ。彼らにしてみれば、ハイエナ軍団がいるだけでも、ジブチのフランス外人部隊に対してにらみが利くと考えたのだ。

軍団を招聘《しょうへい》したのは成功だった。一年もしないうちに、反政府勢力は一万人から五千人に減った。軍団にとっては半分遊びのようなものだった。隣国ジブチのフランス外人部隊の越境も以前ほどなくなった。今やハイエナ軍団はエリトリア政府にとって貴重なゲストとなった。

「突然訪ねてきてすいません」

マンスールが片手を胸に当てていった。

「いやいいんです。もうパッキングも終わったし」

「実はですね、バンギから使節団が来ているのです」

「バンギからですか？」

「あなたが盗んだC－130を受け取りに来たといってるんですが」

すっかり忘れていた。あのときサミュエル・ボータには、もしC－130を返してほしかったら、あとでアスマラに誰かを寄こすようといっておいたのだった。その機は今、空港の隅に駐機してある。

「大袈裟なことを。盗んだわけじゃありません。一時的に借りただけです。返してやったほうがいいでしょう。かの国にとっては大事な機ですから」

「信用できますかね？」

「使節団をですか？　ボータに連絡して確認を取ってみたらどうです」

C－130はアフリカでは貴重な輸送機である。それを持っている国は、ナイジェリアや南アフリカ共和国など数えるほどしかない。こういうケースでは、使節団がそのままどこかの国に亡命して、機を売っぱらってしまうことも考えられる。一生食える額を得るのだからあり得ないことではない。

「うちの国防大臣は返す必要はないといっています。あなたが乗ってきたものですから、あなたがわが政府に寄付すればそれですむことだ、と」

典型的なアフリカ的考え方である。ある意味では合理的といえるが、相手の立場を考えないという決定的欠陥がある。たかが輸送機一機のために、中央アフリカ共和国との関係を悪化させる必要はないでしょう」

「それは心配ありません。関係が悪くなっても、あそこからここまで攻めてこられるわけがありませんから」

織田は苦笑いせざるを得なかった。これもアフリカ的な天真爛漫《らんまん》な考え方だ。

「攻めてはこられないが、もしボータ政権が国際刑事裁判所に訴えたらどうします？　たった一機の輸送機のためにエリトリアは盗っ人国家といわれるかもしれないのですよ。そんな価値はないでしょう。国連でも騒ぐでしょうし」

「だめですかねぇ」

織田にはマンスールの考えていることがよくわかっていた。C－130をアフリカのどこかの国に売る。それで得た金は彼と国防大臣と政府の大物たちで分け合う。

「機の中にある荷物はあなたの部隊のものでしょうか？」

確か中には装甲車二台とRPG（対戦車ロケット弾発射機）や古いAK（カラシニコフ突撃銃）が積んであった。

「あれも彼らのものです。役に立つような代物じゃありませんがね」

「装甲車は国際マーケットで売れませんかね？」

「買い手がいないでしょう。中古のトラヴァントのほうが売れる確率が高い。それよりあなたが持っている在庫から彼らに何か売ってやるべきですよ。かの政府の武器はがらくたばかりです。あれでは体制を守るのは難しいでしょうね」

「商売になりますかね」

織田がうなずいて、

「ただし前金でもらうことです」

「問題はそこです。あの国は極端に貧乏ですからね」

「だがボータはスイス銀行にたんまり貯め込んでますよ。アメリカＣＩＡからの特別援助を得てますから。彼のボディガードを武装するだけでも、十分な商売にはなります」

「でも、もっと大きな商売を考えてるんです」

「例えば？」

「そうですね。例えばあなたの部隊のためのフル装備の世話をするとか。機銃から大砲、ドローン《無人飛行機》、ヘリ、スティンガー・ミサイル、戦車、ジェット訓練機など、コンヴェンショナルな戦いに必要なものはすべて手に入ります」

「いずれはそういう武器が必要な強敵とやり合うことになるでしょうね。そのときはぜひあなたにお願いしたいと思います」

「大いにディスカウントしますよ」

マンスールが立ち上がった。

「いい情報をいただきました。機のほうはおっしゃる通りにします」

それから三時間後、織田は東京に帰るため、中継地のパリに向かった。

東京

エールフランス機が成田に着いたのは、朝の八時をちょっとまわったときだった。帰国を報告するため城島に電話を入れた。できるだけ早く会って話したいことがあるという。

湾岸道路の渋滞を避けるため、織田はヘリをチャーターして、そのまま虎ノ門のホープウエル・ビルに向かった。

二十分ほどでホープウエル・ビルの屋上に到着した。グリーンのTシャツにGパン姿で、ダッフルバッグを肩にかついでヘリから降り立った。城島が彼に近づいてきた。

二人はがっちりと握手を交わした。

三十七階にある城島のオフィスに降りた。会議室のテーブルの上には、近所のホテルから取り寄せた朝食が用意されていた。

「腹が減ってるだろうと思ってね」

「恐縮です」

こうして会うのは三年ぶりだった。

「最後に会ったのはマニラでだったな」

「そうですね。マニラのマンダリン・ホテルでした」

あのとき織田はフィリピン政府からアブ・サヤフのゲリラ退治の仕事を請け負った。全滅とはいかなかったが、かなりのダメージを与えることができた。仕事を終えて部下たちとマニラで休暇を取っているとき、ロビーで偶然同じホテルに泊まっていた城島と出くわしたのだった。

「あのときはひと晩中飲み明かしましたね」

「バーのコニャックが一本もなくなったな」

城島が改めて織田を見た。貫禄とともに存在感が出てきたと思った。マニラで会ったときは、まだ坊や的なところがあったが、今では押しも押されもせぬ男になったという感じだ。

身長は百七十五センチぐらいで、それほど大きくはないが、分厚い胸板と引き締まったウエストが逆三角形をなし、実に均整がとれた体型をしている。クルーカットの頭に日焼けしたメリハリのある顔。

「軍団には今何人ぐらいいるんだね」

「自分も含めて五十名です。しかしひとりはコック兼会計係ですから、戦闘員は四十九名ですね。これから増やそうとは思っているのですが」

「今ならいくらでも良質なのが集まるだろう」

「それがなかなか難しいのです。ただの兵士なら掃いて捨てるほどいるんですが、心、技、体がそろった精鋭となると、すでに自国のエリート兵士になっているケースが多いのです」

「まだ東洋人だけで固めているのか」

「忠誠心と耐久力は東洋人が一番ですから。しかしそんな枠にこだわっていられなくなってきました。戦闘が大型化してきていますし、対テロリストスペシャル部隊も拡大しなければなりません。アフリカ系や白人も入れなくてはならないと思っているところです」

城島の顔から柔和さが消えた。じっと織田を見据えた。

「織田君」

静かな口調でいった。

「勝利の確率が百分の一しかない仕事を請け負ってくれといわれたらどうする」

「依頼人によりますね。城島さんからのコントラクトだったらもちろんやります」

「おれからの仕事じゃない。ＮＳＡが持ってきた話なんだ」

「アメリカの情報機関のNSAですか?」

城島がうなずいた。

「この仕事は、君がこれまでやってきた仕事がボーイスカウトのピクニックに見えるくらい難しい。まず命を失うということを前提としての話だ」

「聞かせてください」

「舞台は東アジア、相手は中国……」

城島が説明している間、織田は微動だにせず、全神経を集中してその言葉に聞き入っていた。説明が終わった。

長い沈黙……。

先に口を開いたのは城島だった。

「先日君がアスマラから電話してきたとき、ロシア内務省の仕事を蹴《け》れとアドヴァイスしたおれがこんな話をするなんて筋違いもはなはだしいと思う。君が断って当然だ」

再びの沈黙のあと、

「やってみたいですね」

「無理するなよ。勝つ確率は百分の一なんだ」

「確率は問題ではありません」

「今すぐ決めることはない。二、三日考えたほうがいい」

「こういうことは縁の問題です。自分が十年前、城島武士という世界に通用するサムライに会うことができたのも縁でしたし、今このような仕事を打診されているのも縁です。世界に六十五億いる人間の中でこんな話に出会える者が何人いますか。選ばれた自分は光栄です。何日考えようが自分の気持ちは変わりません。この仕事、ぜひ請け負わせてください」

「本当にいいのか？」

「二言《にごん》はありません。ですがひとつだけ条件があります」

「……？」

「城島さんにこの仕事の顧問役をやっていただきたいのです」

「おれを立てる必要なんてさらさらないぜ」

「立てるなんて失礼なことはしません。この仕事は前線がひとつではありません。国際ビジネスもからんできますし、ＮＳＡとの連絡窓口も必要となります。自分ひとりでは到底こなしきれません。城島さんの応援は絶対に欠かせないのです。お願いします」

確かにビジネスも作戦の一部に使われるだろうが、そっちのほうでの応援なら自分にもできる。それに話をつないだのは自分であるから、ある程度は関わる責任はあると城島は感じた。

「わかった。だがそんなに力にはなれないと思うがね」

「ありがとうございます」

城島が首を振りながら、

「君も無茶だなぁ。即断しちまうなんて」

「無茶をするのは織田家の血です。でも計算の上に立った無茶です」

「ということは、百分の一のオッズをひっくり返せる算段があるというのか」

「いえ、まだそこまでには至っていません」

その口調がだんだんと張りを帯びてきた。

「しかし信長公が今川義元に勝つ確率も百分の一でした。もし本能寺の変がなかったら、信長公は北京まで制していたはずです。偉大なる武将が果ててから四百二十五年。その魂がまだ生き続けていることをお見せできるのは、織田家末裔《まつえい》としてこの上ない名誉です」

その表情には、城島さえ驚くような狂気とエクスタシーが入り交じっていた。

城島の連絡を受けてから、バーンズは十分足らずでやってきた。

織田を紹介されてちょっと戸惑ったようだった。彼が考えていたよりはるかに若かったからだ。

「織田君は私のもとでビジネスのノウハウを会得しました。また合衆国陸軍レンジャー部隊に二年在籍。現在は傭兵部隊の総司令官兼オーナー。もう五年になります」

「活動の舞台は主にどこらへんですか」

バーンズが尋ねた。

「世界中です。最新の舞台はアフリカでした」

「アフリカのどちらです」

「中央アフリカ共和国です」

「ひょっとしてサミュエル・ボータに雇われたのでは？」

織田がうなずいて、

「ボータとある国の機関です」

「その機関とはラングレーですね」

織田は肯定も否定もしなかった。

「では、あなたがあのハイエナ軍団のリーダーですか？」

「さすがNSA。衛星でキャッチしてたんですね」

バーンズが一瞬言葉に詰まった。NSAが知らなかったなどとは口が裂けてもいえない。かといって、CIA、しかも現場から遠く離れた東京支局長から聞いたともいえない。

「たった五十人で一国をひっくり返すなんて前代未聞のことです。ナポレオンも真っ青といったところじゃないですか」

「いや、われわれの力が勝ったというよりも相手が弱すぎたのです。大した戦略も必要ありませんでしたからね」

「でも、フランス外人部隊と中国人軍事顧問団を同時に片づけるのは、よほどの技量がなければできることではありません。これまで何回ぐらい戦闘を経験なさいましたか。そのうちで敗北を喫したのは？」

「Aクラスの戦闘、というのは三百人以上の敵とのエンゲージメントですが、それが二十回、Bクラスは十二回、二百人以下のCクラスは十回。ドローになったことは三回ほどありましたが、敗北したことはありません。全四十二回の戦いで隊員を失ったことは一度もありません」

「すごい実績ですね。CIAがほれ込むわけだ」

「CIAは別にわれわれにほれ込んでるわけじゃありません。彼らにとって、われわれは便利な消耗品なんです。本来なら彼らは自分たちの特殊部隊を使いたい。だがもしものことを考えている。殺人部隊の存在が知れたら世論の袋叩きに遭う。納税者の金で公式な殺し屋集団を作るなんてことは許されないことですからね。だから殺人部隊は本当に必要なときだけのために、最後の切り札として取っておく。ばかげたことですがね」

「どうしてばかげてるんです」

「CIAの特殊部隊は質が劣るからです。あれを切り札として使ったらどんなミッションもまず成功しません。よしましょう。くだらん話です」

城島には織田のいっていることの意味がよくわかっていた。FBIの友人がかつて彼に話したことがある。

五年前ハイエナ軍団が国際舞台の紛争にデビューしたころ、CIAはその実力をテストするためファーム《—CIA訓練所—》でハイエナ軍団とCIA特殊部隊を模擬戦闘させた。結果は五十対ゼロ。CIA側の完敗だった。CIAが今回の中央アフリカ共和国のオペレーションでハイエナ軍団を使ったのは、そういう経緯を考慮してのことだったのだろう。

「バーンズさん」

城島がいった。

「織田君は仕事をやるといってる。このまま話を進めますか。それともストップにしますか」

「もちろん進めます」

といって、バーンズは織田を見据えた。

「城島さんから話はお聞きになったと思いますが?」

「必要なことは大体」

「最も重要なのは、世界に悟られずに中国に〝クラウチングタイガー《—身構える虎—》〟作戦をあきらめさせることです。いわば虎に首輪をつけることです。全面破壊ではありませんから」

「NSAができるだけバックアップするということですが、どこらへんまでカヴァーできますか?」

「リミットはなし。ということは全地球規模でのエリント、コミント、シギント《―信号情報収集―》をカヴァーします。特に中国を中心とした東アジアの写真、電波、コミュニケーションなど、最高質のものを提供できると思います」

「エリントやシギントは必要ありません。どうせわれわれは中国領内にいるわけですから、あなたがたとはコミュニケーションが取れませんし。しかし作戦始動前に必要な衛星写真はいただきます」

「任せておいてください。世界で最も性能の高い衛星をこの仕事のために投入します。こんなことはかつてなかったことです。長官の直接命令ですから」

衛星がオールマイティのようなことをいう。そうだったらアメリカはヴェトナムからバルカン、中東などであれほどの苦労はしなかったはずだ。衛星からのデータなどは世間が信じるほどクレディビリティがあるものではない。

それを裏づけたひとつの例が、九八年に行われたインドの核実験だった。あのときはNSAやCIAの衛星はキャッチできなかった。世界があの実験について最初に知ったのは、CNNを通してだった。現地にいたレポーターが足と目でかせいだヒューミントにもとづいていたのだ。バーンズが続けた。
「われわれだけでなくＭＩ６も全面協力することになっています。彼らはヒューミント
を得意としますから、中国政府内の人間の動きについての情報はある程度までカヴァー
できると思います」
「時間的な要素はどうなんです？」
バーンズが最も恐れていた質問だった。ちょっと躊躇した。
「作戦終了のデッドラインは定めてあるんでしょうね」
「ええ、それはあります」
「私としては三ヵ月と考えているんですが。短い期間で相手の急所を衝くような連鎖的
ダメージを与える。それ以上かかったら勝負にはなりませんからね」
「われわれもそう考えています」
三ヵ月では撥ねつけられると覚悟していたバーンズはほっとした。
それから織田は契約の話を持ち出した。これについてはバーンズはネガティヴだった。
彼はいった。
事の性格上、ＮＳＡとしては正式な契約はすべきではないと考える。だいいちそうい
う前例はない。だが簡単な覚書程度のものなら自分が署名する。それでよしとしてほし
い。

しかし織田は正式な契約に固執した。覚書などは誰でも書ける。しかもメモと同じで、法的拘束力はない。NSAには前例はないだろうが、この仕事自体前例がないものだ。正式契約は絶対に必要である。

バーンズは譲らなかった。

「こういうことは互いの信頼にもとづいて運ぶことでしょう。私があなたに頼んでいるということと、即ち百パーセントの信頼を寄せているということじゃないですか」

「かつて伝説の傭兵マイク・ホアー大佐が、あるヨーロッパの政府の要請でセイシェルでクーデターを起こそうとした。あなたも知ってるはずだ。だが失敗した。仕事を頼んだ政府が情勢の急変によって、セイシェルと手を結んだ。結果として大佐たちを裏切って、彼とその部下をセイシェル側に売ったからです。そのためホアー大佐と部下たちはセイシェルの刑務所にぶち込まれた。ホアー大佐ともあろうヴェテランが正式契約をしてなかったんです。もしちゃんとしていたら、雇い主は裏切れなかった。大失敗でした」

「しかしそれは……」

「お宅の長官は何でもするといってるわけでしょう。契約書なんか簡単に書けるじゃないですか」

バーンズが空を仰いだ。契約書のようなものを残すこと自体、NSAにとっては大きな危険を意味する。それが何らかの形でリークされたら決定的ダメージとなる。

織田はそれをよく知っていた。だからこそ正式契約を交わすことを要求したのだ。

「バーンズさん、あなたが危惧していることはよく理解できます。しかし契約書があるからといって、われわれはそれを盾にあなた方に対して理不尽な要求をするということはしません。契約書はあなた方に対する抑止力にすぎないのであって、それはここにいらっしゃる城島さんに証人になってもらえばすむことです。いや、それより契約書は城島さんに預けます。それなら安心でしょう」

「わかりませんねえ。私はこれだけオープンになっているのに」

「私は第二のマイク・ホアーにはなりたくないのです。また自分の部下をあんな目には遭わせたくない。国際政治はいつどう急変するかわかりません。アメリカと中国が同盟国になるということだってあり得ます」

「そんなばかなことが！」

「ないと断言できますか。かつてソ連という国家に対して、アメリカと中国は同盟に近い関係を持ったじゃないですか。いとも簡単に便宜上の結婚をしたんです。例えばの話ですが、われわれが対中国作戦を開始し、何人かの私の部下が中国に潜り込んでいるとします。その間アメリカと中国の関係がドラマティックに改善され、大統領からアメリカ政府の省庁、特に情報機関に対中国ネガティヴキャンペーンをいっさい断つよう指令が出る。当然、その指令はNSAやCIAにも届く。そのとき、お宅の長官はどうしますか？　われわれを中国側に売ることだって考えられるでしょう」

「あり得ませんね」

「いずれにしても今の国際情勢は複雑ですから、何でもありとの前提で私は考えています。情勢の変化は誰にも止められない。その変化によってあなた方も変わるということです」

「なぜそんなに疑《うたぐ》り深いんです」

「注意深いといってください。天使のように純粋だったら、私の世界では生き残れないのです」

バーンズが首を振った。

「信用できる人間もこの世にいるんですがねえ」

「あなたはいい人だ。だが巨大な官僚機構の歯車のひとつにすぎない。機構が決めたらそれに従わねばならない。さらにいえば、どんな結果に終わろうとも、その後のことを考えねばならない。われわれが生き残って、何かをしゃべるのではないかと疑られて抹殺されることだってあり得ます。現につい最近、中央アフリカのボータは仕事が終わったあと、ハイエナ軍団をみな殺しにしようとしたんです。あんな男さえそういうことを考えるのですから、もっと複雑で頭のいい人間たちは推して知るべしです」

　バーンズが困ったという表情で城島を見た。

「バーンズさん、織田君は別に無理難題をいってるわけではないと思いますよ。命を賭けた者の当然の要求でしょう」

　バーンズが数度うなずきながら、

「オーケー、何とか要請に応えられるよう努力してみましょう」

「それからもうひとつ」

　織田がいった。

「作戦面には決して口出ししないでください」

「だが前以《まえもっ》て作戦のラフなアウトラインは教えてもらえるんでしょうね」

「あなた方は知らないほうがいいと思います。これは完璧なブラック オペレーションですから、われわれが死のうが生きようが、あなた方には無関係にしておかねば。そうでしょう?」

「まあそういうことになりますが……」

　織田が立ち上がった。

「城島さん、今日はこれで失礼します」

「なんだ、もう行くのか」

「これからホテルにチェックインして部下に連絡します。何しろほうぼうに散っているので集合させるのに時間がかかるんです。契約のほうは城島さんにお願いできますか。請負料もお任せします」

「わかった。おれの車を使ってくれ」

織田が二人と握手を交わして出ていった。

バーンズは額に汗をかいているのに気づいて、ハンカチでそれを拭《ぬぐ》った。

「彼があれだけ契約について強硬だったのはいい兆候ですよ」

城島がいった。

「それだけ真剣に今回の仕事を受け止めている証拠ですから」

「それにしてもどんな作戦を考えているんでしょうかね」

「それを私も楽しみにしてるんです。どれだけ常人離れしているかがはっきりとわかりますよ」

「それなんですよ。話していても、ときどき目つきが異様に変わりましたね。正直いって気味が悪かったです」

「いや彼はいたって冷静でした。それに我慢強くなった。以前だったら、あなたは半殺しの目に遭っていましたよ。自分の意見に異を唱える者は許さなかったですから」

「でも狂気を感じました」

城島がある種尊敬の眼差しでバーンズを見た。

「さすがＮＳＡのトップ　エージェント。すごい観察力ですね」

「というとやはり……？」

城島がうなずきながら、

「お墨つきの狂人であり天才です」

第四章　瀕死の虎

上海

織田が中国に来てからすでに十日がたっていた。まず広州をかわきりに汕頭《シャントウ》、厦門《シアメン》などの沿海部の都市を見て、その後貴州省、雲南省、四川省などの内陸部に行き、首都北京に二日滞在したあと、旅の最終地となる上海に着いたのが昨日の午前中だった。

織田にとっては初めての中国だが、実際に自分の肌で中国という国を感じておきたいという強い思いがあった。これから戦う相手の息づかいを感じ取るだけでもプラスになる。

それなりの成果はあった。中国という国の弱点があちこちに見えたからだ。

まず中国という国のサイズと人口の多さである。サイズは大きいが、あまりに雑然としていてまとまりがないように見えた。地方と中央が離れすぎていて、中央の統制もいまひとつ行き渡っていない。サイズが大きすぎる故の弱みである。

最大の弱点は経済分野だろう。内陸部と沿海部の格差についてはよく聞いてはいたが、実際に見てみると、そのギャップの大きさに唖然とさせられることがしばしばあった。ひとつの国にして、まったくの別国。その違いはインフラから日常生活、文化、人々の考え方などすべての面におよんだ。

内陸部では下水道、電気、ガスなど生活のための最低ラインの社会資本も整っていない地域が多い。トイレさえもない地域もある。大体トイレの観念からして違う。飛行場のロビーの片隅を便所代わりに使って、職員からむち打たれ、ズボンを下ろしたまま逃げまわっていた人々もいる。

長い間、物々交換によって生計を立ててきた人々が多いため、金の勘定の仕方もわからない者も多い。彼らの多くは野菜や果物を作って近くの市場で売るのだが、もう使えない紙幣や偽札とも呼べないような稚拙な作りの紙幣で騙される。

ホテルは一応設備は整ってはいるが、ロビーでおおっぴらに〝カジノ〟を開いているところもある。中国ではマカオを除いてはギャンブルは禁止のはずだが、地元公安の許可のもとで行われているのだから恐れ入る。だからホテルの前には二、三台の公安の車が必ず停《と》まっている。

カジノといえば聞こえはよいが、やっている連中はなんとなくうさんくさい。カジノというより鉄火場といったほうがぴったりとくる。中央は政策、地方は対策といわれるように、中央の条例など伝わっても、誰も守ることなどしていないのだ。

貴陽《グイヤン》や成都《チョンドウ》などの都市では、ちょっと道を歩いても物乞いが寄ってくる。子供たちが圧倒的に多いが、よく観察していると近くに大人がいて、子供たちに合図を送って指示を与えている。リモコン操作による物乞いであるが、これは地方マフィアの資金源のひとつになっているらしい。とにかく貧困のひどさはアフリカ並みである。ただアフリカにはさんさんとふりそそぐ太陽と暑さがある。それが人々の心に大らかさや明るさを与える。だから貧しくともそれほどの悲壮感はない。

中国内陸部はその逆だ。訪れたタイミングが悪かったのかもしれないが、貴州省にいる間は太陽が一度も出なかった。

貴陽郊外の村を訪ねて、一軒の農家を見せてもらった。辺り一面霧が立ちこめ、夏とはいえ肌寒い。その家は二階建てだったが、中はうすぼんやりとしか見えない。小さな窓が二つついているだけで、電線は引かれているのだが、電気は届かない。村人たちは電気代を払えないので、電気が止められたのだという。キッチンや土間のようなものはなく、たき火をする場所があるだけ。そこで一家が食事をするわけだが、テーブルなどはない。一階の大部分は豚の飼育に使われていた。大小五頭ほどの豚がいた。縄ばしごのようなものが垂れ下がっていて、それが二階の一家の寝所につながっている。寝るときはそれで上に登って床の上に寝る。排泄物はそのまま上から豚たちに落とす。

村の中央部に小さな池があり、そこから村人は飲料水も含めた生活用水を得るのだが、これが濁り切っていて異臭を放っている。村人の多くがトラコーマにかかって、目が見えなくなっているのも当然である。衛生観念などとはおよそ縁がない世界なのだ。アフリカやバルカンなどの戦争地帯に行ったときは、織田も彼の部下たちもサブスタンダードな生活をする。しかしそれは仕事のためであって、一時的なものだ。ここの村人たちにとってはそれが永遠に続くのである。

沿海部にくらべると、その差はまさに天国と地獄といったところだ。

北京は内陸部の都市と沿海部の都市が混ざり合ったようなところだった。排気ガスとほこりが充満し、太陽が真昼でも黄色の光を放っている。ベンツやロールス、キャデラックなどがわがもの顔で走っている。ロールスとキャデラックが最も多い都市が北京とモスクワといわれているが、ニューリッチの数がそれだけ多いということだろう。あり一年後にひかえたオリンピックのために、街はラストスパートをかけている。ありったけのクレーンやブルドーザー、ショヴェルカーなどが総動員されているように見える。

街全体に武装警察官の姿がやたらと目立つ。隊列を組んで歩いてパトロールしているのもいれば、三、四人一組で監視に立っているのもいる。ひとりでいるということはない。

一見してそれとわかる私服の公安も、中南海《チュンナンハイ》の塀のこちら側をうろうろしている。しかし一般人の数にくらべれば、武装警察も公安もものの数ではない。紫禁城や天安門広場などを埋め尽くした地方からの観光客だけでも蟻《あり》の軍団に映る。一生に一度の北京詣《もう》でに来た彼らだが、もしひとつの集団を組んだら、その数からいって、公安や武装警察はひとたまりもなく踏みにじられるだろう。

何年か前、中国政府が法輪功《ファールンゴン》という組織を徹底的に叩いたが、その気持ちがわかるような気がする。政府は民を恐れているのだ。全人口の中で共産党員はわずか七千万しかいない。数だけならまだいいが、その人口が組織化されたら、共産党政権など簡単に吹っ飛んでしまう。だから一般人の集会やデモは決して許さないのだ。

ホテルのフロントで北京での見るべきランドマークについて尋ねたところ、北京の北の郊外にある農園に行くよう勧められた。

行ってみたところ、そこにはニューリッチが造った巨大な建物があった。フランスのフォンテンブローに似せて造られたシャトーだった。このニューリッチは元北京市の建設局にいた男で、ばりばりの共産党員。このシャトーのために、土地を追い立てられた農民は八百人。周囲には馬場やゴルフ場、ブドウ園などが造られ、お堀まである。典型的な成り金趣味で、グロテスクとしかいいようがない。土地を奪われた農民たちの多くはこのシャトーのメンテナンスのために働いているが、給料は一日たったの二ドル。

これが中国の縮図である。コネがある者、わいろが払える者はいとも簡単に億万長者になれる。その一方で、農民は土地が奪われていくのを、指をくわえて見ているしかない。市に訴えても相手にはされない。開発業者と市の役人は同じ穴のむじなだからだ。責任ある立場にいる者たちが、自分たちのため、金のためにしか働いていない。拝金主義ここに極まれりと織田は見た。

上海は、北京にくらべてはるかに国際色豊かである。丸二日かけて織田は上海市内を隈《くま》なく見てまわった。まず目についたのは、民工《ミンゴン》と呼ばれる、地方からの出稼ぎ労働者の多さだ。彼らは内陸部では食えなくなって、都市部に流れてきたのだが、今ではなくてはならない労働力となった。

昔は彼らには移動の自由が認められていなかったため、労働許可証や通行証などがなかなか出なかった。しかし改革、開放が国策となってからは、沿海部の都市は建築建設分野で彼らを必要とした。

地方からの労働力の流入に最も厳しかった北京市までもが、彼らに門戸を開けた。それだけ各都市が民工を必要としていたということである。きつい、危険、汚い、いわゆる三Kといわれる労働に、自ら進んで就くような人種は、都市部ではあまりいない。しかも三K労働の需要はとてつもなく大きい。

上海市内だけでも五百万人の民工がいるといわれている。その数は市の人口の半分に当たる。しかし彼らの社会的地位は非常に低い。都市部の住民は彼らを盲民《マンミン》と呼ぶ。地方から出てきて建築現場のタコ部屋に住み、ビル建築のために働くのだが、その仕事が終わったら次の都市に移って仕事を探す。仕事がなければ、また次の都市に向かう。どこへ行こうが、社会的地位はボトムであるから、都市部内での格差が生まれる。

このような人の流れを都市部の人々は盲流《マンリユウ》と呼ぶ。その数は一億とも一億五千万人ともいわれる。政府は盲流を止めたいのだが、何せ今は彼らへの需要が大きすぎる。この盲流がどの方向に向かうのかは、オリンピック後にはっきりすることになるだろう。

上海に着いて三日目、織田はNCICの上海支社を訪れた。別に行く必要はなかったのだが、東京を発つ前に城島と電話で話したとき、彼がいったことを思い出した。

「上海のNCICにはぜひ寄ってくれ。支社長の朱英花《ジユウインホア》はまだ若いが、知性のかたまりのような女性だ。それに美形でもある。おもしろい話が聞けると思うよ」

支社は黄浦区《ホアンプーチユー》の中心部にある高層ビルの中にあった。

支社長の朱英花は確かに城島のいった通り美しい女性だった。目鼻立ちがはっきりとした北方系のマスク、短くカットした髪、すらりとした体を黒のダナ・キャランのスーツに包んだ姿は、ビジネスウェアのモデルを思わせる。

「あなたのことは社長からうかがっております。ようこそ上海にお越しくださいました」

まったくなまりのない日本語で彼女がいった。

「いつこちらにいらっしゃいました？」

「一昨日です。沿海部と内陸部をまわってきました」

「中国は初めてだそうですね」

「ええ、もっと早く来るべきでした」

「印象はいかがです？」

「ひと言でいうのは不可能ですね。あまりに大きすぎます」

「沿海部は美しいカーテンですが、その内側はめちゃくちゃに散らかった部屋のように思えませんでした？」

織田が笑った。いい得て妙だと思った。

しかしそれも沿海部の発展に引っぱられて徐々によくなっていくのではないかというと、それは疑問だと彼女がいった。

沿海部がいくら発展しても、それが内陸部を引っぱっていくには、現在の格差はあまりに大きすぎるという。

〝発展する中国〟といってもそのＧＤＰはカリフォルニア州とほぼ同じ。ＧＤＰの八十五パーセントは沿海部が稼ぎ出す。ところが沿海部と内陸部の経済格差は四百対一、ところによっては五百対一。そして内陸部の人口は沿海部の倍以上もある。

「この人口比率が逆だったら、少しは希望が持てるのですが」

第二次大戦後、日本があれだけ早くミドル クラス化できたのは、国民の間にそれほどの格差が存在しなかったのが一因ではなかったかと彼女はいった。

「それに人口も今のわが国ほど多くはなかったですからね」

「その人口についてですが、ときどき中央政府が統計を発表しますよね。あれは正しい数字なのですか」

「はっきりいって政府が発表する数字で正しいのは、処刑される犯罪者の数だけです。これは公開処刑も含めて、当局が追いかけることができます。しかし人口とか失業者の数などは追いきれません。失業者についていえば、その数字は失業手当を支給されている人の数で割り出していましたが、今ではその失業手当さえ満足に支払われていません。それに内陸部から都市部に流れている民工たちは一ヵ所に定着しませんから、失業しているのかどうかもわかりません。民工の数さえ正確に把握されていないのです」

人口については、何年か前、中央政府が世界に向けて発表した十二億という数字が基本になっているという。しかしその数字自体信憑《しんぴょう》性《せい》に欠けると朱はいった。

「あの数字が発表された当時は、まだ一人子政策が実施されているときでした。中央政府が各省や自治区に調査を命じ、省や自治区は県、郷、鎮などの役人に指示を出します。

問題はそのときに起きたのです。県や郷の役人たちは、自分たちが一人子政策をちゃんと地元に根づかせているという印象を与えるため、本当の数字よりはるかに低い数字を報告したのです。作物や工場の生産力などについては、逆に数字を大きく膨らますのですが。中央の覚えをよくするための点数稼ぎです。その結果、十二億という数字が出たのです。水上生活者、山岳生活者、都会に出た民工の数などは数えられていません。そのメカニズムがなかったからです」

「二〇〇四年には十三億と発表されましたね」

「それは十二億を基準として作った数字でした。実際はプラス一億から一億五千万といわれていますが、それは誰にもわかりません」

「今は一人子政策は廃止されたのでしょう？」

「廃止ではなく、適用が弾力的になったのです。女子が生まれたら、もう一度産めるということになりました。これは中国人が男子を好むためということになっていますが、本当の理由は年金や社会保障制度がパンクしつつあるからなのです。今のままいけば、若者ひとりが五人から六人の老人を養わねばならなくなります。そんなことは不可能です」

「ということは、人口は急激に増え続けているということになりますね」

これに対して彼女は、今現在の人口が十七億と聞いても驚かないといった。このままだと財政問題と人口増加は絡まったまま悪循環を続ける。老人のために人口を増やさねばならない。その増えた人口も必ず老人になる。その彼らを支えねばならない。それにはさらに人口を増やさねばならない。

「中国全体がミドル　クラスになるのは、かなり時間がかかりますね」

朱がちょっと考えてから、

「どれだけの時間がかかるかより、果たしてミドル　クラス化が可能かどうかということでしょう。この国には問題が多すぎます。人口問題などは氷山の一角です。それらの問題を克服できるかどうかがまず先決です」

「ずばりいって、今この国が抱える最大の問題は何だと思いますか」

「それは人々の心に根差した問題だと思います」

「といいますと？」

そのとき朱の秘書が入ってきて、彼女に中国語で何やらいった。

彼女が織田に向き直って、

「すいません。来客なのでちょっとはずさせていただけますか。五分で終わりますから」

「これは失礼しました。お話がおもしろいのでつい引き込まれてしまったようです。長居をしてしまいました」

「いつお発ちになるのです」

「明日の午前の便で帰ります」

「それじゃ、今夜はお食事をご一緒できますね」

「どうかお気を遣わないでください。ご挨拶にうかがっただけですから」

「せっかく上海にいらしてくださったのに、このままお帰ししたら上海支社の恥です。ホテルはどちらですか」

「フォー・シーズンズです」

「七時にお迎えにまいります」

七時ちょっと前にロビーで待っていると、正面玄関前に朱が運転するベンツが停まった。織田が助手席に滑り込んだ。

彼女は胸の上が開けたピンクのロングドレスを着ていた。豊満な胸とスリムなウエストラインが鮮やかに出ている。昼間とはまた違った美しさだ。

織田は背広を着てきたことに、ほっとした。

車が走り出した。夜のネオンが反射して映る彼女の横顔にまた息を呑む。

「いったいいくつの美しさを持っているのです?」

つい口から出てしまった。しかしきざとは思わなかった。これまで多くの女と付き合ってきたが、こんな言葉を口に出したことはなかった。

「まあお上手なこと」

まんざらでもないといった表情で彼女がいった。

「お気にさわったら許してください」

朱がにっこり笑った。

「あなたのようなジェントルマンの言葉は額面通りに受け入れることにしているんです」

「昼間のあなたの美しさは動く美しさだった。今は静止した艶の美しさです。美は真実、真実は美。まさに解語《かいご》の花」

といってから苦笑いして、

「何をわけのわからないことをいってるんでしょうかね」

「いいえ素晴らしいですわ。女なら誰でも一度くらいは、そういう言葉を投げつけられたいものです」

十分ほどで車はレストランに到着した。彼女が駐車係にキーを渡した。

レストランは一見すると豪華な民家のようだった。かつて清朝時代の大臣のひとりが持っていた屋敷が改造されたものだと彼女が説明した。

中は外見とは対照的に超モダンな造りだった。マネージャーがやってきて、彼女にペこぺこと頭を下げた。個室にはチャイナドレス姿のウエートレスが三人並んでいた。

マネージャーは彼女の注文を受けて、またぺこぺこと頭を下げて出ていった。

ウエートレスたちが酒やお茶、ミネラルウォーターなどをグラスに注いだ。

「ここの売りは中華風懐石料理ですが、今、上海では大流行なのです」

「上品ですからね」

「カロリーも考えてのことでしょう。中国史上初めて肥満体の集団が生まれつつあるのですから」

朱が紹興酒の杯を挙げた。

「まず乾杯しましょう。ようこそ上海へ」

「ご招待感謝します」

二人の杯が合った。

「うまい！」

思わずうなった。

「かなりの年代ものですね」

「三十年間、土の中で熟成されたものです」

料理はさすがに彼女のお薦めだけあって、美味でしかも軽い。

食事が中ごろまで進んだとき、織田がいった。

「ところで朱さん、昼間の話の続きになりますが、中国が抱える問題は人々の心に根差しているとおっしゃいましたね。あれはどういう意味だったのです?」

「あのとき、私は席をはずさざるを得ませんでした。問題はそれだったのです」

「といいますと?」

「あのとき訪ねてきたのは黄浦区の新しい公安部長でした。なぜ来たと思いますか?」

織田が首を振った。

「昇進のための御祝儀を取りにきたのです」

「それじゃわいろを?」

朱がうなずいて、

「毎月公安には小遣いをやることになっています。ビジネスをうまく進めるためには、公安とうまく付き合っていかねばならないのです」

もしそれをしないと脱税容疑をでっち上げて、市を動かしたり、従業員に何かの容疑をかけて、留置場にぶち込むなどの嫌がらせをするという。

「これすなわち、人々の心に関する問題であり、モラルの問題です。公安だけではありません。軍、武装警察、役人なども同じことをやります。腐敗は全国的です。人々の心がこれだけ病んでしまっては、格差の是正など問題外です。自分の地位を利用して誰が一番早く、最も多くを得るかの競争をしているのですから。われわれの場合はまだいいほうです。小遣い銭程度ですから。でも地方、特に内陸部の農民は大変です。小役人が条例にない税を徴収するのです。例えば村に招待所を造るという計画を発表して、その建設資金として村人たちから税金を取り立てます。農民はなけなしの金をはたいて払いますが、招待所はできません。その役人が金を持ったままほかの地方に転勤してしまうからです。これを中央に訴えても、誰も取り上げてくれません。逃げた役人は、上納金として中央の役人に集めた金からわいろを払ってるのですから」

公安が盗みを働くこともあるという。

かつて日本のテレビ局が、公安の協力のもとで夜の上海を取材した。もちろん金を払ってである。取材が終わったとき、クルーはお礼のつもりで関係者を晩餐《ばんさん》に接待した。何百万もする高価なカメラや機材は、最も安全な場所と考えられる公安のヴァンの中におかせてもらった。ところが食事を終えてレストランから出てヴァンの中を見ると、カメラも機材もすべて消えていた。

公安は徹底捜査を約束したが、その後カメラも機材も出てこなかった。

「徹底捜査などできるわけがないでしょう。自分たちが自分たちを逮捕できるわけなないのですから。多分テレビ局が公安に払ったお礼のお金が少なかったのです。そこでカメラや機材を売って、そのお金をみなで分け合ったのです」

もっとひどい詐欺行為が横行しているという。役人が開発業者と組んで農民の土地を取り上げてしまうのだ。

最近陝西省であった話だが、ある町に住む農民たちが、親の時代から何十年もかけて黄砂を止めるために根気よく植林を続けた。その甲斐あって黄砂は止まり、農地は健康状態を回復した。陝西省で初めて黄砂に襲われない土地ができたのである。これを知った開発業者は町の役人に手をまわして、土地を農民たちから取り上げる挙に出た。町からは農民ひとりあたりに六十ドルが支払われた。しかし役人たちには一万倍の金が業者から与えられた。

開発計画は町に提出されて、すぐに許可が下りた。都市部の人間のための週末別荘を造る計画だった。それまでは黄砂のために、陝西省は大型開発の対象にはならなかった。しかし農民たちの努力のおかげで、それができるようになった。感謝のしるしとして農民たちが受け取ったのはひとりわずか六十ドル。

これにはさすがに我慢強い農民たちも怒った。代表団が町と交渉したが、町は開発は決定されたと突っぱねた。仕方なく代表団は北京に陳情に行った。一週間も待たされたあと、中央の役人は代表団に、陝西省に帰ってもう一度町の役人と話すよう指示した。代表団はいわれた通りにしたが、町側の態度は変わらない。堪忍袋の緒が切れた農民たちは町役場を訪れ、役人たちを中に閉じ込めてしまった。すぐに人民解放軍が投入された。

農民たちは殴られ、蹴られ、傷つき追い散らされた。何人かは逮捕され、留置場にぶち込まれた。

「悲しいことに、人民解放軍の若い兵士たちは農民出身者が多いのです。彼らは農民とぶつかりたくはないのですが、軍人ですから、上からの命令は守らねばなりません。貧乏人と貧乏人をぶつからせておいて、役人と業者、それに軍の幹部は甘い汁を吸うのです。鄧小平《デンシャオピン》氏が描いた改革、開放はこんな非人間的なものではなかったはずです」

こういうケースは全国的に起きていると朱はいった。人口問題、年金問題、失業問題などよりこの問題が最大の癌であると断じた。

「不正、腐敗は人間が作るものです。人間が変わらなければ、状況は決してよくなりません。このままだと内陸部で暴動は増え続けます。それに対して、政府は力で抑えつけることしかできません。都市では民工がグループを形成しつつあります。彼らが失業者やインテリと手を組み、そこに強力なリーダーが出てきたら……おとなしいウサギも七日なぶれば噛みつくという諺《ことわざ》があります」

「大混乱ですね」

「中国にとって最悪のシナリオになります」

「しかし政府だってばかじゃない。そうなる前に何かしらの手を打つでしょう。例えば民主化を促進して、人々に政治的自由を与えるとか」

「今の中国人に自由を与えたら、それこそ国家的自殺をもたらします。共産党にとっても自殺行為です。十万の政党ができ、百万の宗教団体が生まれ、軍は誰にもコントロールが利かなくなり、七つの軍管区はばらばらの状態になってしまいます。そうなったらこの国は今よりも不幸な状態に陥ります」

「では、どっちにしても危機脱出の道はないと?」

「システム自体が矛盾に満ちているのですから。国民をひとつにまとめる力がどこにもないのです」

「その意味で政府にとっては、来年のオリンピックは重要ですね」

「政府としては国民の接着剤としたいでしょうが、所詮は一ヵ月しか続きません。現実はそのあとも消えはしません」

日本を出る前、中国に関してはニュースのバックナンバーや何冊かの本を読んだが、今、朱のいったような危機説を説いたものはなかった。

しかし疑問もあった。彼女がいったことは新華社や中央電視台は決して報道しない。腐敗ひとつ取っても、彼女が挙げたような具体的な例は報道されない。いったいどのような情報源を持っているのだろうか。

「それにしても実に豊富な情報をお持ちですね」

遠まわしに訊いてみた。

「それが仕事ですから」

やんわりとかわされ、

「今おっしゃったようなことを逐一《ちくいち》城島さんに報告するわけですね」

「それはしますが、社長は私以上にこの国については知っています。何度も来ていますし、情報源は豊富なようですから」

「しかし上海支社はまだキープしてますね」

朱が笑いながら、

「今日明日、この国が絶体絶命の危機に直面するといってるわけではありません。早くて五年、あるいはもっと先かもしれません。その前に世界的経済危機が襲ってきたら別でしょうが」

二時間あまりの食事を終えて店を出た。

彼女が織田を酔い醒ましの散歩に誘った。

黄浦江《ホアンプージャン》の河岸に沿って二人は歩いた。川風が心地よく頬をなでる。

いつの間にか腕を組んでいた。織田にはそれがごく自然に感じられた。

立ち止まって対岸に目をやった。

浦東新区《プートンシンチュー》に映る無数の巨大なネオンサインが放つ光と、夜空に挑戦するように立つビル群が無言の迫力を持って迫ってくる。ダイナミックに成長する中国経済の象徴である。この光景だけを見れば、いずれはこの街が香港を凌駕《りょうが》するのではないかとも思える。しかしそれは同時に中国の弱みをも象徴している。上海のような都市が成長すればするほど、地方との格差は開き、矛盾は大きくなる。それがいずれ大中国を八つ裂きにしかねないのだ。

「素晴らしい光景ですね」

「でも中国の真実の姿ではありません」

どこかでドラが鳴った。二人は黙って歩き続けた。

東京

帰国してすぐに織田は城島のオフィスを訪ねた。中国についての印象や朱英花との話などについて報告した。

城島はすでにNSAとの間で契約書を作っていた。それを織田に見せた。ちゃんとNSAの長官の署名もある。内容をざっと読んでみたが、さすが城島、すべての必要事項をカヴァーしている。

報酬は三ヵ月をベースに五千万ドル、プラス仕事が成功したときは二千万ドルの上乗せ。報酬の三分の一を前払いとする。そして経費としてまず三千万ドルを前払いで振り込む。

「エアータイト《完璧》ですね。感謝します」

「礼をいうのは早いよ。まず仕事を成功させなきゃ意味がないんだからな」

「おっしゃる通りです」

「作戦についてはどうなんだ？」

「基本的には相手の弱点を衝くことになるでしょう。今の中国にはその弱点がありすぎます。その意味で今回の旅は実に有意義でした」

上海で朱と話して以来、気になっていたことがあった。それを城島にぶつけてみた。

「この目で見た中国と朱さんの話を合わせてみると、今の中国には台湾侵攻などの余裕はないと思うのですが」

「なぜそう思う？」

「中国が直面する内部問題はあまりに大きすぎます。共産党政権は生き残るだけでも大変な状況下にあります。何しろ足元に火がついてるんですから。あれでは〝身構える虎〟どころか〝瀕死《ひんし》の虎〟に見えるのですが」

「いい得て妙だな。しかしだからこそ、最後のオプションとして台湾侵攻が考えられるのではないかな」

織田が少し考えてから、

「こんなことを訊くとしかられるかもしれませんが、あの作戦は本当に存在するのでしょうか？」

「〝身構える虎〟かね？」

「ええ」

「それはおれも真っ先に考えた。特に君につなげようと考えたとき、あの話については、その真偽を自分で納得せねばと思った。おれの知る限りにおいては、確かに作戦は存在する。理由は二つ。まずＮＳＡやＭＩ６がそんなことで嘘《うそ》をついても何の得にもならない。しかも前金まで払うんだ。次におれは自分のルートでチェックバックしてみた。かつてベルリンでの仕事を頼まれたのだが、依頼主はＭＩ６だった。そのときのＭＩ６側のエージェントはもう引退しているが、ＭＩ６の長官ホルストン卿と非常に親しい。そこで彼にチェックを頼んだ。そしたら話はシロだというんだ。彼はおれよりずっと年配だが、親友でもある。大事なオペレーションを一緒にやった仲なんだ」

「それなら大丈夫ですね」

「大分神経がいらだってきたな」

「そうではないんですが、あの国の脆弱《ぜいじやく》さばかりが印象的なんです」

「しかし軍部はまだしっかりしている。使えるのは軍部だけだともいえる。今の中国は確かに多くの問題を抱えている。民主主義国家だったら、とっくに政権はひっくり返っているだろう。指導部も相当の危機感を抱いているはずだ。強力な軍部、ばらばらの国民、そして台湾の存在。これら三つの要素を直視すれば、体制を救うための答えは〝身構える虎〟しかあるまい。おれが彼らだったら、やっぱり同じことを考えるね」

「納得しました。自分は三日後にフィリピンの本部に発ちます。隊員たちがすでに集合しているのです。そこで城島さんにいくつかの基礎的情報をお願いしたいのですが」

「何なりといってくれ」

「まず、現在中国が消費している石油、石炭、天然ガスの正確な量。これは軍も含めてです。それから油と天然ガスの輸入量。中国政府発表の数字ではなく、本当の数字がほしいんです」

「プリンス　オイルの量も必要だろう」

「何ですか、そのプリンス　オイルというのは?」

「サウジやクウェートはプリンスたちをおとなしくさせておくために一定のオイルを彼らに割り当てる。彼らはそれをロッテルダムのスポット市場で売るんだが、その量がばかにならないんだ。中国は大分彼らから買っている。一部のプリンスたちはシンジケートを組んで、中国に優先的に油をまわしている。もちろん中国がわいろを使って奴らをたらし込んだんだがね」

「何人ぐらいなんです?」

「五十人ぐらいと聞いてはいるが」

「そのプリンスたちの名前と写真は手に入りますかね」

「ジュネーヴのオイル ブローカーに当たれば手に入るだろう」

「それからタンカーについてなんですが、今中国が持っている数とその名前、加えて中国にチャーターされているタンカーの数とそれらの船籍と名前などもお願いしたいのですが」

「わかった。ほかには？」

織田がポケットからメモを取り出した。

「これはNSAとMI6に頼みたいことなのですが」

そのメモを城島に渡した。

びっしりと書き込まれていた。

NSAからほしいものは衛星写真だけだった。中国国内の現役の油田、石炭鉱区、天然ガス田などの衛星写真。新疆ウイグル自治区内の油田施設の拡大写真とウルムチ周辺の衛星写真。三峡ダムと周辺十キロの衛星写真。シベリアから汽車で中国に運ばれてくる油の量と汽車のルートの衛星写真。中国が国境を接する国々の境界線の衛星写真。ヴェトナムのトンキン湾にあるバクロンヴィ島の衛星写真。北京、上海、広州の中心部の衛星写真。人民大会堂、中南海、紫禁城だけに絞った衛星写真。これらのほかに五十枚近い写真についても記入されていた。

「実際に使うのはほんの一部だと思いますが、一応集めておいたほうがいいと思いまして」

「邪魔にはならないよ」

「NSAの衛星写真は、いわれているほど質はいいんでしょうかね」

「それはバーンズに直接訊いたほうがいいな。そろそろ来るころだ。君が来るというんで、彼にも連絡しておいたんだ」

城島がメモに目を戻した。

MI6への要請は、政治局員全員のクローズアップの写真と派閥および個人的な関係。できれば日常的な彼らの動きも知りたい。もしスキャンダルにまつわる話があれば望ましい。

城島には織田の考えていることがおぼろげながらわかってきた。

「かなりの血が流れることになりそうだな」

「血と破壊は最も効き目があります。コラテラル ダメージ《——副次被害——》も大きなものになるでしょうね」

ドアーが開いてバーンズが入ってきた。

織田の隣にどっかりと腰をおろした。

城島が彼の前にメモをおいた。

「何ですこれは?」

「必要な基礎情報です」

織田がいった。

「集めるのにどれぐらいの時間がかかりますか」

バーンズがメモに目を通した。

「これぐらいなら本部にあると思います」

「分解度はどれぐらいなんです」

「うちの写真に勝る写真はありません。衛星の性能が違いますからね。人民大会堂や中南海の衛兵が上を向いたら、彼らの顔にあるしみやそばかすも数えることができるほどです」

「あさってまでに取り寄せられますか」

「大丈夫でしょう」

「それからもうひとつ」

城島がいった。

「スーダン、シリア、ミャンマーなどの油田とその周囲五キロをカヴァーした衛星写真も加えてください」

「シリアなんかに油田があるんですか」

「小さいがあります。アラブの大産油国はメジャーに押さえられていて、中国は手が出せない。だから小さな油田を必死になって集めているんです。中国はその使う油の十から十五パーセントを彼らから買っています」

「わかりました。大至急撮らせます」

「MI6にはあなたから連絡していただけますね」

「まかせてください。これでいよいよ作戦開始ですね」

「そう簡単にはいきませんよ、バーンズさん。それらの情報はあくまで基礎的なものです。うちの兵士を現地に行かせて、ひとつひとつチェックさせなければなりません。それには最低一ヵ月はかかります」

「そんなにかかるんですか?」

情報の世界に生きる人間にしては、かなり的外れなことを訊くと織田は思った。しかしそれだけ焦っているのだろう。

「情報が確実でなければ行動には移れません。逆に情報がしっかりしていれば、勝てるチャンスは広がります」

「必要な武器とかはありますか」

「武器はこっちで手配しますが、ひとつほしいものがあるんです」

「……?」

「NSAの携帯電話は並外れた性能を持っていると聞いたことがあるんですが」

バーンズが得意げにポケットから携帯を取り出した。彼の手の内に隠せるほど小さかった。

「うちの研究室が作ったおそらく世界一の電話機です。ビルトインスクランブラー《—内蔵型周波数変換機—》がついてますから、盗聴不可能、爆弾の起爆装置つき、金属探知機には無反応、いざとなったらこれ自体が爆弾になります」

「それをいくつか貸してもらいたいのですが」

「差し上げますよ。いくつぐらい必要ですか」

「五十ぐらいどうでしょう」

「わかりました。こちらに届けましょう」

バーンズが立ち上がった。

「それじゃ私はこれからオフィスに帰って、早速本部に写真の要請をします」

バーンズが出ていったあと、城島がひとつ質問があるといった。

バクロンヴィ島についてだった。トンキン湾のど真ん中にあるあの島の衛星写真がなぜ必要なのか。

「これは城島さんにやっていただきたいことなのですが、ヴェトナム政府にコネはお持ちでしょうか」

「大使クラスならいつでも話はできるが」

「バクロンヴィ島の周辺を調査する許可をぜひ得てほしいんです」

「調査対象は？」

「天然資源一般ですが、特に石油です」

「しかし、あそこには油の鉱脈など存在しないとメジャーが結論づけたが」

「それでもいいんです。ただ調査船があそこに近づければいいんです」

城島がなるほどというように数度うなずいた。

「すぐにもヴェトナム側とコンタクトを取ろう。調査船はパナマかリベリア船籍のをリースしたほうがいいな。マニラのガルシア船舶に話しておくから、あっちに着いたら連絡してみたらいい」

それから二日後、別れの挨拶のため織田が再び城島を訪れた。NSAとMI6からの資料のほか、頼んでおいたNSAのスペシャル　セル　フォーンがすでに城島のもとに届いていた。

「スーダン、シリア、ミャンマーについては、今撮ってるところだといっていた。届き次第君に送るが、ブラボー島でいいのか？」

「いえ、あそこでは時間がかかりすぎます。マニラのマンダリン・ホテル気付ラビット・コーポレーション宛にしてください。常時事務員がいますから、間違いはないと思います」

「ラビットとはまた可愛い名前をつけたものだな」

「ハイエナ・コーポレーションでは目立ちすぎるし、商社に似つかわしくない名前でしょう」

城島がしばし織田を見据えた。ひょっとしたらこれきり会えなくなるかもしれないという思いがよぎった。

織田が小さく笑いながら、

「そんな目で見ないでください。今生《こんじょう》の別れになるわけではありませんから」

「そうだったな。君は生存のエキスパートだからな」

「ひとつお訊きしたいのですが?」

「……?」

「朱英花さんとは最初どこでお会いになったのですか」

「大分印象づけられたようだね。それとも惚《ほ》れたのかな?」

織田がもじもじしてうつむいた。

「信虎公もやはり人間だったということか」

「いや、そういうことでは……」

「いいんだよ。彼女クラスの女性に何も感じない奴は男じゃない。彼女は以前外交部にいたことを君に話したかい」

「いいえ」

城島によると彼女の生まれは蘇州。北京大学を出て外交部に入り、官費留学で東大の大学院。そこで一年を過ごしてから、アメリカのハーヴァードで一年。帰国して外交部に戻った。ちょうどそのころ城島は上海に支社を作るところだったので、支社長が必要だった。そこで外交部に誰か適当な人間がいないか尋ねた。彼らは朱英花を推薦した。面接してみて、何かミステリアスなものが彼女にあると直感した。だが、彼女の能力に期待する気持ちのほうが大きかった。そしてその場で彼女と決めた。

城島の期待以上に、彼女は一年目から支社長としての能力をフルに発揮した。城島は自分の目が正しかったと確信を抱きつつも、彼女に対する疑念を払拭《ふっしょく》しきれなかった。

考えてみるとおかしい点はあった。

あれだけの才色兼備の女性をなぜ外交部はいとも簡単に手放したのかだ。将来確実にアメリカか日本の大使になってもよい人材だ。それなのになぜ……？　外交部所属というのは表向きで、実は国家安全部かもしれないと思ってもみた。外国企業にエージェントを送り込み、その企業の機密や弱みを握るのは、国家安全部のお得意とするところだからだ。

「だがおれの思考はそこで止まってしまった。それ以上考えても無駄と悟ったからだ。彼女は支社長として素晴らしい仕事をしている。それでいいと割り切ったんだ」

「本当に何もないのかもしれませんね」

「いや確実に何かある。君だってそう感じてるはずだ。だから気になるんだろう?」

「それはそうですが……」

「いずれにしろこの世は騙し合いだ。彼女が中国とほかの国の二重、三重スパイでもおれは驚かないね」

「あんな強烈な存在感を持つ女性は初めてです。それでいて自然で控え目。ぜひもう一度会ってみたいです」

「それにはまず今回の仕事で生き残ることだな」

「必ず帰ってきます。彼女ともう一度会うためにも」

「やれやれ天下の信虎公も頭の蝶番《ちょうつがい》がはずれてしまったようだ」

城島の冗談に織田はにこりともしなかった。

「蝶番がはずれたわけではありません。乾き切った心に、彼女が水をかけてくれた感じなんです」

「まさか彼女と?」

「そんなことはしてません。ただあの晩、黄浦江の河岸を歩きながら、あのときが永遠に続くことを願ってたことは認めます」

城島が首を振りながらいった。

「こりゃかなりの重症だな」

第五章　計画

フィリピン　ブラボー島

その島はカラミアン諸島の一島、半径十五キロで、五年前にハイエナ軍団が移ってくるまでは、ほとんど無人島に近かった。

島のほぼ中央に二千メートルの滑走路があり、ハンガー《格納庫》が二つとコントロール　タワーがある。少し離れてカマボコ型の建物が並んでいて、ラーンチ　スタイルの家が一軒。

その家の屋根に巨大なパラボラアンテナと対空レーダーがついている。

敷地の広さから見て、かつてはアメリカ軍の基地であったことをうかがわせる。九一年から九二年にかけてアメリカ軍がスービックとクラーク基地をたたんだとき、ここも閉鎖になった。

世間から完璧に孤立しているという意味で、このブラボー島はハイエナ軍団にとっては理想的な基地だった。その使用について、フィリピン政府にアプローチしたとき、意外にも彼らは前向きだった。彼らにしてみれば、モロ・イスラム解放戦線やアブ・サヤフなどに島を乗っ取られるよりよほどましと考えたのだろう。年間使用料にプラスアルファつきで簡単に許可を得ることができた。

孤立してはいるが、マニラからわずか三百キロ足らずなので、ヘリや小型ジェットで簡単に往来できる。

カマボコ型建物は十棟あるが、ひとつが百平方メートルぐらいで、武器庫や兵営、食堂などに使われている。家は織田が住居兼オフィスとして使っている。

ブラボー島は、兵士の耐久力やスタミナ、緊張感を常に維持させるには最高の環境を与えた。町はないから当然ネオン街もない。空気はいいし、きれいな海がある。一日中訓練したあと、行けるところといえば黄金のビーチだけ。帰ってきて夕食をとり、バラックで一杯やって寝る。理想的な生活である。しかし実際は訓練が終わったあと、ビーチに泳ぎにいく者はほとんどいない。疲れきってしまうのだ。

最初のころ、織田はアメリカ陸軍レンジャー部隊の訓練をモデルとしていた。しかし実戦を重ねていくうちに、海兵隊やイスラエルの特殊部隊ゴラニなどの訓練方法も取り入れ、訓練そのものをアップグレードしていった。結果として、ハイエナ軍団の肉体的、精神的強靭《きょうじん》さは各国の軍隊のエリート部隊以上のレヴェルに達した。

肉体の強靭さが、まずよい兵士の条件と織田は信じていた。肉体さえ万全なら精神はそれについてくる。精神がいくら強くても、肉体が脆弱なら意味をなさない。厳しい訓練で体を作り上げても、それをキープするのは至難のわざである。そのためには常に訓練をし続けなければならない。それを怠ると肉体に錆《さび》がつく。そうなると精神に影響する。判断力、忠誠心、仲間に対する思いやりなどが欠落してくる。そのままずるずるいったら兵士として役に立たなくなる。だから訓練なのである。そしてハイエナ軍団の訓練さえこなすことができれば、実戦が公園の散歩のように感じられてくる。

太陽がじりじりその熱を地上にぶつけ始めた。兵士たちは射撃訓練を終えて、韓《ハン》大尉の前に整列した。

「よーし、気をつけ！」

韓大尉の太いダミ声が広場いっぱいに響いた。

隊員たちは三列になって並んだ。

「おい！ そこの兵士！ そうだ、貴様だ！ 気をつけといったはずだぞ。体を揺らせとはいわなかったぞ。貴様はこれからグラウンドを三十周だ。始め！ 早く始めんか！」

いわれた兵士が隊列を離れて、ゆっくりと走り始めた。韓大尉が腰の拳銃を抜いて、兵士の足元に一発撃ち込んだ。兵士は脱兎《だつと》のごとく走りだした。二日酔いには最高の薬である。

韓大尉が隊列に向かって、

「今回の休暇は貴様たちにとってちょっと長かったようだな。頬がぽっちゃりしすぎているのもいる。まるで豚だ！」

隊員たちの間に笑いが起こった。

「ラーマン！　何がおかしい！　貴様も豚だ！　ジャカルタでパーティに明け暮れていたか！」

ラーマンと呼ばれた兵士の顔が硬直した。

「どう見ても貴様たちの半分は、体重が五百グラム以上は増えた。それを今日一日で消してもらう。これから肉弾戦に移る」

爆音が聞こえてきた。小型ジェット、スターライナーが滑走路に向かって下降していた。

「ラオ少尉！　代わってくれ。気を抜いてる奴がいたらやきを入れろ」

韓がいって、そばのジープに乗り込んで滑走路に向かった。

スターライナーが着地し、滑走路の三分の二ほどまでいって旋回して、韓のジープのそばに止まった。織田がいつもマニラからチャーターする機だった。

タラップから織田が降りてきた。

韓が敬礼で彼を迎えた。

スターライナーは再び旋回して、滑走路の奥に向かった。織田がジープの助手席に乗り込んだ。

「みなそろってるかい」

「三人新しいのが加わりました」

「例の君がいってた者か」

「脱北者でありますが、自分と同じ人民軍の第五軍団に所属していた者たちであります」

「即戦力として使えそうかね」

「体調は申し分ないですが、実戦の勘を得るのにちょっと時間がかかると思います」

「どのくらいかかる」

「二週間あれば十分でしょう」

ジープが家の前に停まった。

韓大尉は織田に従《つ》いてオフィスに入った。

「まあ楽にしてくれ」

織田がチェアーを指した。

「大尉」

改まった口調で織田がいった。

「単刀直入に訊きたいんだが、勝利がまったく見えない戦いをしなければならないとなったら、君はどうする」

「それは中佐殿の考え方次第であります。自分は中佐殿の決定に従うだけであります」

「相手が中国でもか」

韓大尉の眉がぴくっと動いた。

「今いった通りであります」

「大尉、リラックスしろよ。おれは今、君と本音で話がしたいんだ。二度とこういう機会はないと思う。だから腹蔵《ふくぞう》なく話そう」

「では、ひとつ質問してもよろしいでしょうか」

「ひとつでもいくつでもしてくれ」

「相手が中国とおっしゃいましたが、対面戦でしょうか」

「まさかそれはないよ。最初から話そう」

織田が事の次第を最初から説明した。

聞き終わって、さすがの韓大尉もしばらく絶句した。

織田が続けた。

「おれはこの仕事を受けた。やる価値があると思ったし、おれの血をたぎらせてくれたからだ。だが君たちをひきずり込むわけにはいかない。正直いって、この戦いから生きて帰ってこられるかどうかはまったくわからないのだから」

ややあって韓大尉が、

「中佐殿、すごい話じゃないですか。自分は北朝鮮という軍事国家に生まれました。だがあの国は吠えるだけで、戦う能力も意志もありませんでした。自分は戦うほかに能がない人間であります。中佐殿のもとで今日まで本物の戦いができた自分は幸せ者でした。中佐殿は自分に人生を与えてくれました」

といって、織田を真っ正面から見据えた。

「自分は中佐殿に最後まで従いていきます」

織田が黙ってうなずいた。

「隊員たちも自分と同じ思いだと思います」

「それはどうかな。常識的に考えれば、従いていくという奴がおかしい。君からまず将校と下士官に話してみてくれ」

「どれくらいまで明かしてよろしいでしょうか」

織田がちょっと考えてから、

「無事戻ってこられる確率が一パーセントの仕事だと伝えろ。それだけでいい。それでもやるという者はここに集めてくれ」

「了解しました」

大尉は立ち上がって敬礼をすると、ドアーに向かった。取っ手に手をかけて振り返った。

「中佐殿、自分が思うに、ドロップアウトする隊員はいないですよ」

「なぜそういいきれる」

「ハイエナ軍団には常識的な者はいないからであります」

「だが命は惜しいさ」

「百ドル賭けますか？」

いたずらっぽい笑いを見せた。これまでに織田が初めて見た大尉の笑顔だった。

それから三十分後、韓大尉が戻ってきた。三人の将校と五人の下士官が一緒だった。全員参加するという。

織田が一同をオフィスの隣にある作戦室に招き入れて、今回の仕事の内容を説明した。ただ依頼主が誰であるかについては触れなかった。

話し終えて、織田がいった。

「気が変わった者がいたら、今からでもいい、やめるといってもおれは文句はいわん」

「内容を聞いたら、なおさらやる気になりましたよ」

タリル・ラシード中尉がいった。彼はパキスタン人で、最初からハイエナ軍団にいた生え抜きである。

「少なくともボータの仕事よりはおもしろそうですね」

と呉元安《ウーイエンアン》中尉。彼はかつて人民解放軍広州軍管区の少佐だったが、軍部内での腐敗と派閥に嫌気がさして、四人の部下と家族を連れて台湾に亡命した。台湾軍部に入隊しようと思ったが、軍は歓迎するどころか逆にけむたがった。大陸との関係が微妙なこともあったが、亡命者はできる限り軍に入れないという無言の規定のようなものがあったからだ。信用できないということだ。

大学を出てから軍一筋に生きてきた呉には、職業のオプションはそうなかった。部下と金を出し合って広東料理の屋台を始めたが、所詮は素人、すぐに失敗した。

彼は意を決して部下とともにイギリスに渡った。イギリス軍にはグルカ兵がいる。勇猛果敢さで知られるネパール人の傭兵である。ネパール人が兵士になれるなら、中国人も当然なれるはずだ。

しかし、イギリス軍からは簡単に断られた。グルカ兵は、イギリス植民地時代からイギリス軍と関係を持っていたもので、きのう今日雇われたわけではないと説明された。中国からの亡命者というのも引っかかったらしかった。イギリス側としてはリスクを負いかねたのだ。

しかし窓口の担当官が、もし傭兵として働く気があるなら、エリトリアのアスマラに行ってみろといってくれた。わずかな期待を胸に、アスマラに行った。そして会ったのが、ハイエナ軍団を率いて三年目の織田だった。

　呉たちにラッキーだったのは、織田が優秀な兵士なら何人でもほしいという状況下にあったことだった。呉と部下四人はその場でテストを受けたが、何の問題もなかった。以来、呉とその部下はずっとハイエナ軍団のメンバーとして織田に従いてきた。

「君が人民解放軍にいたとき、対台湾攻撃についてはどんなことを聞いていたんだ」

「いつも軍は台湾統一のキャンペーンを張っていました。しかし今回のように具体的な作戦について聞くのは初めてです」

「どう思う?」

「と申しますと?」

「信頼度はあると思うかね?」

「思います。政府に求心力がなくなった今、これしかないでしょう」

「それでも中国は君の祖国だ。戦えるかね?」

　呉が憤然とした表情で、

「中佐殿、自分はプロの兵士であります。自分の上官は胡錦濤《フージンタオ》でもなければ温家宝《ウエンジャパオ》でもなく、中佐殿ただひとりであります。中佐殿が白を黒といえば、自分もそう信じます」

　織田がみなを見まわした。

「今回の仕事の報酬についてだが、ベーシックな給与はこれまで通りだが、それに上積みして支払う。将校クラスは百五十万アメリカドル、下士官は百万ドル、兵士は六十万ドルだ」

一瞬シーンとなった。信じられないという表情で互いを見合った。続いて大きなざわめき。

「これで自分も初めていいことができます、中佐殿！」

下士官のひとりサミ・サンシェールが立ち上がって叫んだ。サミはタイの北部チェンマイの出身だった。彼が小さいとき、母親は父親が作った借金のため地元の娼婦の館に売られた。そして彼がまだ八歳のとき、母は娼婦のまま結核で他界した。以来、彼は娼館を根絶することを人生の目的のひとつにしていた。

「あわてるなよ、サンシェール軍曹」

韓大尉がいった。

「生きて帰ってこなけりゃ、いくらもらったって意味はないぞ！」

その一喝もサンシェールの興奮を冷ますには十分ではなかった。

「百万ドルあれば、チェンマイの娼館を全部潰《つぶ》せます。たとえ地獄の底に落ちても、はい上がってきますよ！」

「リッスン　アップ！」

織田が立ち上がった。

「仕事を始める前、諸君には報酬の三分の一を支払う。残りは仕事が終わったときだが、エキストラ　ボーナスもある。諸君にもしものことがあった場合にそなえて、いつものように金の受取人の名前と住所を残してもらう。諸君が生きて金を使えることを望んでいる」

東京

「社長、報告のほうはあれでよろしかったでしょうか？」

受話器を通して聞こえてくる朱英花《ジユウインホア》の声は、いつになく弾んでいた。

「ばっちりだよ。中国政府が発表してる数字の一・五倍の消費量とはね。タンカーの数量とも合致している」

「情報源はトリプルAですから」

相変わらず朱の仕事は早い。三日前、中国の石油、石炭、天然ガスの全消費量とタンカーについての情報を得るよう織田から頼まれたとき、城島はすぐに上海の朱に指令を出した。

その返事が来たのが昨夜だった。だがひとつだけ城島が質問したが、彼女の報告に入っていないものがあった。バクロンヴィ島とその周辺について、中国政府がどれだけの情報を持っているかについての答えである。

それについて尋ねると、

「バクロンヴィ島については誰も知らないのです。資源のエキスパートといえる人々に当たってみましたが、知らないのひと言でした。彼らがシラを切ってるとも思えません。ペトロチャイナ──中国石油──の関係者さえ、島の名前を初めて聞いたといっています」

「変だな。バクロンヴィ島は、今、石油関係者の間では随分と話題にのぼってるんだが。埋蔵量は渤海湾《ポオハイ》の数倍との噂もある。だが話題になっている理由はそれだけじゃないんだ。あの島はトンキン湾のほぼ中央に位置している。一応ヴェトナム領ということになってはいるが、中国が所有権をクレームしてもおかしくはない。ところが今のところ中国は調査船も出していない。なぜだろうかという疑問を国際石油関係者は抱いているんだ」

「確かにおかしいですよね。今まで中国は石油の匂いがするところなら、自国の領としてアグレッシヴに調査船を派遣してきましたからね。尖閣《せんかく》列島しかり、南沙《ナンシャ》群島しかりでした」

「なのにバクロンヴィ島については何の動きも見せていない。実におかしい」

「わが社がコミットするのですか」

「これからあるコンソーシャム《―合弁企業―》が、ヴェトナム政府の許可のもとで本格的調査を始めるらしい。もしいわれているような巨大海底油田が存在していたら、うちもそのコンソーシャムに参加しようと思っているんだ。だがそれも君の情報による」

「中国政府がどう出るか知りたいわけですね」

「そういうことだ。投資したはいいが、あとでトラブルに巻き込まれたくはないからね」

「わかりました。もう少し探ってみます。ほかに何かありますか」

何かを期待しているような朱の口調だった。城島にはわかっていた。

「ああ、そうそう。織田君が君にくれぐれもよろしくといっていたよ」

「本当ですか！」

「彼は君と会ったことにいたく感動していた。もう一度ぜひ会いたいともいっていたよ」

「今、織田さんは日本にいらっしゃるんですか」

「いや、仕事でヨーロッパに行ったらしい。何しろ忙しい男でね」

「私もあの方にもう一度どころか、何度もお会いしたいと思っています。もし電話がありましたら、私からもくれぐれもよろしくとお伝えください」

「こりゃ両方ともかなり熱いな。いずれ彼から君のほうに連絡がいくと思うよ」

電話を切って城島はにやりとした。

バクロンヴィ島に関して、朱を騙すのは本意ではなかった。しかしディスインフォー《偽情》メーション《報》工作の鉄則は、まず味方を騙すことから始まる。この場合、ディスインフォーメーションのキャリアーが朱英花である。こと資源に関しては、ダボハゼのような中国のことだ。多分食らいついてくるはずだ。

この日城島はヴェトナムのハノイに発った。

ブラボー島

巨大なスクリーンに写真が映し出された。

「呉中尉、ここはどこだ？」

織田が訊いた。

「広州市のど真ん中ではないですか！」

すっとんきょうな声でいった。

「以前と変わったところはあるか？」

「ビルが二つ増えてます。それにしても、こんなにはっきりした航空写真は見たことがありません。粒子が実に細かいですね」

「中尉、これは航空写真なんかじゃないよ」

韓大尉がいった。

「衛星写真だ。しかも世界で最高の性能を誇る衛星によって撮られたものだ」

「ＣＩＡですか？」

「もっと上だよ」

「ＮＳＡですか？」

「これだけ鮮明な写真はＮＳＡの衛星しか撮れないよ」

「じゃ今回の依頼主はＮＳＡですか？」

「それは忘れろ」

織田がいった。

「ＮＳＡはまったく関係ないことになってるんだ。諸君が敵に捕まっても、ＮＳＡの名は絶対に吐いてはならない。まあ吐く前にカプセルを飲んでるはずだからな」

画面に別の写真が映った。

「呉中尉、ここはどこだかわかるか」

呉がじーっと画面に見入った。

「川は黒竜江《ヘイロンチアン》ですね。川を挟んだ町は中国側が黒河《ヘイホー》で、対岸がロシアのブラゴヴェシチェンスクではないでしょうか」

「その通りだ。実際に行ったことはあるのか」

「広州軍管区にいたとき、一時ほかの軍管区との連絡を担当していました。そのとき瀋《シエン》陽《ヤン》軍管区の本部に行って、黒河付近を案内してもらったことを覚えております。六〇年代の後半、中国とソ連がたびたび軍事衝突を繰り返したところだと聞いております」

画面が変わった。幅広い川と町が映っていた。

「ハク軍曹、これはどこだ？」

ハクが眉間にしわを寄せてスクリーンを見つめた。

「川はインダスですね。ということは町はデムチョクでしょう」

「行ったことは？」

「滞在したことはありませんが、カシミールに行くとき、通過したことはあります。中国との国境にある町です」

サンジェ・ハクは、もとパキスタン軍の特殊部隊に所属し、インド軍とずっと戦闘状態にあったカシミールの地に配属されていた。

「川を挟んだ状況はどうなってるんだ？」

「中国側とパキスタン側にそれぞれ幅三十メートルのバッファーゾーン《緩衝地帯》があります。中国側にはかなりの数の地雷が埋まっています」

「中国側に入るための最良の方法は？」

「泳いで渡るのがいいと思います。小舟やボートでは対岸の中国兵に見つかる恐れがあります。それとも小舟を使うなら、三十キロ上流にいけば見張りも手薄になります」

それからトンキン湾のバクロンヴィ島を含む五十枚以上の写真が次々と映し出された。

「これらの写真の裏づけを取るために、まずレコネッサンス《偵察隊》 チームが出発する。これは五チームで一チーム五人。同じ場所でも上から見るのと地上で肉眼で見るのとではかなり違うものだ。できる限り現場に近づいて、侵入地点をピンポイントの正確さで探ること。武器として携えるのはベルトのバックルに内蔵できるフリック ナイフとピアノ線だけだ。このチームのメンバーの振り分けとブリーフィングは韓大尉がやる。ほかに二つのスペシャル チームを編成する。チームAはおよそ二十人。レコンなしの一発勝負。しかもトンキン湾での海上戦だ。このチームはそれを終えたら、極東ロシアから中国に潜入するレコン チームと合流する。チームBは中国国内でのディスインフォーメーションと破壊工作を主とするが」

といって、呉中尉に目をやった。

「この任務は君と君の部下にしかできない」

「わかっております。時間はどのくらいもらえますか」

「作戦終了は三ヵ月以内となっている。まず君たちが中国内陸部に潜入して工作に入る。工作内容についてはのちほど詳しく伝える。基本的にはひとところには二週間以上とどまらないこと。新疆ウイグル地区や少数民族自治区、失地農民の多い四川省などが活動の舞台だ。服装は農民と同じようなものがいいが、そこは臨機応変にやってくれ。手持ちの武器はフリックナイフとピアノ線だけだが、そのほか必要な場合は、現地調達とする」

「中佐殿」

ハク軍曹が手を挙げた。

「レコネッサンスの段階からカプセルつきですか」

「なぜそんなことを訊く?」

戦いの場では常に毒薬カプセルを持つというのが、ハイエナ軍団の鉄則のひとつだった。これはもちろん織田に対しても例外ではなかった。

「ただの偵察で、しかも普段着で行くわけでしょう」

「軍団がなぜカプセルを持つことになっているんだ」

「それは敵に捕まったら拷問されるからです」

「その通りだ。当たり前のことをなぜ訊く?」

「それはあくまでも戦場での話です」

「普段着で行こうとも、レコネッサンスは戦いの一部、しかも情報収集作戦の一部なんだ」

「しかし中佐殿、今回の偵察活動は軍事目標ではありません」

「ハク軍曹」

いらついた口調で織田がいった。

「君は優秀な下士官だが理屈っぽいのが玉にキズだ。その理屈っぽさが命取りになりかねないぞ。いいか。君がシリアの油田に近づいてデータ収集中に、不幸にもシリアのカウンターインテリジェンス《防諜機関》に捕まったとする。奴らの拷問に耐えられる人間はこの世にあまりいない。君もおれも含めてだ。遅かれ早かれ吐かせられる。そして殺される。同じ死ぬならそんな不愉快なプロセスを踏む必要などない。カプセルで楽に逝ける。だからカプセルは君を苦しみから救ってくれるのだ。そして余計な情報を吐いて部隊に迷惑もかけない。わかったか」

ハノイ

遅い朝食を終えて、城島は散歩かたがたヴェトナム外務省へと向かった。外務次官グエン・ダイとの約束の時間までまだ三十分以上あった。

これまでホーチミン市には何度か行っているが、ハノイに来たのは初めてだった。ホーチミン市にくらべると、街自体がずっとシックで落ち着いている。テンポが穏やかで行き交う人々の動きもあまりせかせかしていない。建物はまだフランス植民地時代のものが数多く残っている。再開発のあおりで街全体の環境が著しく破壊され、無数のオートバイが排気ガスを撒《ま》き散らして走るホーチミン市とは大違いだ。

プラタナスの並木に挟まれた道をしばらく行くと、左側に植民地時代の名残ともいえる白くひときわ大きな建物があった。外から見ると、ペンキはきれいに塗られ、窓ガラスも割れておらず、メンテナンスはちゃんとなされているようだ。今日同じものを建てたら大変な金がかかるだろう。

腕の時計に目をやった。約束の時間までにまだ十分ほどあるが、相手は多分もういるはずだ。

その建物のゲートに近づいて、守衛に自分の名前とアポの相手の名前を告げた。すぐにクリアーされた。

三階の秘書室を通して、同じフロアーにある次官室へと案内された。かなりのスペースがある部屋だった。正面の机の後ろの壁には五個の時計が埋め込まれ、世界各国の時間を示している。右側の壁にはヴェトナムの地図と世界地図が並んでいる。

ほぼ中央にあるソファとチェアーには、すでに二人の男が城島を待っていた。二人が立ち上がった。

「外務次官のグエン・ダイです」

上品な物腰をした男だった。彼の祖父は、かつてディエンビエンフーでフランス軍を破り、その後アメリカ軍を破った伝説の将軍ボー・グエン・ザップで、現在の首相は彼の叔父にあたると東京駐在のヴェトナム大使がいっていた。これからのヴェトナム外務省を背負って立つ人物であるとも大使はいっていた。

グエン・ダイがもうひとりの男を資源局のカオ・チョイ副局長と紹介した。

「ご来訪の目的はチェン・ドク駐日大使からうかがっております。ですからカオ・チョイ氏にも同席願った次第です」

きれいな英語でグエン・ダイがいった。

「突然の来訪をお許しください」

「いえいえ、あなたのような方のご来訪ならいつでも歓迎です。NCICという巨大なコングロマリットのリーダーで、ベルリンからニューヨークまでネットワークをお持ちのあなたが、ビジネスの話でわざわざ来てくださるなんて、本当に光栄に思います」

「わが社についてお調べになったんですか」

「その必要はありませんでした。大使がいろいろな情報を送ってくれましたから。大使とは大の親友らしいですね」

「えっ、ええまあ。素晴らしい人です」

ストレートな表情で城島がいった。

大使と初めて会ったのは、つい三日前のことだった。それもわずか三十分程度。しかし外交官にとって、点数稼ぎは最も大事なことだ。

「NCICは主に情報と金融を中心に活動していらっしゃるとか?」

「そうなんです。ですがもう少し多角化をしようと考えているんです」

「ご承知の通り、わが国は一九八六年に始めたドイモイ(刷新)政策をベースにして、社会主義体制を維持しながら、経済、政治面だけでなくあらゆる分野での刷新をはかってまいりました。その結果、経済面ひとつ取っても飛躍的伸びを毎年続けております……」

城島は内心舌打ちしていた。中国と同じだ。社会主義国家の役人は必ずこれをする。本題に入る前に、まずいかに自分たちの国家が社会主義体制を維持しながら進歩したかのPRに努める。これは政府のどのブランチに行っても同じだ。政府の方針なのである。自分ではやりたくなくてもやらねばならないのだ。

このPRスピーチは最低十分から十五分。その間、聞いているほうは眠気を抑えるのに精一杯。途中でカットインするには、タイミングをよく見計らって、相手が気分を害さないようにごく自然にやる必要がある。

次官の話は続いた。ここ十年間のGDPの伸び率、輸出と輸入の対比、開発のスピード、国民一人当たりの所得の成長など数字をいちいち挙げた。
天然資源開発の実績と現状についての話になったとき、城島がカットインした。

「資源開発への海外からの投資枠は、もういっぱいになってるのではないですか」

「それは否定しません。ですがまだ少し余裕があります。あなたは天然資源のうちでも特に石油開発に興味がおありと大使から聞いていますが」

「そうなんです」

「となると、メコン デルタとその南北の地域ですね」

「いや、私が興味を抱いているのはまったく違った地域なんです」

「といいますと?」

城島が立ち上がって壁の地図に近づき、トンキン湾のほぼ真ん中にある島を指した。

「ここです」

次官とカオ・チョイが顔を見合わせた。

「それはバクロンヴィ島じゃないですか」

「そうです。この島というより周辺なんですが」

カオ・チョイが首を振りながら、

「城島さん、そこには油田はありませんよ。それについてはすでに二度調査ずみです」

「十五年前メジャーのモービルがやった調査のことをいってらっしゃるわけじゃないで

しょうね」

「もちろんそれも含みます。彼らは権威ある企業です。彼らの結論は尊重できます」

「それについては大いに反論があるところですが、まあよしとして、二度目はいつだったんです」

「二度目というより一度目といったほうがいいと思いますが、三十年ぐらい前でした。当然私はまだ資源局に入ってはいませんでした。データは残ってますよ」

「サイズミック スタディもやったんですか」

「当然でしょうね」

「三十年前だったら、ヴェトナム戦争が終わった直後ですよね。失礼だが、あのころは御国には正式な調査をするような機材もなかったのではないですか」

「中国製のを使ったらしいですよ」

城島が小さく笑った。

「それじゃ調査などやらなかったと同じですね」

「ですが、モービルの出した調査結果は信ずるに値します」

城島がちょっと考えるふりをした。

「こんなことはいいたくはないのですが、モービルがなぜ〝ノーオイル〟と結論づけたのかについて誰も考えなかったのですか」

「といいますと?」

「あれはアメリカ政府が彼らにそういえと指示したからです」

「まさか!」

「調査が行われたのは九〇年代の初めでしたよね。確か九二年だったと覚えてますが。あのころヴェトナムはまだアメリカと国交樹立をしていなかった。国交もない国に戦略物資である油の源を持たせることに、アメリカは躊躇したんです。それでなくともメコンデルタの推定埋蔵量が話題を呼んでいたときです。ですからモービルはまともな調査などやらなかった。まず結論ありきの姿勢だったのです」

「そんなばかな!」

「ワシントンがよくやるパワー　プレーの一環です。これは最近業界から引退した友人に直接聞いたことですから、ほぼ間違いないと思いますよ」

「ということは、二度ともちゃんとした調査はなされなかったということだ。けしからん。実にけしからん」

「城島さん」

グエン・ダイ次官が割って入った。

「ボトム　ライン《—結論—》をいってください。あそこには油の鉱脈があるんですか」

「それはわかりません。だが確実にないとわかっていたら、私はわざわざこうしてあなた方に会いにはきませんでした」

「何か新しい情報があるのですね」

城島が二人を交互に見た。ここがブラッフのかませどころだ。

「実はこれも今いった業界から引退した友人から極秘として聞いたことなのですが、あそこには海底油田があるとメジャー各社が見ているというのです。これを裏づけるのが、NSAが撮った衛星写真といってました。ご承知と思いますが、NSAの衛星は対象物が発する熱や色、空気、地形などを完全に分析できるのです。その分析結果は、バクロンヴィ島周辺に海底油田が存在する確率は九十パーセントとはじき出したというのです」

二人が目を丸くした。

「すごい確率じゃないですか！」

「しかしこれはあくまで可能性の域を出ません。確実に知るには現場で調査するしかありません。結果はまったくのゼロかもしれない。だがやってみる価値はあると思うのです。それが油は地上最大の丁半ばくちといわれる所以《ゆえん》ですから」

「その開発権に興味をお持ちというわけですね」

「開発権は別です。まず調査権がほしいのです。それもできるだけ早急に」

「調査権は通常採掘、開発権に含まれているのですが」

城島にしてみれば、ないとわかっているものに対して金を払う気など毛頭なかった。

「それは十分承知しています。しかし今回は例外としていただきたいのです。調査船をチャーターし、地質学者やエンジニアーなどを雇うだけでも大変な出費です。その代わり結果がイエスと出れば、即座にそちらのおっしゃる開発権料の半分を支払います。それだけでも何十億、いやひょっとすると何百億の金額になるかもしれません」

二人の顔色が心持ち変わった。頭の中で何十億、何百億という数字がマジックライトのように点滅し始めたのは容易に想像できる。次官とカオ副局長がヴェトナム語で話を交わした。

カオが城島に向かって、

「早速局長に話してみます。こちらにはいつまでご滞在でしょうか」

「それはそちら次第です。今いった条件で調査の許可がおりれば、すぐにも帰って準備にかかりたいと思っています」

二人がまたヴェトナム語でなにやら話し合った。しばらくしてカオが、

「正式ではなくテンポラリーパーミット《仮認可》だったら、今日の午後までには大丈夫だと思いますが。正式なフォームにすると一ヵ月以上はかかるのです。お役所仕事ってやつです。おわかりでしょう」

城島は笑いをこらえるのに必死だった。

運転免許でもあるまいに、テンポラリー パーミットなどオイル業界では聞いたこともない。

裏は見え見えだった。テンポラリーの許可を出して、調査結果が出るまで彼らは待つ。結果が吉と出て、いざ開発の段階に入ると、こちらが受け入れられないようなべらぼうな条件を出してくる。当然こちらは躊躇せざるを得ない。その時点で、彼らはヴェトナム人の業者に開発権を与える。もちろん莫大なわいろが飛び交うのはいうまでもない。

しかし、そんなことはどうでもいい。こっちに必要なのは、せいぜい長くて三週間ほどの時間なのだ。

「それで結構です。どうかよろしくお願いします」

「これは特別のはからいなんです」

とグエン・ダイ次官が力を込めていった。

「普通ならテンポラリーでも二週間はかかります。しかし城島さんはうちの大使の親しい友人でもあるし、これからわが国に莫大な投資をしてくださるかもしれない方ですから。特別な友人には特別なルール。それがわれわれのやり方です」

「感謝します。あなた方とはいい仕事ができそうです。あとは期待する量の油が眠っているのを祈るのみです」

その日の夕方、資源局からのメッセンジャーが、城島のホテルにシールで封印された封筒を届けにきた。中には大急ぎで作られたとはっきりわかる、調査のためのテンポラリーパーミットと資源局局長からの挨拶状が入っていた。

ブラボー島

二十五人の兵士が織田のオフィスに集合していた。壁には〝オペレーション ジャスティス〟と書かれたバナー《横断幕》が貼られていた。

五チームがそれぞれチェックする写真を与えられ、ミッションについてのブリーフィングを韓大尉から受けた。

コック兼会計係のシンガポール人のジェイミー・リーが、金の入った封筒とフリックナイフ、ピアノ線、そして青酸カプセルを各自に配った。封筒には三万ドルの現金が入っていた。

「いいか、よく聞け」

韓大尉がいった。

「今回の諸君のミッションはあくまでレコネッサンスであり戦闘ではない。そこのところを忘れないように。写真と現場がマッチしているか。どこが違うか。侵入するとしたら、どこがベストか。写真にある場所以外に、もっといい場所があるか。国境警備隊やガードの数。その中の何人を殺らねばならないか。そういうことを確認するのが諸君の仕事だ。人の動きのパターンをよく観察しろ。ナイフやピアノ線はできるだけ使うな。使えばそれだけカプセルを飲まねばならない可能性が増える。諸君がみな無事に帰ってくることを期待している。質問はないか」

ラーマンが手を挙げた。

「時間的にはどれほど考えておけばいいのでしょうか」

「一ヵ月だ」

「しかし、チェックぐらいなら十日ほどでできるのではないでしょうか」

「そんな簡単なものじゃない。プロのドロボーを見習わなければならんのだ」

「プロのドロボー？」

「かつておれの知り合いにドロボーを生涯の職業とする奴がいた。一度も捕まったことがなかった。なぜか？ 彼は決して思いつきで仕事をやったり、急ぎ働きのようなことはしなかったからだ。時間を十分にかけて正確なデータと情報を集めていた。例えば、ことと狙《ねら》った家を最低半年は監視してデータを集める。住人の生活様式と行動、出入りする人間、防犯システムなどをずっと監視して、そのパターンを研究する。パターンができあがって初めて行動に移る。一年をかけてやっと叩いた豪邸もあるといっていた。だから彼は捕まらなかったのだ。今回の諸君の仕事も同じだ。ただ一ヵ月しかない。そんな短い期間にいろいろな面でのパターンをつかまねばならん。ある意味で至難のわざかもしれない。だから一チーム五人としたんだ。明日から諸君はただの旅行者だ。あまり派手な動きは慎むように。ホテルはセント・レジスとかフォー・シーズンズのような豪華なところは目立ちすぎるから避けること。かといって、バックパッカーが泊まるようなおそまつなのもだめだ。インターコンティネンタル クラスがいいだろう。それでは一ヵ月後に会おう」

マニラ

その日の朝早く、織田はマニラのマンダリン・ホテルの五階にあるラビット・コーポレーションを訪れた。机の上には城島からの郵便物がおいてあった。ヴェトナム資源局からの調査に関するテンポラリー・パーミットだった。

これさえあれば、船はすぐにもリースできる。すぐにガルシア船舶に電話を入れてアポを取った。

三十分後、マニラ湾のサウス ハーバーの桟橋に行くと、アポの相手が待っていた。ゴリラのようなごつい体格をした白人だった。人なつこくひょうきんな顔つきをしている。名刺には〝ガルシア船舶社長 トーマス・ガルシア〟とある。

「話は城島さんからうかがっています。海洋資源調査船で、しかもスピードの出る船をお探しとか」

「サイズは問いません」

「普通は、調査船というのはあまりスピードが出ないのです。センシティヴな機材を積んでいますし、その分頑丈にできていますからね」

「スピードが第一なんです。機材はこちらのを積みますから」

「それは城島さんもいってました。ただあなたの目的地がどこなのかはいってませんでした」

織田が城島から受け取ったテンポラリー・パーミットを見せた。

「行き先はヴェトナムですか。しかもトンキン湾とありますね」

「何か問題でも?」

「いや、ただ南シナ海はパイレーツが多くて。石油タンカーなどがしょっちゅう襲われるのです。アメリカ海軍がパトロールしてくれれば一番いいんですが、周囲の国が主権侵害を盾にそれをさせないんです」

「パイレーツの船は速いんですか」

「それほどでもありません。全速力で走っているタンカーにやっと追いつける程度ですから」

「どんな武器を持ってるんです」

「AKが大部分ですが、たまにRPGをふりまわしたりします」

「じゃ問題ありませんね」

ノンシャランな彼の言葉にガルシアがにこりと笑った。

「船は速さと機動性さえあればいい。そういうことですね。となると五十トンクラスぐらいがいいでしょう」

「乗組員は二十人前後ですが、みな経験者です」

「この調査許可書にはテンポラリーとは書いてあるが、具体的な期日は明記してありませんね」

「長くて二、三週間です」

「短期ですから、リース料は張りますよ」

「それはかまいません」

ガルシアが少し考えてから、

「よろしい。城島さんが保証人だし、保険にも入ってもらいますから。こちらにどうぞ」

ガルシアが先に立って歩き始めた。

桟橋の一番先にその船はあった。グレーに塗られ、長いアンテナが何本かついている。

かなりの年代物という印象は拭えない。船体に黒字で〃アヴェマリア〃号とある。見せかけの調査機材、食料、そして武器を積むスペースは十分にありそうだ。ただ往復約三千キロの旅に耐えられるのか。しかもトンキン湾では戦闘状態におかれるのだ。

「あなたの使用目的にはこれが理想的と思いますよ。あなたの心配はわかります。しかしいったん大洋に出たら、このベイビーはサメのような力を出すことを保証します」

「速力はどのくらい出るんです?」

「五十から最高六十ノットは出ます」

「そんなに出るんですか!」

「ロケット エンジンなんです。ロシア製の。ですから頑丈でそう簡単には壊れません。かつてソ連はこの種の船をスパイ船として使っていたんです」

「船体はどのぐらい耐久力があるんですか」

「といいますと?」

「例えばの話ですが、機関銃やライフルで撃たれたら、船体はもちますか」

「船体は厚さ五センチの鉄板でできています。機関銃の弾など簡単に撥《は》ね返しますよ」

「衝突したりしたらどうなります」

「これの倍の船に突っ込んでもびくともしません。いかがです?」

織田は了解した。五日後に船を取りにくることになった。

「ああそうそう。〝アヴェ　マリア〟というのはどうも似合わない名だと思うんです」

「変えましょうか」

「そうですね」

といってちょっと考えてから、

「〝ホーチミン〟号と変えてください」

ガルシアをともなって事務所に戻り、契約書にサインして金を払った。

帰り際ガルシアがいった。

「あなたが何をやるのか興味がありますが、ひとつだけアドヴァイスをしましょう。外海に出たらパイレーツがいつ襲ってくるかわかりません。昼夜歩哨《ほしょう》をデッキに立たせておくことです。もし奴らが近づいてきたら、機関銃をぶっ放しなさい。そうすれば無事目的地に着けます」

ガルシアが帰ってからすぐに東京の城島に電話を入れて、船の手筈《てはず》がついたことを報告し、お礼をいった。

「あのガルシアという男、どうも石油の調査なんてはなっから信じてないようでしたよ」

「あいつは元傭兵なんだ。ニックネームは〝ザ　ベアーハッガー〟。肉弾戦で何人もの敵をベアーハッグで殺したことに由来しているらしい。だが、あの巨体に似合わず勘は人一倍いい。君が石油業者ではないと匂いでわかったんじゃないかな。だけど心配はいらん。口は貝よりも堅い男だ」

「ところでMI6からの追加情報は入りましたか」

「昨日バーンズが持ってきたよ。フェデックスで送ったから、今日の午後にはそっちに着くだろう。政治局や外交部の要人の写真も入っているが、それがなかなかおもしろいんだ。君の作戦に花を添えるのは確実だよ。さすがMI6。納税者の金を無駄に使っちゃいない」

「作戦に花を添えるなら何でも歓迎です。全体の絵が暗すぎますからね」

「大体の構想は練り上げてるのか」

「まあぼちぼちです。しかし今ひとつ決定打に欠けるんです。中南海のお偉いさん方をあっといわせて、台湾侵攻を躊躇させる何かが……」

「焦る必要はない。アイディアなんてごく自然に浮かぶものだ。君は本能で動く男だ。だから本能をバックに考えろ。そうすれば必ず何かが閃《ひらめ》く。常識やロジックは忘れるんだ」

城島の言葉に、織田ははっとした。いわれてみればそうだ。あまりに大きな仕事のために肩に力が入りすぎていた。そうなるとろくなことはない。自分本来のレヴェルを失ってしまう。並みの人間同様ロジカルかつ理性的に考えてしまうのだ。その結果、攻撃性や徹底性は消えてしまう。本来の自分は理性などとはおよそ縁がない人間だ。理性やロジックは戦う人間にとっては、ブレーキにこそなれ何のプラスにもならないと信じて今までやってきた。だからまだ生きていられるのだ。理性やロジックは凡人に任せておけばいい。

自分、織田信虎は、戦略も戦術も本能の閃きだけで作り上げてきた。人間の命ははかなく何びとも消耗的存在という本能的知識を信じてきたのだ。それを城島は思い出させてくれた。

「貴重なアドヴァイスありがとうございました。これで本来の自分に戻れました。何かいいアイディアが浮かぶような気がします。心から感謝します」

ブラボー島

スクリーンに映った地図を見ながら、織田と韓大尉が話し合っているところに、呉中尉と四人の中国人兵士が入ってきた。

五組のレコネッサンスチームは、今朝方各地域や国に発った。次に発つチームは、呉中尉に率いられて中国に潜入するチームBである。このチームはいったん中国に入ったら、作戦終了まで出てきてはならないことになっている。

織田が彼らに話し始めた。

「諸君も知っての通り、現在中国の内陸部では農民やウイグル人による暴動が頻繁に起きている。諸君に与えられた任務の第一はこれらの暴動に参加して、火に油を注ぐことにある。農民の不満は地元の共産党幹部に向けられている。その点を衝いて、農民と人民解放軍の対立という構図に持っていく。そのためには共産党幹部たちをできるだけ多く殺すこと。

第二は毛沢東や江沢民の銅像や彼らの名がついている学校、工場、政府機関など、公共の建物や交通機関を破壊すること。ただ鄧小平の銅像や絵、彼の名が残る建物などはノータッチとする。これまでの指導者の中で彼だけが民衆の支持を得ている。鄧小平を依然として崇拝している民衆対悪徳共産党幹部という構図を作り出すのだ。

第三は民衆の間に恐怖心を煽《あお》ること。このままいったら中国内陸部は沿海部のわずかな裕福な者たちによって奴隷とされる。その奴隷化は、農民たちの土地を接収することによって着々と進んでいるといったようなプロパガンダを農民たちの間に植えつける。

いずれにしても、今起きているトラブルをさらに大きくするのが諸君の任務だ。間違ってもリーダーになってはならない。面が割れたら、この作戦自体が危うくなる。だから一ヵ所に二週間以上留《とど》まってはならないのだ。これらのディスインフォーメーション工作と煽動工作は最低二ヵ月行う。その間、破壊活動にも手を染めてもらう。標的は呉中尉にすでに伝えてある。どうせアメリカの衛星が追うだろうから、諸君の活躍はニューヨーク・タイムズを読めばわかるはずだ。ここまでで何か質問はあるか」

黄星勝《ホアンシンシャン》が手を挙げた。彼は広州軍管区にいるときからずっと呉の下で働いてきた。今のランクは下士官である。

「基本的な質問ですが、われわれ五人では、ひとつの省の農民たちに浸透するだけでも大変な時間がかかると思うのです。このハンディを克服するには味方を増やすしかありません。もしこれはと思われる人間に遇ったら引き抜いてもよいでしょうか」

「それは当然だな。誰を引き抜くかは君たち次第だ。相手は中国人だ。君たちのほうがよく知っているはずだ」

「その場合、どれほどまで金を使ってよいでしょうか」

「それはその人間の価値によるだろう。誰か心当たりでもあるのか？」

黄が呉に向かって、

「中尉殿、斎恩儒《チーエンルー》大佐などはどうでしょう？」

呉中尉がうーんといって考え込んだ。

「どうせ武器はあの人から買わねばならないと思うのですが」

「しかし引き抜くのはどうかな」

「いったい誰なんだ、その斎大佐というのは？」

織田が訊いた。

「山賊の親玉です」

呉によると、斎恩儒はかつて人民解放軍の大佐の地位にあり、広州軍管区に配属されていた。部下からの人望もあり、上とさえうまくやっていけば、将来は総参謀部の幹部になると見られていた。しかしある日、彼は軍を辞めることを一方的に直属の上司に伝えて、故郷の湖南省に帰ってしまった。そのとき、五百人の兵士が彼に従って辞めていった。そして湖南省で〝竜騎兵団《ロンチービントアン》〟というプライヴェートアーミーを作った。

広州軍管区の上層部は、大佐を集団脱走教唆《きょうさ》罪で軍法会議にかけるべく、軍警察を使って彼を逮捕に行かせた。しかし結果は最悪なものとなった。軍警察が送った五十人は、大佐の率いる竜騎兵団によってみな殺しに遭ってしまったからだ。

次に軍は野戦軍を送ったが、斎大佐自身、野戦軍に戦い方を教えていた大先輩だった。湖南省の山中での戦いは、大佐側に軍配が上がった。以来、軍は何度か大佐とその部隊を討伐するため兵を送ったが、そのたびに失敗した。今ではもうすっかりあきらめてしまった。

大佐は山の中の村や町を支配し、税金まで取り立てるようになった。中央政府はこれを見て見ぬふりをしている。人民解放軍を送れば、また多くの犠牲者が出るし、もしそんなことが外国に知れたら面目丸つぶれとなる。

「中央政府は竜騎兵団が今より大きくならない限り黙認するつもりでいます。自分も何度か大佐に会っていますが、豪放磊落《らいらく》な人物です」

呉中尉がいった。

「しかし山賊になりさがってしまいましたから。問題はどれだけ信頼できるかでしょう」

「湖南省のどこらへんにいるんだ？」

「南嶺《ナンリン》山脈から西へ二百キロほど行ったところに江華瑶《チアンホアヤオ》族自治県があるのですが、その近くです」

「中央政府はそれを知ってるのか？」

中尉がうなずいて、

「広州軍管区の幹部たちも知ってます」

「だが何もできない？」

「理由は今いった通りです」

織田は少なからず驚かされた。今の中国に共産党の手の届かない地域もあるのだ。そして共産党のいいなりにならない人物がいる。そんなことは想像だにしなかった。

斎大佐の人物像は、かつて日本の戦国時代に羽柴秀吉に引き抜かれた土豪出身の蜂須《はちす》賀正勝《かまさかつ》を彷彿《ほうふつ》とさせる。

「軍を辞めた理由は何だったんだ」

「自分より能力のない者が出世していくのに腹を立てたらしいです。それと中央政府の宣伝部には怒りを感じていたらしいです」

「共産党宣伝部に？」

「あの部門が中国のイメージをめちゃめちゃにしていると大佐は思っていたんです」

「宣伝部がねえ」

「大佐は信じていたんです。真に力のある国は国民に対して何ら宣伝など必要ない、と。力がない国は国民を恐れる。だから宣伝で彼らを手なずけなければならない。その典型が北朝鮮です。大佐はあの国は正常な国家ではないとよくいってました」

「まともな軍人じゃないか。どのぐらいの金で動くかな」

「五十万ドルぐらいで十分でしょう。ただ、今もいったように信頼できるかどうかが問題です」

織田がちょっと考えてから、

「彼さえよかったら使ってみよう。スイス銀行に彼の口座を作って百万ドルを入れる。しかしそれはエスクロウアカウントになる。おれのエンドースメント《―同意―》がなければエスクロウは解かれない。本当に協力してくれれば、三ヵ月後に金をリリースする。そうでなかったら金は支払われない。それでいいだろう？」

「話してみます」

「大佐が持っているのはどんな武器なんだ」

「ピストルからライフル、ロケット・ランチャー、五四式機関銃など解放軍の武器はほとんど持っています。さすがにミサイルや飛行機はありませんが」

「もちろんC－4やグレネードはあるんだろうな」

「ふんだんにあると思いますよ。人民解放軍のほとんどはアンブッシュでやられたんです。大佐はC－4とグレネードだけで勝ったようなものです」

「そういうのがほかの地域にもいたら、武器の調達はやさしくなるんだがなあ」

「新疆ウイグル自治区なら容易にとはいきませんが、かなりの確率で見つかると思います」

呉中尉がいって部下のひとりに、

「イシマエル、君は新疆の出身だったな」

「はい、カシュガルです」

「中央政府に対する抵抗運動はかなり激しくなっているようだが、どうなんだ」

「いくつかの抵抗組織がありますが、かの地では解放軍の締めつけは非常に厳しいものがあります。石油資源を守らねばなりませんから。兵士たちは怪しい者に対してはすぐに発砲します。それだけに抵抗組織も必死です」

「武器はどこから手に入れているんだ」

「主にカザフスタン、キルギスタン、タジキスタンなどから密輸入されています。ほとんどが旧ソ連製です」

「武器の元締めはいるんだろう」

「自分がかつてウルムチの解放軍情報部にいたときのファイルによると、五人ほど元締めがいました」

「君の面は割れてるのか」

「内勤でしたから多分知られてないでしょう」

「何とか連絡は取れるか」

「現地に入ったら早速やってみます。彼らがどうこっちを迎えるかはわかりませんが」

「RPGなどは持ってないだろうな」

「カチューシャ・ロケット砲を何基か押収したことはあります。ヒズボラがレバノン南部からイスラエルに撃ち込んでるやつです。命中率は非常に低いです」

それまで黙って聞いていた織田が、

「中尉、斎大佐からRPGを買って、新疆まで運ぶのは可能なのか」

「不可能ではありませんが、かなり難しいと思います。なにしろ途中に無数のチェックポイントがありますから。新疆に入ったらそれがさらに増えます」

「現地に着く前に、君たちが殺られちまったら意味はない」

「現地でカチューシャを手に入れたほうが安全だと思います。ちょっと改良すれば何とかなります。それにRPGよりずっと射程距離がありますから」

「そこのところは君の判断に任せよう」

呉がうなずいて、

「かなり暴れることができそうですね」

「中国への入口はどこにするんだ?」

「まず香港に行きます。そこから本土に入る獣道がありますから。よく本土の軍人が香港に遊びにくるとき使っているんです」

織田がみなを見まわして、

「二ヵ月半がたった時点で諸君が無事だったら、最後の大仕事をやってもらう」

プロジェクターのスクリーンに巨大なダムの写真が映った。

「これがどこかわかるか」

「三峡《サンシア》ダムですね」

兵士のひとりがいった。

「そうだ。これは中国政府が一九五〇年代から考えて、九四年に着工にこぎつけた世界最大のダムだ。現在二十基の発電ユニットが稼働しているが、全工事が終わるのは二年後の二〇〇九年となる。発電量八百五十億キロワットは原発十五基分にあたる。中国政府の意地と執念と誇りが凝縮されているダムだ」

といって、ひとりひとりの顔を見て、

「諸君の最後の仕事はこれを爆破することだ。何か質問はあるか」

水を打ったような静寂。

韓大尉が携帯を手にして、

「この携帯はバッテリーが切れることはない。スクランブラーもついてるから安心して使える。C－4やセムテックスのための起爆装置もついてる。もしもの場合は、自爆装置もついてるから手榴弾代わりにも使える。大事に使えよ」

といって、ひとりひとりに配った。

隊員たちが黙って立ち上がった。

出口に向かう彼らひとりひとりと織田が握手を交わした。彼らの何人が生きて再びハイエナ軍団に帰ることができるかは大きな疑問だった。しかしそのときは、自分も死んでいるときだと織田は思っていた。

最後に呉中尉の手を握った。

「部下を頼んだぞ、中尉。決して死ぬなよ」

呉中尉が小さく笑った。

「大丈夫ですよ、中佐殿。日本の諺にあるでしょう。憎まれっ子世にはばかる、と。若死にするのは神に愛されている者と決まっていますから」


「織田中佐！　お元気ですか」

アブド・マンスールの声はいつになく興奮していた。多分商売の匂いがするのだろう。

「マンスールさん、武器を注文したいのですが」

「アット　ユアー　サーヴィス、サー」

弾むような声でいった。

「次にいうものを買いたいのです。まずRPGを十砲。グレネードの数は五百。AKを三十挺。弾倉は三千。SMG（サブマシンガン）を三十挺。これはドラム型弾倉つきのデグチャレブがいい。連射速度は確か毎分九百発だったと思うが」

「千百発まで可能です。ひとつの弾倉に七十発です」

「最低三百個頼みます。それからマシンガン十挺。SG-43なんかあるかな」

「重機関銃ですね。戦車でも撃つんですか。おっと余計なことを訊いちまいました。十挺ぐらいなら何とかなると思います」

「それからダイナマイトを三百本」

「了解しました。どこにお届けすればいいので？」

「フィリピンのマニラです。五日以内に頼みます」

「それは無理です。これからブツを集めねばなりませんので」

「そうですか。それは残念。ほかに当たるしかなさそうですね」

「ちょっと待ってください、中佐。そうあわてないで」

織田がにやりとした。マンスールのような商売をしている者は世界各地に仲間がいる。当然アジアにも何人かいる。彼らに声をかければいいのだ。直接取引ほどうまみはないが、それなりの利益にはなる。マンスールのことだからコミッション《―手数料―》の上乗せだってやるだろう。

「実は私の親友がフィリピンにいて、今おっしゃったブツは全部提供できます。彼に伝えます」

「最初からそういえばいいんですよ。へたなゲームはお互いに時間の無駄になります。あんたとはこれから長い付き合いになるんですから」

「わ、わかりました。すぐに連絡を入れます。それでマニラのどこにデリヴァーいたしましょうか？」

「サウスハーバーの第七埠頭に〝ホーチミン〟という海洋調査船が停泊しています。そこに運ぶよういってください。金は品物を受け取るときに払います。五日以内ですよ。それが過ぎたら取引はなしとしますから」

「必ず満足いただけるようはからいますので、これからもどうかよろしくお願いします」

五日後、織田はチームA二十人を連れてマニラに入った。韓大尉はジェイミー・リーとともに連絡係としてブラボー島に残った。

東京

久しぶりに城島は八時ちょっと過ぎに会社に出た。秘書が二人の訪問者がすでに待っていると告げた。急いで応接室に向かった。

周強東《ジョウキャンドン》と一緒に趙豊国《チャオフングオ》がいた。

周から電話が入ったのは昨夜遅くだった。ぜひ会って話したいことがあると彼はいった。彼にしては珍しくあわてている口調だった。

城島が入っていくと、二人は立ち上がろうとした。

「そのまま。そのまま」

「先日はご馳走になりました」

周と趙が頭を下げた。

城島が笑いながら、

「議論の続きをやりに来たわけじゃあるまいね」

「いえ、今日は非常に重要なことについてうかがいたくまいりました」

城島は腹の中でにやりとした。そろそろ来るころだと思ってはいた。朱英花へのディスインフォーメーションの成果がフィードバックされてきたのだ。

文化担当官の趙豊国が同席しているのがおかしかった。やっぱり最初に会ったとき直感した通り、彼は情報機関関係者だったのだ。

周が続けた。

「現在、城島先生の会社は、石油に興味を持ち始めたと聞いたのですが」

「商売になれば何にでも興味を持つさ。それがビジネス界に生きる者の義務だからね」

「ですが、今までは情報と金融が主でしたよね。それがなぜ急にギャンブル性の強い石油なんです？」

「だからいったろう。儲けになると思えば、攻めるのがビジネスなんだよ」

「具体的にどこらへんの油田を狙っているんでしょうか」

城島が声を出して笑った。

「君は外交官にしては、しらばっくれ方がまずいね」

「私は何もしらばっくれてませんよ」

「チェックしろと外交部からいわれたんだろう。はっきりいえばいいんだ」

周の顔がちょっと赤らんだ。

「まだまだ青いリンゴですね。それじゃお言葉に甘えて訊かせていただきます。バクロンヴィ島周辺に石油の鉱脈はあるのですか」

「それは掘ってみなきゃわからないね。この二、三日中に調査が開始されるんじゃないかな。何もないかもしれないし、ジャイアントが眠っているかもしれない」

「あるシンジケートが開発を手がけるらしいですが、それはアメリカのシンジケートですか」

「今の段階ではいえないな。彼らは極秘性を重んじるからね。もし石油が出るとなったら、アドバルーンをぶち上げるだろう。世界中のビジネスニュースが取り上げるよ」

「でも城島先生の会社もそのシンジケートのメンバーなんでしょう」

「いや、うちはただ投資するだけだ」

「しかし城島先生が投資するということは、よほど油の存在に自信がある。そうですね」

「まあな。情報はうちの得意とするところだから」

「友人のよしみでその情報をシェアーしてくれませんか」

「そんなことできるわけがないじゃないか。そんなに知りたいなら、ヴェトナム政府に訊いてみることだ」

「ヴェトナムがそんなこと明かすわけないじゃないですか」

「だろうね。ヴェトナムと中国は歴史的にお互い憎み合ってるしね」

といって趙を見た。

「文化担当官のあなたには、おもしろくも何ともない話でしょう」

「いえいえ、非常に興味があります。といっても油うんぬんではなく、バクロンヴィ島の位置に関してです」

「ほう」

こっちのペースにはまってきたと城島は確信した。次に趙がいうことは想像できる。

「これは城島先生だけへの情報と考えてください。実は、バクロンヴィ島の所有権はまだはっきりしていないのです」

ブルズ アイ！

「わが国の学者がいうには、あの島の半分がヴェトナムと中国の境界線のようなのです」

「新説ですね」

「昔から、かの国とわが国は陸地でもなかなか境界線がはっきりしなかったのです。ですが、領土問題で隣人とトラブルを起こしたくないわが国は黙っていました。バクロンヴィ島に関してもそうです。平和を愛するが故、あの島の半分の所有権も声高に主張はしませんでした。ところがヴェトナムはこのわれわれの姿勢を弱腰と取ったのでしょうね。今では島全部をヴェトナム領としてしまいました」

「だが、国連や国際社会はちゃんとヴェトナム領と認めてますよ」

「それは彼らの間違いです」

城島が苦笑いしながら、

「そうはっきりいわれると、どう答えていいのか戸惑いますね」

この調子でいくと、トンキン湾全部が中国領といいかねない。

「中国は何かしらの行動を起こすつもりなのですか」

「それは私の口からはいいかねます。ただ、わが国は明らかな不正を黙認するということはしません」

「ヴェトナムと中国があの島をめぐって武力衝突する可能性もある、だから投資はしないほうがいい、というわけですね」

「友情のしるしとしての情報です。その見返りといっては何ですが、先ほど周君が尋ねたことに答えていただけませんか」

言葉はやさしいが、その口調には、うむをいわせぬ圧力のようなものが感じられる。

情報機関員独特の〝尋問〟である。

相手は完全に引っかかった。あとは決定的なエサをぶら下げてやればいいのだ。

「そうですね。今あなたがおっしゃったことは実に有益です。こっちも考え直す必要がありそうです。わかりました。ギヴ アンド テイクでいきましょう。あそこに海底油田があるという情報はメジャーの友人から得たのです。その巨大な埋蔵量は、今、御国が開発している渤海湾をはるかに凌ぐといってました。油田存在の確率も八十五パーセント以上とのことですから、ほぼ確実ということです」

趙と周が顔を見合わせた。

これで中国がバクロンヴィ島周辺に手を出す可能性は現実となった。武力衝突も必至だ。その引き金役となるのが、ほかでもない織田のハイエナ軍団。

ややあって周が、

「城島先生、これは時間がかかる問題です。しばらく投資は見合わせたほうがよさそうですね」

「まいったねぇ」

「まいることはありませんよ」

と趙。

「わが国はいずれあそこを奪回しますから、そのとき投資すればいいのです」

「とはいっても、周君のいうように先は長いでしょう」

「それはやり方によります。話し合いだったら長いでしょうが、ほかにも方法はありますから」

「とりあえず投資の話は凍結します。貴重な情報のおかげで三億ドルを無駄にしないですみました」

趙がびっくりした表情で、

「三億ドルも投資しようとしたんですか」

「それが石油です。その代わりリターンは百倍にも千倍にもなりますから」

「みなが石油に群がるはずですね」

「何か新しい展開があったら教えてください。今日は本当に有意義なミーティングをありがとうございました」

「いつも先生にお世話になってますから、ほんのお礼です」

二人が帰ったあと、城島は織田に電話を入れた。

「今、中国大使館の連中が帰ったところだ。完全に引っかかった。いよいよショータイムだ」

第六章　元傭兵

マニラ

〝アヴェマリア〟の文字は消されて〝ホーチミン〟号となっていた。織田が欲した武器はすべてデリヴァーされ、現金で決済された。

出発間際にガルシア船舶のトーマス・ガルシアが乗船してきた。ポロシャツに短パンの出で立ちで、肩にはダッフルバッグをかついでいる。

一緒に行くという。

織田が一笑に付した。

「あんたは私を必要としているんだ」

「へえ、なぜだね?」

「この船は私のものだ」

「だが、こっちは金を払ってリースした」

「確かに。しかし船長はこの船についてあらゆることを知っていなければならない」

「船長ならいるよ。元アメリカ海軍のシールズにいた隊員がね」

「しかし、この船はときどき機嫌が悪くなるくせがあるんだ」

「どういうことだい」

「急にストップしちまうんだ。機嫌を直せるのはこの私だけだ」

といって、いたずらっぽい笑いを見せた。憎めない男ではある。

「わかった。だけど本当のところはどうなんだ。ええ、ベアーハッガーさんよ」

ガルシアがびっくりして、

「知ってたのかい、私のニックネームを?」

「城島さんから教えてもらったんだ」

「私もあんたについては少々調べさせてもらった。大事な船を預けるんだからな。そしたらどうだ。あんたは傭兵の世界では今をときめくハイエナ軍団のリーダーじゃないか。だからこうしてやってきたんだ」

「しかしなぜなんだ。見たところビジネスは成功してるようだし、わざわざ進んで墓場を探しにいくこともあるまい」

「会社はうまくいってる。だが私が求めるアクションがない。アクションがない人生なんてものは意味がないんだ」

「いくつになるんだ」

「四十七歳」

織田が睨《にら》みつけるふりをした。

「五十歳だ。だが肉体的には三十代。射撃でもランニングでも肉弾戦でも、若造どもには負けはしない。城島さんは私のもうひとつのニックネームはいわなかったろう?」

「……?」

「〝トミー ズィ インモータル〟《――不死身のトミー――》」

といってガルシアが胸を張った。

「どういう意味かというと、戦場で一度も弾に当たったことがないからだ。いつも突撃隊の先頭に立っていながらだ。弾が向こうからよけてくれるんだ」

「だが海の上で戦ったことはないだろう」

「ハイエナ軍団だってそうじゃないか。海上戦で最後にものをいうのは船の機能だ。私ならその機能を最大限に発揮させることができる。断りきれないと思うがね」

しかし、ハイエナ軍団はこれまでアジア系だけに門戸を開いてきた。それをいうとガルシアが、

「そうらしいね。だがそんなポリシーはもう意味がないんじゃないか。私は昔レッド・ドラゴンやワイルド・ドッグズで働いたが、民族や国籍は関係なかった。よき戦士であ

ればそれでよかった。あんたも考え方を変えたほうがいい。でないとこれからはいい兵士が集まらんぜ」

これは城島にもいった通り、以前から織田が考えていたことだった。これまでハイエナ軍団の隊員をアジア人だけに絞ったのは、彼らが忠実で精神的な耐久力があるからだった。

今の世界で紛争が減るような兆候は見られない。それに逆比例して傭兵になれるだけの肉体と精神力を持った者はそうはいない。経済的繁栄の一途をたどっているアジア人に限っていえば、なおさらのことだ。

白人でも黒人でも優秀な傭兵となれる人材はいるはずである。その証拠にマイク・ホアー大佐やジェス・マッコード中佐などが率いた傭兵部隊はオール ミクスチャーだった。こう考えるとアジア人だけに絞るのは、時代に逆行しているといわざるを得ない。

「わかったよ、ベアーハッガー。だけど本当に命を落とすかもしれないぜ」

「ありがたい。これでやっとアクションにありつける」

ガルシアを受け入れたのは結果的にいってよかった。彼がいった通り、船は突然不機嫌になるくせがあったからだ。出航したその日、まずレーダーがぶれた。次にエンジンが変な音を立てて突然ストップした。そのたびにガルシアが器用に直した。事前に故障するよう細工をしていたのではないかと織田が冗談をいうと、真面目な顔つきで、

「それも頭に浮かんだが、その必要もなかったな」

しかしスピードは出た。燃料をセイヴするために二十五ノット前後で航行したのだが、それでも普通の船よりはるかに速かった。

二日目の晩、船は西沙《シーシャ》群島の近くを北東に向かって航行していた。

夕食を終えて、織田はひとりデッキに出た。いよいよ作戦の第一幕が切って落とされる。だがこれでいいのか。いつもなら作戦を始めるときには、すでに頭の中で終わりまでのシナリオが描かれている。しかし今回はそれがない。どこかで迷っているのだ。

誰かが近づいてきた。トーマス・ガルシアだった。

「きれいな月夜だな。平和そのものじゃないか。女を口説《くど》くには最高のムードだ」

「マニラが恋しいだろう」

「そんなことはないさ。それにしてもあんたの部下は優秀そうなのばかりだな。礼儀は正しいし、無駄口はいっさい叩かない。動きもてきぱきしていて無駄がない。目はハイエナというより、ドーベルマンのような無感情さを帯びている。まさにいつでも戦える戦士の印象を与える」

「あんたが今までに会った連中とくらべてどうかね」

「それはフェアーな質問じゃないな」

「なぜ?」

「レッド・ドラゴンにしてもワイルド・ドッグズにしても、大部分が挫折を背負って傭兵になった連中だ。彼らは社会に溶け込めない。アル中はいるし、気の触れた奴もいる。ただ人を殺すことにエクスタシーを感じるようなのもいる。性格破綻者の集団のような部隊もあった。しかしあんたの部隊にはそういうおかしいのがいない。これは驚くべきことだ。よほどあんたの指揮が徹底しているんだろうな」

「うちにだって挫折を心の内に抱えて生きているやつもいるさ。例えば筋ジストロフィーを抱えた子供と親ひとり子ひとりの生活をしていた男がいる。彼は警官だった。子供は手術をすれば、フィフティフィフティのチャンスで助かるかもしれない。彼はハイエナに入隊した。事情を聞いたおれは、半分を前金で払ってやった。それを彼は病院に払った。そしておれたちと戦場に行った。いろいろな傭兵部隊を当たったが、うちが一番給料がよかったからだ。警官としては優秀だったのだろうが、兵士としては、まだ駆け出しクラスだった。しかし一生懸命やった。その戦いを終えて、彼はシンガポールに帰った。しかし息子の手術は失敗していた。その後、部隊をやめるよう説得したのだが、彼は辞めなかった。迷彩服のままで、最後に息子に会いにいったとき、彼がパパ格好いいと喜んでくれたそうだ。息子が最後に見て喜んだ姿で、これからも生きていきたいというんだ」

「ここの二十人の中にいるのかね」

「いや、彼は今、中東にいる」

「やはりミッションで?」

織田がうなずいた。

「ほかにも随分といる。ただ心の中の苦しみを自分の内だけに納めているんだ。絶対にそれを外に出してはいけない。それが東洋人なんだ」

「そんなものかねぇ」

「あんたはどうして傭兵をやってたんだ」

「自分の愚かさが招いた結果さ。ニューヨークで人を殺しちまったんだ」

当時、彼は海兵隊の中尉として南部の基地に配属されていた。たまの休暇を利用してビッグアップル《ニューヨーク》に遊びにいった。ある夜ブロードウエーを歩いていると、ピンプ《ぽん引き》らしき男が女を殴ってるところに出くわした。大勢の人間がいたが、誰も止めようともしない。

自分も彼らにならって、ただ通り過ぎればよかったのだろうが、女が可哀想すぎた。彼は止めにはいると、そのピンプがナイフを振りかざして突っかかってきた。彼はそのナイフを落として、ピンプの首をつかまえてそばの壁に叩きつけた。その男はそのまま口から血を吐いて死んでしまった。

どんな理由があろうとも人を殺してしまったら、もう軍にはいられない。

それまで貯金した金を全部持って彼はメキシコに逃げ、そこからヨーロッパに渡った。そしてフランス外人部隊にまず入った。部隊に入ればもう安全だった。FBIもインターポールも追いかけてきやしない。三年間外人部隊にいて、その後はワイルド・ギース部隊、レッド・ドラゴン部隊、そしてワイルド・ドッグズ部隊などを渡り歩いた。

「その間、結婚はしなかったのかい」

「したさ。素晴らしいフィリピン女性とね。名前はマリア。本当に聖母のような女性だった。体は私の半分ぐらいしかなかった。大きな黒い瞳でいつも笑顔で歌を口ずさんでいた。一年後、息子ショーンを産んでくれた。われわれはマニラからミンドロ島のマディガンに移り、そこを生涯の家と決めた。海岸沿いにある小さな町で、素朴な人々ばかりだった。私は家族が一生楽に暮らせるための金を得るため、最後の仕事に出た。アフリカでの仕事だった。半月もかからずにその仕事は終わった。しかしミンドロ島に帰ったとき、マリアとショーンは死んじまっていた。モロ・イスラム解放戦線のゲリラの手にかかったんだ。自分がいたら二人は死ななかったかもしれない」

顔が歪《ゆが》み、喉が詰まったのか、声が濁ってきた。喉をクリアーするように咳を二、三度したあと、彼は続けた。

「しばらくの間、私は抜け殻だった。酒を浴びるほど飲んだ。トカレフの銃口を何度も口に突っ込んだ。だが死ねなかった。死ぬ勇気がないのなら生きるしかない。そう思ってマニラに出て、ビジネスを始めた。一応成功は収めた。だが募るのは空しさだけだった。愛するマリアとショーンはいない。夜ひとりになるのが怖いんだ。神に祈っても、神は何の言葉もかけてくれない。とっくに見捨てられてるのかも……」

「神を信じてるのかい」

「もちろんだ。今の私には信じられるのは神しかいない」

といって、織田を見据えた。その表情にはひょうきんな巨人の面影はなかった。代わりにあるのは悲しみと孤独におののくひとりの男の苦悩に満ちた顔だった。

「あんたのような強い戦士には、私のような者はさぞかし女々しい奴に見えるだろうな」

織田にはガルシアが急に身近に感じられた。琴線に触れるとはこういう思いをいうのだろう。

「いや、人それぞれに心の地獄がある。その地獄をさまよい続けることも、ひとつの生き方かもしれん」

「………」

「無責任ないい方かもしれないが」

「あんたはいい人だなぁ。もっと早く会っていたかったよ」

しみじみとした口調だった。

「この船に乗せてくれたことを心から感謝している」

こいつは死にきたのだと織田は直感した。

「生きてりゃいいことはあるよ。生きることが信仰だといったイギリスの政治家がいたけど、けだし至言とおれは思うね」

「生きる理由と糧さえあれば生きられるのだが。求めてみたがだめだったよ。人生という試験に落ちて、二度と試験を受けられないほど怖がってるのが今の私だ」

そのとき船の前方デッキに立っていた歩哨が何やら叫んだ。二人は前方に走った。

二つの明かりがこちらに向かってくる。

歩哨がサブマシンガンを構えた。

月明かりにくっきりと二艘《そう》の小型船が映った。後方と中央をガードしていた歩哨たちもそばに飛んできた。

パンパンという銃声が夜空にこだました。

「パイレーツだ!」

ガルシアがいった。

二艘が五十メートルほどまで近づいてきた。何やら叫んでいる。

「あれはインドネシア人のパイレーツだ。停まれといってる」

「ポンポン蒸気じゃないか」

織田が笑った。

一番近くにいる歩哨に命じた。

「どっちか一艘を沈めてしまえ。そうすればあとの一艘は逃げるだろう。弾が無駄になるからほかの者は撃つなよ」

次の瞬間、機銃掃射の音が夜の静けさを裂いた。悲鳴が上がった。一艘はエンジンから火を噴いていた。もう一艘はまわれ右をして退散していった。エンジンをやられたほうは、すでに半分沈みかけていた。

「よーし、撃ち方やめ!」

いつの間にかほかの隊員たちが周囲に集まっていた。

「どうだね、ベアーハッガー。この隊員のサブマシンガンの腕は?」

「ファンタスティックとしかいいようがない! 一挺のサブマシンガンでパイレーツ船を八つ裂きにするとは! しかもソ連製デグチャレブでだ」

織田が周囲を見まわした。

「今日の余興はこれで終わりだ。歩哨以外は下に行って休め。明日はいよいよトンキン湾に入る」

湖南省

呉元安《ウーイエンアン》中尉は四人の部下を従えて、香港のカウルーンから山を越えて中国本土の広州に入り、そこから汽車を乗り継いで湖南省南部の南嶺《ナンリン》山脈地帯にたどり着いていた。そこから約二百キロ西に江華瑶族自治県がある。一日五十キロ歩けば四日で着く。

しかし四日も歩く必要はなかった。

二日目にして偵察隊に捕まってしまったからだ。相手はみな人民解放軍の制服を着ていた。やっとここまで来たのに、やばいことになったと五人はがっかりした。どうせ広州に連れていかれるのだろうが、あとはシラを切り通すしかない。ただ向こうで、五人のうちひとりでも顔見知りに会ったら一巻の終わりだ。

しかしこれは杞憂《きゆう》に終わった。兵士のひとりが自分たちは斎《チー》大佐の竜騎兵団の偵察隊であると自己紹介したからだ。多分呉たちが解放軍に追われている失地農民で、恐怖に脅えていると思ったのだろう。

五人はジープに乗せられて、江華瑶族自治県の郊外にある竜騎兵団の本部に連行された。

一日目は五人別々に尋問を受けた。しかしそれほど厳しい尋問ではなかった。

二日目の夜、五人が収監されている部屋を斎大佐が訪れた。ほかの兵士同様、人民解放軍の制服を着ていた。

「呉少佐、こんなところで何をしてる」

大佐が懐かしそうに呉を見た。

「また私に投降するよう説得にきたのか」

呉と四人の部下は直立不動の姿勢を取っていた。

「それにしても、その乞食のような服装はどうしたんだ」

「自分たちはもう人民解放軍の兵士ではありません」

「除隊したのか」

「いえ、脱走したのであります」

「ほう、なぜだ」

「大佐殿の理由と同じであります」

大佐が満足そうに笑いながら、

「やっと君にもわかったようだな。あの腐り切った軍部の中身が。それでわが竜騎兵団に入りたいというのか」

「違います」

「……？」

「大佐殿に非常に重要な話があってまいったのであります」

「金になる話か」

「百万ドルになる話であります」

「アメリカドルか⁉」

「真剣な話であります。そしてこの国の危機を救う話でもあります」

大佐は呉を自分の事務所に連れていった。

呉は事のあらましを話した。

北京政府が台湾攻撃を画策し、すでに作戦も練り上げていること。自分と四人の兵士は、ある国際的機関に雇われて、その作戦を阻止するために活動しようとしていること。もし北京政府の作戦が実施されれば、台湾海峡は血の海となり、台湾にいる同胞が破滅的状況におかれること。そうなれば、アメリカの介入は必至となり、祖国中国も破滅する。今のところアメリカはこの作戦について知らない。彼らが知る前に北京に作戦実行を思いとどまらせる。それには作戦実行が不可能なような状況を中国国内に作り上げる。台湾攻撃の余裕を与えないことである。

最初のうち大佐は呉の説明を半分冗談としか受け取らなかった。

「ディスインフォーメーションや農民デモを煽ったところで、それほどの効果があるとは思えないな」

「農民デモが今まで効果的でなかったのは、頭脳明晰《めいせき》で戦略に長《た》けた指導者がいなかったからだと自分は考えます。もし大佐殿のような方が引っ張れば、彼らは驚くべき力を発揮するのではないでしょうか。かつて共産党は農民を味方につけて、権力を握ったではないですか。内陸部の都市や町にある共産党の庁舎、銅像、宣伝部が作り上げた巨大な看板や塔などを破壊していけば、中央は必ず反応します。そして恐れます」

「それはどうかな。心配はするが、恐れはしないだろう。彼らは人民解放軍を大量に投入すればすむと思うはずだ」

「しかし、彼ら兵士の中には農民に対して同情している者も多いと聞きます。ひょっとすると人民解放軍が内部分裂することも考えられます」

「その可能性は極めて低いよ」

「しかし大佐殿がお辞めになったとき、五百人もの兵士が従《つ》いてきたではありませんか。大佐殿が正しいと考えたからです。それに彼らも腐った軍の幹部に不満を抱いていたのです」

「だが不満だけで戦争は勝てない。君が私に依頼しているのは戦争なんだ。この国は広すぎる」

「広いからやりやすいと思うのです。全国的に活動を展開してほしいとはいっておりません。ただこの湖南省をベースにして貴州省、四川省で暴れていただくだけでいいんです。もし幸運の女神がほほ笑んでくれたら、内陸部のほかの地域にも飛び火するでしょう。この国では口コミが最大の武器ですから」

「なるほど」

大佐が初めて興味を見せた。

「やり方次第ではそれも可能だな。時間的にはどれだけかけられるんだ」

「三ヵ月までです。それ以上は必要ありません」

「つまり、その間に北京政府に台湾攻撃をあきらめさせるということかね」

「われわれに与えられた時間はそれまでなのです」

「君たちはどうするんだ。このまま国外退去かね」

「いえ、われわれにはやることがあります。もし大佐殿がこの仕事を引き受けてくださったら、私と部下は、明日にでも新疆に発ちます。あそこには今、北京が必死になって開発している油田がありますから」

「爆破するのか?」

呉がうなずきながら、

「もしあそこで生き残ったら東に移動します。ほかの任務が残っていますから」

大佐がうーむと唸《うな》って空を見つめた。

しばしの静寂のあと、

「ここや四川省で農民暴動が拡大する。そして西の辺境地では油田が爆破される。北京の動脈とはいわぬが、向こう脛《ずね》を蹴るぐらいの効果はあるな。しかし北京にパニックを起こさせるほどのものではない。もっと過激なやり方も必要だろう」

「それは十分考えています」

「例えば？」

「これはあくまで大佐殿の胸だけに納めておいてください」

「そんなことはいうまでもない」

「新疆のあと生き残ってたら遂行する任務があるといいましたよね」

大佐がうなずいた。興味津々の表情に変わっていた。

呉がちょっと声を落とした。

「三峡ダムの爆破です」

一瞬大佐が絶句した。

「これでわれわれの真剣さがおわかりと思いますが」

大佐が大きくうなずいた。

「さらには、われわれのリーダーはもっと過激なことを考えているようです。それが何かは私にはわかりませんが」

「誰なんだ、君らのリーダーとは」

「いずれ大佐殿にご紹介することになると思いますが、軍事的天才です。やることが半端ではありません。これまで大小の戦争を四十二回戦いましたが、負けたことは一度もありませんでした。そして部下をひとりも死なせなかったんです。ここらへんは大佐殿と共通点があるのではないでしょうか」

まんざらでもないといった顔つきで大佐がうなずいた。

「中国人ではあるまいな。今の中国にそんな天才的戦略家などいるわけがないからな。いったいどこの国の人間なんだ」

「それは勘弁してください。だけど必ずご紹介いたしますから」

「まさか私をおびき出す罠《わな》ではあるまいな」

大佐が被害妄想に陥るのは当然と呉は思った。何しろ世界最大の陸軍を持つ人民解放軍を敵としてこれまで生きてきたのだ。

「大佐殿、これは遊びではありません。私も部下も命懸けで大佐に会いにきたのです。もし大佐殿がわれわれの会話の一部でも部外者に漏らしたら、われわれはおしまいです。それにただの罠を仕掛けるのに、スイス銀行に大佐殿の名前で百万ドルの口座を開きますか」

「なに！　もう金が入っているというのか」

「もし大佐殿の答えがノーなら、電話を入れてキャンセルすればよいのですから」

「キャンセルなどすることはない。金はありがたくもらうが、金なしでもこれはやらねばならぬことだ」

「それではご協力いただけるので？」

「君のリーダーに伝えてくれ。この斎恩儒《チーエンルー》、力のおよぶ限りのことをする、と」

翌日、呉中尉は部下とともに新疆へと発った。

南シナ海

マニラを発ってから二日目に〝ホーチミン〟号はヴェトナム領海に入ろうとしていた。しかし真っすぐバクロンヴィ島には行かず、ハイフォン港に向かった。燃料はまだ半分以上残っていたが、タンクをフルにして、さらに予備タンクも満タンにしたほうがいいというのが、ガルシアのアドヴァイスだった。これから起こるであろう事態を考えれば、油が切れることは絶対に許されない。

ハイフォン港はラッシュどきだった。大小のタンカーや貨物船がひっきりなしに出入りしている。急成長を続けるヴェトナム経済を見せつけるような光景である。港湾労働者たちが船を興味深げに見ている。多分〝ホーチミン〟という船名のためだろう。短時間のうちに給油を終えて〝ホーチミン〟号は再びトンキン湾に出て、西に向かった。二時間もしないうちに、最初の目的地であるバクロンヴィ島に到着した。

港には小さな漁船が何艘か浮かんでいるが、あまり人も住んでいないような寂れた島だった。海軍基地があってもよさそうなものだが、そんなものはなく、まったくのノーガードだ。

織田が機関室に入ってきた。

「ベアーハッガー、この島に用はない。最終目的地に進行しよう」

「オーケー」

ガルシアが面舵《おもかじ》いっぱいに取った。

「中国の領海には入るなよ。ぎりぎりのところで停まるんだ」

ガルシアがレーダーに目をやった。

「ちゃんと動いてる。北緯二一、東経一〇七でいいだろう」

「頼んだぜ」

織田は彼の肩を叩いてデッキに向かった。

「ああ、そうそう、中佐」

ガルシアが織田を呼び止めた。

「元シールズがこの船の船長をやるはずだったな」

「三人いる。みな船の経験はある」

「ここに呼んでくれないか」

「どうして?」

「この船に関していくつか教えておきたいことがあるんだ。おれに何かあった場合、あんた方が外海で立ち往生したら困るだろう」

「おいおい、つまらないことというなよ」

「ジャスト イン ケースということもある。頼む」

「わかった。あんたがそれで気がすむなら」

それから三十分後、船は中国領海から一キロ西側に停まり、錨《いかり》を降ろした。隊員たちがリグを組み立てた。あくまで調査の〝ふり〟であるから、もちろんフェイク リグである。

その日は何もなかった。二日目、三日目も何も現れなかった。

しかし城島は中国側が完全に引っかかったといっていた。城島の情報に間違いはない。ハイエナたちはじっと待った。

四日目の朝、やっとそれらしい兆しが見えた。東方から一機のプロペラ機が低空飛行で飛来してきた。肉眼でも機体がはっきりと見える。中国海軍のHZ-7偵察機だった。

その機は〝ホーチミン〟号の上空を何度か旋回して、もと来た方向に飛び去った。

翌朝、〝ホーチミン〟のレーダーに二隻の船が近づいてくるのが映った。

ベッドで連絡を受けた織田は、急いでブリッジに上がった。ガルシアが迷彩服姿で舵を取っていた。

「似合うじゃないか」

ガルシアが照れ笑いしながら、

「何年ぶりかな。腹のボタンがかからんよ」

確かに東方の水平線の彼方《かなた》に二隻の姿があった。双眼鏡で見る限り両方とも調査船のようだった。

ガルシアに双眼鏡を渡した。

「一隻は海洋調査船だな。こっちと違って本物だよ。もう一隻はこっちと同じだ。調査船を装ってはいるが護衛船だ」

「どれぐらいの距離にいるんだ」

「二キロ半は離れてるな」

「ということは中国領海にいるということか」

「ヴェトナム海軍が出動するかどうか様子を見てるのか、または援軍が来るのを待ってるんだろう」

「まさか駆逐艦が来るなんてことはないだろうな」

「そんなことをしたら、ヴェトナムを必要外に刺激するから、まずやらないだろう」

「しばらく様子を見てみよう」

空を見上げた。西のほうから少しずつ雲が出てき始めていた。

「どうせなら早く降ってほしいなあ」

「あの雲はひょっとしたらモンスーンを運んでくるかもしれんぜ」

「だったら理想的なんだが」

午後に入って雲は広がったが、雨は降らなかった。しかし中国側に動きがあった。二隻がこっちに向かって動き始めたのだ。

「よーし、もっと来い。もっと近づけ」

ガルシアが双眼鏡に見入りながらいった。

織田は隊員たちに戦闘準備を告げた。

「よーし、奴らヴェトナム領海に入ったぜ。時速十五ノットぐらいで近づいてくる。右側が調査船、左側が護衛船だ」

隊員たちはみな迷彩服に着替えていた。機敏な動きで重機関銃とRPGをデッキに運んだ。

下士官のひとりが織田のところに駆けてきた。

「どう配置いたしましょうか」

「デッキの前方、後方、ミドルに重機関銃を一基ずつ設置。RPGもそれぞれ一砲ずつ。ただし奴らに見えないようにシートをかぶせておけ。君たちもシートの中に隠れていろ。

奴らは先に撃ってはこないはずだ。だが油断はするな。おれが撃ち始めたら一斉射撃だ。動くものはなんでも殺れ。わかったな」

「停まったぞ」

ガルシアはまだ双眼鏡をのぞき込んでいた。二隻は〝ホーチミン〟から百メートルぐらい距離をおいたところに停止した。

大きなほうの船がこちらに胴体を見せて停まっている。もう一隻はその船の向こう側に隠れている。ディフェンシヴ態勢を取っているつもりなのだろう。

「ベアーハッガー、錨を上げてゆっくりと近づいてくれ」

「アイアイ　サー」

〝ホーチミン〟が静かに動き始めた。

織田は腰の拳銃のセイフティをはずしてデッキに降りた。隊員たちはそれぞれの持ち場について待ち構えている。

いつの間にかガルシアがブリッジから降りてきて、織田の隣に立っていた。

織田がブリッジを見上げた。元シールズの隊員が舵を握っていた。

「いったいどういうつもりなんだ?」

「私に最初の一発を撃たせてくれ。そのために来たんだ」

織田が一瞬躊躇した。

ガルシアの目は懇願していた。

「わかった。武器はあるのか？」

「こいつでいい」

といって、迷彩服の片方を開いた。ベルトにトカレフTT１９３３が挟まれていた。

「かなりの時代ものじゃないか」

「だが近距離では最高の銃だ。昔から付き合ってくれたベイビーなんだ」

〝ホーチミン〟が中国船に近づいて平行に並んだ。両者の間隔は約十メートル。

十名ほどの男たちがデッキに立ってこちらを睨むように見ている。みな中国海軍の制服に身を包んでいる。ガルシアのいった通り護衛船のようだ。

「中国海軍とお見受けするが」

織田が叫んだ。

「その通り！」

真ん中あたりに立っている男が応えた。

「本官はキャプテンチャンである」

「ここはヴェトナム領海であるから、あなた方は即刻退去すべきである」

「いや、ここは中国領海である。そちらこそ速やかに立ち去るよう忠告する」

護衛船の船首楼甲板とブリッジデッキに据えつけられた機関銃が、いつの間にかこちらに向けられているのが織田の目に入った。

ガルシアにささやいた。

「まずマシーンガンナーを始末する。おれは後方の奴、あんたは前の奴を殺ってくれ」

「いつでもいいぜ」

「キャプテンチャン！」

織田が呼びかけた。

「お互い不愉快なことになる前に、引き下がったほうがいいと思うがね」

キャプテンが周囲の兵士たちに何やらいった。彼らが大声で笑った。

「レッツ　ロックンロール！」

織田が腰のワルサーを抜きながら、低くシャープな声でいった。

中国船の後方にいた機関銃士が頭を撃ち抜かれて吹っ飛んだ。ほとんど同時にガルシアのトカレフが前方にいる機関銃士を倒していた。

不意を衝かれた中国側はピストルやライフルで必死に応戦し始めた。ガルシアはすでにトカレフの弾を使い果たし、そばにあったRPGを肩にかけて狙いを定めていた。一発目が中国船の土手っ腹を貫通した。

中国兵たちがライフルを手に下から次々にデッキに飛び出してきた。

シートがはずされて、ハイエナ軍団の一斉射撃が始まった。中国兵がばたばたと倒れていく。重機関銃が空気を切り裂くような吠え声で護衛船のブリッジや煙突、マストなどを破壊していく。

撃ち合いは三十秒で終わっていた。

〝ホーチミン〟号が護衛船に横づけされた。ハイエナ軍団が乗り移った。爆薬係が船のあちこちにC－4を仕掛けた。ほかの隊員たちは生存者がいるかどうかチェックを始めた。デッキに倒れている中国兵のほとんどは死んでいた。まだ息をしている者はその場でとどめを刺された。

ガルシアはトカレフの弾倉を入れ替えて、生存者がいるかどうか確かめるため船底に降りていった。

作業が終わって隊員たちは母船に還り始めた。

そのとき船底のほうから数発の銃声が聞こえた。AKとトカレフの交ざった音だった。

織田の背筋を冷たいものが走り抜けた。

「ベアーハッガー！」

次の瞬間、織田は船底へダッシュした。数人の隊員が彼に従《つづ》いた。

中国兵が三人血だらけで横たわっていた。その向こうにトーマス・ガルシアが、壁に上半身を寄りかからせて斜めに倒れていた。

織田が三人の中国兵の心臓に一発ずつ撃ち込んだ。

　ガルシアは片手にトカレフを握り、もう一方の手で腹を押さえていた。その指の間から内臓がはみ出ている。顔は蒼白で目を閉じたまま激しく呼吸をしていた。

　織田がかがみこんで片手を彼の肩にまわした。

「ベアーハッガー」

　かすかに目を開けた。

「中佐、やられたよ」

「相手がラッキーだっただけだ。あんたは不死身だ。すぐハイフォンの病院にかつぎ込んでやる」

「無駄だよ。でもこれでいいんだ。これで……」

「〝トミー　ズィ　インモータル〟が何をいう」

「これでおれの地獄は終わる。神よ、許したまえ」

　突然激しく咳き込んで血を吐いた。かーっと目を開いた。

「マリア！」

　最後の力をふりしぼった叫びだった。

　次の瞬間、彼の上半身が腕の中に重くのしかかった。織田は片手でまだ見開いたままのガルシアの目を閉じた。

「これでやっと楽になれたんだな。友よさらばだ」

織田がやさしくささやいた。

護衛船は爆破班が敷いたC－4によって木っ端微塵となって海の藻屑《もくず》と消えた。だがもうひとつ仕事が残っていた。

調査船はすでに錨を上げて、中国領海に向けて全速力で動いていた。しかしせいぜい十五ノットぐらいでは、到底〝ホーチミン〟を振り切れるものではなかった。

停止命令を出すと素直に従った。

調査船に追いついたとき、織田が舵を握っているサカイ少尉にいった。

「サカイ少尉、右からまわって相手の胴体に船首から突っ込め。速度は三十ノットだ」

グレン・サカイは日系三世で、元アメリカ海軍シールズのメンバーだった。ガルシア亡きあと、彼が船長となった。

「突っ込むのはいいですが、こちらは大丈夫でしょうか」

「ためらいは無用。本船の強靭さはガルシアが保証したんだ。相手を沈ませるには一番手っ取り早い方法じゃないか」

織田がマイクを握った。

「全隊員に告ぐ。本船はこれから少々衝撃を受ける。何かにつかまっていないと体が吹っ飛ぶことになる。以上」

〝ホーチミン〟が百メートルほど調査船から離れた。角度を調査船の脇腹に絞ってスピードを上げた。

調査船の乗組員たちはデッキから興味深げに、彼らに向かってくる〝ホーチミン〟を眺めていた。

しかし彼らの表情はすぐに恐怖で引きつり始めた。デッキの上を逃げまわっても、すでに遅かった。

鋭く重い音とともに〝ホーチミン〟の船首が調査船の脇腹に突き刺さった。調査船を真っ二つに割る状態でそのまま数十メートル進んでから、突然止まってバックした。

調査船は船尾から急速に沈み始めた。全部が水面下に消えるのに一分とかからなかった。それを確認して〝ホーチミン〟はフル スピードで南シナ海へと向かった。

ルソン島に近づいたとき、サカイ少尉がどこに船を着けるべきか尋ねた。

マニラに着けても、ガルシアはもう死んでしまったのだから、船を返す相手はいない。このままブラボー島に行っても、ガルシアは文句をいうまい。

しかしその前にやるべきことがあった。

ガルシアは愛する妻と息子とともに生涯をマディガンで過ごしたかったといっていた。せめて彼の遺体をマディガンに運んで、家族と一緒の墓に葬ってやろう。

そう考えた織田は、″ホーチミン″をミンドロ島に向けさせた。マディガンはミンドロ島の西側にあった。海岸線にある小さな町だった。町の外に海を見渡せる小さな丘がある。ガルシアの妻と息子の墓はその丘にあった。

葬儀は町のカトリックの神父が取り仕切ってくれた。ハイエナ軍団のメンバーたちも出席した。ひつぎの中に、ガルシアが最後に使った愛用のトカレフがおかれた。

葬儀が終わると隊員たちは船に戻るため散っていった。織田はしばらく墓石の前に立っていた。葬儀なんて所詮は生きてる者の慰めにすぎない。死んだ者にとっては何の意味もないのだ。

神父が織田に近づいてきた。

「つかぬことをうかがいますが、ガルシア氏とはどのような御関係だったのですか」

「友人です」

「そうですか。でも、あなたはよいことをなさった。立派な葬儀でした。きっと神の御加護がありますよ」

織田の口元に皮肉っぽい笑いが浮かんだ。

「神の御加護ねえ」

「神を信じているのでしょう」

「私の住む世界では、信じることができるものはそれほどありませんよ」

「神を信じないなら、なぜクリスチャンの葬儀を行ったのです」

「私が信じる信じないは関係ありません。重要なのはガルシア氏が信じていたということです。グッバイ、ファザー」

いい残して、織田は神父に背を向けて足早に去っていった。

第七章　開　戦

東京

織田からトンキン湾での作戦完了を伝えられた城島は、すぐにヴェトナム外務省のグエン・ダイ次官に電話を入れた。

「城島さん！」

次官の声はかなり上ずっていた。

「今そちらに連絡しようと思っていたのです。大変な事態が起きました」

「ちょっと待ってください、次官。まずこちらの話を聞いていただきたい」

城島がぴしゃりといった。

「いったいあなた方はビジネスをどう心得ているのです！　私の雇った調査団が、トンキン湾でどんな目に遭ったか知ってるんですか！　中国海軍に攻撃されたのですよ！

その攻撃によって調査団員のひとりが命を落としたんです！　ヴェトナム領海内と安心

して調査をやっていたのです。これについて納得のいく説明をしてもらいたい!」

一気にまくし立てた。

次官が呆然としているのが目に浮かぶ。

「どうなんです、次官!」

「実はですね。ご連絡しようとしたのはそのことに関係があるかもしれないのです」

次官によると、昨日、駐ヴェトナム中国大使館から、トンキン湾の中国領海内で二隻の中国船が消えたと伝えられた。それについてヴェトナム側の外務、国防担当者と至急会って話を聞きたいという。

「ですが、われわれにはまったく寝耳に水の話なのです。記録を調べても、わが海軍の船は一隻もパトロールしていなかったのです」

「正確な地点を中国側はいってきたのですか」

「中国領海内というだけで、それ以上いわないんです。ですから、向こうが会いたいといってきても、何が何やらわからないような状態でして」

「いちゃもんをつけるきっかけを作ろうとしてるんじゃないんですか」

「いちゃもん、ですか?」

「彼らの都合のよいように領海の線引きを変えるためですよ」

「しかし、すでに境界は決められてますし、国連もちゃんと認めています」

「次官、相手は中国ですよ。自分のものは自分のもの。あなたのものは交渉次第という連中です」

「しかし、バクロンヴィ島周辺は議論の余地なくヴェトナム領海です」

「それはあなた方がただそう思っているだけでしょう。中国はそうは思っていません。これは極秘にしておいてほしいのですが、中国側は私がバクロンヴィ島周辺の海底油田に興味を持っていることをどこかから聞きつけたのです。そして私にいいました。あの周辺は中国の領土である、と」

「まさか！」

「こんなことで嘘をついてどうなります。私はある意味で当事者なのですよ」

「それはそうですが……」

「二隻の船が消えたという確実な証拠を中国側は出してきてるのですか」

「沈む直前に、南海艦隊の湛江《チャンチアン》司令部にSOSを打ってきたそうです。事故ではなく、何ものかの攻撃にさらされていると伝えたそうです」

「そんな話はいくらでも作れますよ。ヴェトナム海軍はそのSOSをピックアップしたのですか」

「記録にはありません。でも周波数が違うらしいですから」

城島がいらついた口調で、

「次官、いいですか。中国は私に御国とのビジネスは止めたほうがいいといったのですよ。なぜかわかりますか」

「なぜです?」

「あの水域はいずれ中国のものとなるからというのが理由でした。情報機関関係者がはっきりとそういったのです」

「とんでもない奴らですね」

「しっかりしてくださいよ、次官。こんな状況下ではこっちも調査を進められなくなったじゃないですか。調査船の乗組員たちははっきりといってるんです。二隻の中国船に攻撃されて、ほうほうのていで逃げてきた、と。もう二度とあそこには戻りたくないともいってるのです。少なくともヴェトナム海軍の護衛艦ぐらいつけてくれてもよかったじゃないですか」

「こんなに早く調査に入るとは思いませんでしたので」

「いずれにしても、あの状況が改善されない限り、私は調査船を戻すわけにはいきませんから」

「そんなことはおっしゃらずに。次は必ず護衛艦をつけますから」

「いえ、状況改善が先です。ひとり殺されてしまった今、もう一度あそこに行けといっても、誰も従うはずはありません。目の前で同僚がむごい殺され方をしたのです。いくら油が出ても、人間の命には代えられませんから」

次官が少し間をおいてから、

「中国がいう消えた二隻の船というのは、城島さんの調査船を攻撃したものと考えていいですね」

「当然です」

「ということは、二隻はヴェトナム領海に入っていたということになりますね」

「間違いないでしょう」

「うーん。これは大変なことです。すぐにあの地域に海軍を出動させるよう首相に進言します。そして中国に厳重抗議せねば」

「ただの抗議では通じませんよ。あの国はツラの皮が厚いですからね」

「強力に抗議します。駐北京大使召還も考えます」

やっと織田の書いた筋書きに乗ってきたと城島はほっとした。

歴史的に中国を嫌悪するヴェトナムと、領土や領海拡張に執念を燃やす中国。彼らがぶつかるのはそれこそ歴史的必然といってもいい。あとひと押しで両者は正面切っての対決姿勢に入るはずだ。

北京　総参謀部

時計はすでに夜の十二時をまわっていた。総参謀部の大部分の部屋にはまだ明かりがついていた。

小会議室に四人の男が集まっていた。

このミーティングは総参謀部の副官余競銘《ユージンミン》少将の呼びかけで持たれたものだった。

出席者は余のほかに、許報国《シュウパオグオ》国家安全部次長と楊澄林《ヤンチャンリン》党中央情報部局長、そして党中央軍事委員会副書記の呂文光《ルーウエングアン》。もうひとり外交部から出席するはずだが、まだ来ていなかった。

彼らはそれぞれ国家の中枢機関のキーポジションにあるが、共通する点がひとつある。それは彼らは新聞やテレビのニュースには決して出ない黒子《くろこ》的存在だが、彼らこそ中国政府内の真の影響力と実力を持つパワー　プレーヤーであるということ。いってみれば中国のザ　ベスト　アンド　ブライティストである。

「急なミーティングで申し訳ない」

バリトンに近い声で余少将がいった。まだ五十代初めだが、若いときからずっと総参謀部詰め一筋のエリートコースを歩んできた。

「だが事が事だけに、みなさんの意見を聞く必要があると思ったのです。すでにご存じの通り、先日トンキン湾で中国海軍の船二隻が消えてしまった。これについて何か新たな情報をお持ちなら、この場で分かち合っていただきたい」

「実はそのことなのですが」

呂文光が口を切った。

「わが部署の工作員からはほとんど新情報が入っていないのです。ですから軍事委員会の委員たちに突っつかれているのですが、今のところ何も報告できないのです」

「われわれとても同じです」

と楊澄林。

「ヴェトナムにはトップクラスの工作員をおいているのですが、いくら情報を送れといっても、努力しているの一点張りで、確かなことは何も来ていません」

「それより少将、お訊きしたいのですが、あの二隻が中国領海内で沈められたという噂が飛び交ってますが、事実なのですか」

「それがはっきりしてないのです。湛江司令部がSOSを受けたということは確かです。テープを送ってきていますから。しかしどこで沈んだかについては確定できてないのです」

「SOSの中で、攻撃した相手について何かいっていたはずでしょう」

「最初のSOSではいってませんでした。いう前に沈められたのでしょう。でも二隻目が沈んだのは三分後ですから、余裕があったんでしょう。はっきりと攻撃船の船名をいってました。〝ホーチミン〟という名である、と。しかしこれはおかしいんです。というのは、ヴェトナム海軍にはその名前の船は存在してないのです」

「いくらヴェトナムでも、建国の父の名を調査船にはつけないでしょう」

「問題は、わが国の海軍の船がいったいあそこで何をしていたのかということです。これまではヴェトナムを刺激するのを避けて、トンキン湾での活動なんてしたことはなかったでしょう。それがなぜ急にあんなところに行ったのか」

「実はそれについてなのですが」

国家安全部次長の許報国が気まずそうに口を開いた。

「あの二隻の船には一応任務があったのです。一隻は海洋調査船で、もう一隻はその護衛船だったのです。任務は極秘でした」

「トンキン湾に天然資源調査に行ったということですか」

「ええ、具体的にいえば油です。これは東京と上海から入った情報にもとづいた行動だったのです。東京の工作員がいうには、日本の大富豪である城島武士という人物が、トンキン湾の油に目をつけたシンジケートと組んで、開発に乗り出そうとしていた。そこには渤海湾以上の油が眠っていると城島はいったそうです。同時に城島の上海支社の支社長が、ペトロチャイナや資源関係者にバクロンヴィ島周辺の資源開発についていろいろと聞きまわっていたということです。東京の工作員は、城島にバクロンヴィ島周辺は問題がある地域だから、シンジケートへの投資は見合わせたほうがいいと説得したそうです。いずれ中国の領海になるから、そのとき彼にファーストオプションをやるとエサをぶら下げたら、城島は素直に受け入れたということでした」

「しかし、明らかにあきらめなかった者がいたわけですね」

「その情報を受けたとき、安全部はまずどこに持っていったんです？」

余少将が訊いた。その表情には明らかな不快感が表れていた。

「うちの部長（大臣）が首相のところに直接持っていきました。首相は大いに興味を示されて、部長に秘密の命令を下されました。南海艦隊の湛江司令部の司令官に話して、トンキン湾に調査船を行かせて、調査させろというものでした。すべて密かにやるというのが条件でした」

やれやれといった表情で余少将が首を振った。

これが中国情報界の最大の問題だ。各機関がばらばらに活動し、これはと思った情報をダブルチェックもせず、ほかの機関にも相談せず、すぐに上に上げてしまう。上は上で勝手に解釈して、自分にメリットがあると見たら、首相のところに持っていく。

首相はほかの情報機関にチェックせず、それを鵜《う》呑《の》みにしてしまう。そしてすぐ行動に移させる。それが今回のようなみっともない結果を生むことにつながるのだ。

「首相に持っていく前に、われわれにまず聞かせてほしかったですね。うちだって東京の大使館に何人かの工作員を持っているんですから。別のルートから情報の信頼度を調べることはできたはずです」

少将の言葉にうなずきながら呂文光が、

「私も同じことをいいたいですね。軍事委員会の工作員もやはり東京にいます。優秀な連中ですから、ハードな情報を得られます」

党中央情報部の楊澄林も同じようなことをいった。

許報国は黙ったままうつむいていた。

余少将がみなを見まわした。

「ひとつ提案したいのですが、よろしいでしょうか。これからはわれわれはこういうミーティングを何度も持つべきだと思うのです。そして互いの情報をプールして、クロスチェックする。そうすれば、ガセ情報はこの場で捨て去ることができる。わざわざ上をわずらわす回数が減ります。同時に今回のようなミスを事前に防ぐことができます。どうでしょうか？」

これにはみなが賛成した。

「しかし今回の調査船の件については、まだ話し合わねばならないと思います。さしあたってこの問題でお集まり願ったわけですから」

「その通りです」

呂文光がいった。

「ざっくばらんに話しましょう。私が思うには、ひょっとしたら中国海軍の調査船は、トンキン湾の既存の国境線をはっきりわからず、ヴェトナム側に行ってしまった。そこで攻撃されたのではないでしょうか」

「だが誰にです？　ヴェトナム海軍だったら、攻撃せずに拿捕《だほ》するはずでしょう」

「そこですね、謎《なぞ》は」

「こう考えたらどうでしょう」

許報国がいった。

「日本人城島は、うちのエージェントのいう通りあの開発から手を引いた。どうせ彼はシンジケートのメンバーでなく、ただの投資者のひとりだったんですから。しかしシンジケートはそれまでの計画通り開発を進めるということにした。そして彼らはまず調査船〝ホーチミン〟をあの海域に送り込んだ。しかし調査船だけでは心もとないと思って、護衛としてフリゲート艦のようなものをどこかからリースしてきた。それがわが国の二隻を沈めてしまった」

「あり得る話ですね。フィリピン軍などは金さえもらえば誰にでも喜んで貸しますからね。今ごろはもうホームポートに帰って、ドライデッキでペンキの塗り替えでもしているかもしれませんね」

そのとき会議室のドアーが開いて、外交部特別局副局長の王勝拳《ワンシャンチエン》が入ってきた。特別局とは、情報の収集や分析、ディスインフォーメーション工作活動などを行う、外交部の心臓部ともいえる部門である。

王が遅れてきたことについて、みなに謝った。

「その後ヴェトナム側は何かいってきましたか」

余少将が訊いた。

「それで遅くなったのです。先ほどヴェトナムの外務次官と話しました。最初から順序立てて説明させてください。二隻の船が消えたとき、われわれは駐ヴェトナム大使を通じて、そのことについて説明を聞きたいと申し入れたのです。それに対して、つい先ほど彼らから大使に返答がありました。もっとも返答といえるかどうかは問題ですが。ヴェトナム側は厳重抗議をしてきたのです」

「抗議を?」

「ええ、わが国の船が二隻ヴェトナム海域に入って、あちらの調査船を攻撃したというのです。現場は北緯二一度東経一〇七度で、完全にヴェトナム領海だったと断言していたというのです。大使はびっくりして私に連絡してきました。もはや大使レヴェルでは何ともしかねる状態と判断したのです。連絡を受けて、私はすぐにヴェトナムの外務次官と話しました。彼がいったことは、大使が伝えてきたこととほぼ同じでしたが、抗議と同時に領海侵犯の謝罪を求めてきました。私がわが国の二隻の船だって消えてしまったというと、そんなことは信用できないというのです。勝手に他国の領海に入っていながら、消えてしまったので説明しろとは、言語道断と怒っていました」

「〝ホーチミン〟については尋ねたのですか」

「ええ、でも謝罪が先との一点張りでした。そしてこういってました。ヴェトナム国家は自国の利益を守るため、これからはあの領域に海軍を張りつけ、領海侵犯に対しては断固とした処置をとる、と」

「もしかしたら、その次官自身、何が何だかわからないのかもしれませんね」

少将がいった。

「といいますと?」

「だってそうでしょう。あの海域にはヴェトナム海軍はいなかった。ということは、誰も事実を目撃していないということです。次官は多分シンジケート経由で何が起きたのかを聞いただけでしょう。問題はそのシンジケートがどこの何者かということです」

「〝ホーチミン〟号の持ち主を捜せばわかるでしょう」

王の言葉に余少将が首を振った。

「それはすでにうちの工作員たちに調べさせました。しかしヴェトナムの港にはそのような船はありませんでした」

「東京の工作員に調べさせましょう」

許がいった。

「シンジケートのことなら、城島がよく知ってるはずですから」

「それにしても」

余少将がみなを見まわした。

「何かおかしいと感じませんか」

「何がです？」

「うまくはいえないのですが、濃い霧に包まれた向こう側に何かがある。今ここでそれが何かを知らねばならないのだが、霧の向こうに行かねばわからない……」

「それは石油かもしれませんよ」

許の言葉にみながどっと笑った。

少将がちょっと考えてから首を振った。

「いや、私の考えすぎでしょう」

呂文光が真剣な口調で、

「疲れているんですよ。われわれもみなそうです。しかし、結果的にはよかったのではないでしょうか。ヴェトナム側があの領域に海軍を展開させれば、こちらも南海艦隊を派遣する口実ができる。象とネズミの睨《にら》み合いです。非常に効果的な力のデモンストレーションができます」

楊がうなずいて、

「新たな境界線を引くための話し合いのきっかけができるというわけですね。愚かな連中ですね。藪を突っついて蛇を出してしまったのですから」

「謝罪のほうはどうすればよいでしょうか。まだ外交部長にはこれについて伝えてはいないのですが」

王が訊いた。

「そんなことはほっとくべきです」

と呂。

「いや、それではこちらが逃げていると相手は取ります。一応は反応を示すべきです」

「遺憾に思うとでもいっておきましょうか」

「論外です。それはかつてアメリカがわが国に対して使った言葉です。覚えておられるでしょう」

呂の言葉にみながうなずいた。あれは六年前のことだった。

アメリカの偵察機が中国のコーストラインを偵察飛行中、これに対してスクランブル態勢を取った中国空軍のジェット戦闘機と、海南島近くの上空で接触してしまった。偵察機は無事海南島に着陸したのだが、中国機は墜ちパイロットは死亡した。そのとき中国はアメリカに対して猛烈に抗議した。アメリカは中国に遺憾の意を表明して一件落着となった。アメリカにしてみれば、ただ偵察機のパイロットたちを早急に助け出すためにいっただけのことだった。

呂が続けた。

「わが国はこれまで他国に対して謝ったことなど一度もなかった。常に毅然《きぜん》とした姿勢を貫いてきました。ですからここでヴェトナムに謝るなどとんでもないことです。真相がわかるまで、ということは、なぜわが国の二隻が消えたのか、それがわかるまでは何事も判断しかねると伝えればいいでしょう」

「わかりました」

余少将は腕を組んで、ややうなだれるようにしていた。何かを熟考しているときの彼の癖である。

「少将」

呂が呼びかけた。

「これからヴェトナムに対しては、すべての面で強硬に対処するのが一番よいと思うのですが、いかがでしょう」

「そうですね。甘く見られないことが大事です」

とはいったものの、少将は心ここにあらずといった表情だった。先ほどから感じていた重い何かが胸につかえて離れなかった。それを包む霧はますます濃くなっていった。

東京

その日の午前十時過ぎにジェームス・バーンズから電話があった。

至急話したいことがあるので会いたいという。午後なら会えるというと、今アメリカ東部時間では午後八時半。長官が彼の電話を待っているのだという。かなり重要なことのようだ。午前中のクライアントとのアポを少しずらすほかあるまい。

織田のハイエナ軍団が二隻の中国船をトンキン湾に沈めてから十日がたった。以来、周や趙をはじめとする中国大使館の知り合いから毎日数度は会いたいという電話があった。周を除いてはみな城島が情報機関員と睨んでいる者ばかりだった。城島はもっともらしい理由をつけて、彼らと会うのを避けてきた。

その間、新聞やテレビニュースでは、中国とヴェトナムの対立が国際ニュースのヘッドラインを飾り始めた。

最初は、中国が自国の船が二隻ヴェトナムによって沈められたと主張し、これに対してヴェトナム側は、中国による領海侵犯を非難した。さらに中国側が二隻の賠償を求めたが、ヴェトナムはそれに応ぜず、逆に中国に対して公の謝罪を要求。中国は軍事的制裁措置をちらつかせるが、ヴェトナムは一歩も引かず、中国の覇権主義を非難し、ASEAN各国に中国に対する経済制裁に同調するよう呼びかけた。しかしASEAN各国は中国の報復を恐れて、ヴェトナムと距離をおいた。

そうこうするうちに、中国は南海艦隊の一部をトンキン湾に送り込んだ。そこにはすでにヴェトナム海軍の主力が展開されていた。両者は国際的に認められた境界線をはさんで睨み合った。しかし力を比較すれば、両者の差は歴然としていた。

中国側は駆逐艦五隻、ミサイル艦六隻、フリゲート艦五隻、潜水艦七隻を投入した。これに対してヴェトナム側は、虎の子の駆逐艦一隻、フリゲート艦三隻、潜水艦一隻、ミサイル艦五隻、魚雷艇三隻。両者とも陸軍国家であるから、艦艇はかなり古いものが多い。しかし駆逐艦とフリゲート艦の数の違いで勝負はついたようなものだった。

このドラマティックな事態のエスカレーションに対して、国連は安全保障理事会の緊急招集を行った。しかし敵対行為の即時停止の提案は、中国の拒否権行使によって葬られた。そしてトンキン湾での睨み合いは続き、一触即発の様相を呈してきた。

多分バーンズはこの件について話しにくると城島は読んでいた。

そうこうするうちにバーンズがやってきた。挨拶もそこそこに彼が数枚の写真をテーブルの上に広げた。

「これがどこかわかりますね」

「トンキン湾でしょう」

「二十五キロ上空から撮ったものです。この展開を見てください。中国は新たに三隻の駆逐艦と二隻のフリゲート艦を投入しました」

城島が笑いながら、

「空母があったらそれも投入するかもしれませんね」

「彼らは生の力でヴェトナムを抑え込むつもりです。ヴェトナムに勝ち目はありません。彼らが全面的な敗北を喫する前に、何とか事態を収拾したいとワシントンは考えています。かの国は、アメリカにとって中国を封じ込めるための重要な戦略的地点ですから。そこでアメリカが両者の仲介役を買って出るという案が、今、急速にワシントンで浮上してきているのです。ヴェトナムもアメリカの仲介を望んでいるとのことです。国防長官や国務長官から、うちの長官にも話があったそうなのです。中国は国連のいうことは屁《へ》とも思わないが、アメリカが中に入るとなると話は別です。ところが問題がひとつあります。織田氏の仕事のことです。彼の対中国作戦がどのぐらい進展しているかはわかりませんが、この件にアメリカ政府が介入するとなれば、少なからぬインパクトがあります。それが織田氏にどの程度の影響を与えるか。ひょっとしたら作戦停止ということもあり得ますから」

城島が苦笑いしながら首を振った。

「あんた方はこれだから困る。織田君が契約書を作ることに固執したのは正しかったですね」

「ちょっと待ってください。私は何も……」

「あのとき織田君は、今の国際情勢は複雑で変化に満ち、何でもありとの前提で考えねばといってましたよね。情勢の変化によってあなた方も変わるともいっていた。だから彼は契約書をほしがったのです。まさに慧眼《けいがん》でした」

「しかし中国とヴェトナムが武力衝突しようとしているんですよ。これがあの地域におよぼす影響を考えれば、スーパーパワーとして、何とかせねばというのがワシントンの考えです。当然の理《ことわり》と思いますがね」

「衝突は起きませんよ」

城島がきっぱりといった。

「もし中国がやろうとしてたら、とっくにヴェトナム海軍を潰《つぶ》してます。しかしそれはできない。だからあれだけの艦船を見せて、ヴェトナムが恐れをなしてバックアウトするのを待ってるんです」

「なぜ中国ができないのです」

「ほかの前線を考えてるからです。ヴェトナムの国土のおよそ四分の一は中国と接しています。過去何世紀もの間、中国とヴェトナムは陸地戦を繰り返してきました。そして中国は何度も痛い目に遭わされてきた。勝ってもヴェトナム人を屈服させることはできなかった。最近の戦いは一九七九年に行われたが、あのとき中国は二十万人を投入した。ヴェトナム軍がカンボジアのポル・ポト打倒のため、救国民族統一戦線を後押ししたのを北京は許せなかったからです。〃ヴェトナム制裁〃を旗印に侵攻したのはよいが、制裁されたのは中国のほうだった。わずか一ヵ月で撤退せざるを得なかった。はっきりいって、中国が一番恐れているのはヴェトナムなのです。ヴェトナム人はヴェトナム人で、中国を最も憎み忌み嫌っている。もし海上でヴェトナムを叩けば自動的に陸地戦が始まります。そうなると多分広州軍管区が出動することになりますが、七軍管区で最もソフトになったといわれる彼らでは、今のヴェトナム軍には勝てません。だから海上で物量的力をデモンストレーションするしかないのです」

「しかしそれは城島さんの意見でしょう」

「意見ではなく確信です。それをバックアップするひとつの証拠を挙げましょう。現在、ヴェトナム軍は北部国境に集結して、ディフェンシヴフォーメーションを取っています。しかし彼らはそれを十分以内にオフェンシヴに変えられる能力を持っている。これに対して中国側は国境警備兵しかいない。なぜか？　戦争する気がないからです。本部にいって写真を送ってもらいなさい。私のいう通りということがわかりますから」

「何だかあなたのいうことが事実らしく思えてきましたよ。そのまま長官に伝えましょう」

「長官は聡明な方でしょうから、理解すると思います」

「しかし、織田氏の作戦がどれだけ進展しているかについては訊かれると思います」

「第一段階は成功したといってください。だからこの成功を壊すようなことはしないことです」

「何をおっしゃってるんです。私には何が何やらさっぱり……」

「それについては今話したばかりじゃないですか」

「……？」

「中国とヴェトナムが睨み合っているでしょう。これすなわち成功です」

「ちょ、ちょ、ちょっと待ってください。織田氏の作戦と今の中越状況が関係あるとでもおっしゃってるんですか？」

「あるもないも、あの状況を作り出したのは織田君なのですから」

「いよいよわからなくなってきましたが」

「本来ならあなたに伝えてはならないのかもしれないが、あなたの長官に対しての立場もあるので簡潔にいいましょう。今の中越対立には原因があった。そうですね？」

バーンズがうなずいて、

「中国船が二隻、トンキン湾のヴェトナム領域で沈められたからでしょう」

「その通り。現在の中越関係はあまりに脆弱《ぜいじゃく》なんです。だから両者をぶつからせるには二隻の中国船を沈めるだけで十分だった。しかも石油をからませれば、両国は互いに決して譲りません」

「じゃ織田氏があの二隻を沈めたと……⁉」

「私はてっきりお宅の誇る衛星が一部始終をキャッチしていたと思っていたのですが」

嫌みを込めた城島の言葉にバーンズがやや赤面した。

「中国とヴェトナムの海軍が睨み合うまで、トンキン湾は衛星撮影の対象になってなかったのです。これまで何もなかったところですから」

「残念ですね。迫力ある映像が見られたでしょうに」

「しかし驚きましたね。織田氏がそこまでやるとは」

「何しろ必要なのは、中国という国にメッセージを与えることです。そのポテンシャルマーケット《——市場の潜在能力——》の魅力で、今、世界中から注目されている中国は自信満々です。だから台湾を攻撃するというような荒っぽいことを考えて、その具体的作戦さえ作り上げる。傲慢《ごうまん》きわまりないことです。事はそう簡単にはいかないということを彼らに知らしめねばならない。それにはまず中国には敵もいるということを伝えることが重要です。その敵一号はヴェトナムです。これからほうぼうから中国を突っついて、中国のケツに火がつくくらいの思いをさせてやるのです。首脳部がノイローゼ気味になるぐらいにね。それが織田君の作戦の第一段階です。内、外、それから宇宙」

「宇宙ですか？」

「先日、織田君が電話してきて、私にあなたへの伝言を託しました。中国の偵察衛星をお宅のキラー衛星で無力化してほしい、と」

「破壊してくれというわけですね」

「彼は五基といってましたが」

「いや今では七基になりました。でも、破壊する必要があるんですかね。彼らの衛星はそれほど性能はよくないんです。うちの衛星のように個人の動きまで追っかけることなんかできませんよ」

「私が要請しているのではなく、織田君が要請しているのです。それなりの理由があるはずです。何か、いとも簡単にできるというようなことを彼はいってましたけど？」

「それほど難しいことではありません。うちのキラー衛星が、相手の偵察衛星に近づいて自爆するんです。その衝撃で偵察衛星は機能不能になります。このメソッドは自爆衝撃波で相手のミサイルを破壊するパトリオットに使われました。今では直撃方法を使ってますがね。しかし偵察衛星のようなごく脆弱なターゲットに対しては、衝撃波が一番効きます」

「中国側には破壊工作ということがわかるんですか」

「いや、故障としか受け取れないでしょう。ただ七基全部が同時にやられたら、何かおかしいとは思うでしょうがね」

「でもあなた方が口をつぐんでいる限り、大丈夫というわけですね」

「そういうことです。その要請については即刻長官に伝えます。長官も反対はしないと思いますよ。宇宙にはまだ法律も警察もありませんからね」

新疆ウイグル自治区　区都ウルムチ

斎恩儒《チーエンルー》大佐の根城がある湖南省南部を発ってから四日目の夜、呉元安《ウーイエンアン》中尉と四人の部下たちはやっとウルムチに到着した。行程の大部分は汽車を乗り継げたが、新疆ウイグル自治区の哈密《ハミ》で降りた。そこからウルムチに着くまでは、厳しい車内チェックが何度もあると、新疆出身のハッサン・イシマエルがアドヴァイスしたからだった。残りの行程約五百キロは、トラック、バス、そして徒歩で消化した。

五人のカヴァー《偽装身分》は職を求める民工《ミンゴン》だったので、まず最も安い招待所にチェックインした。イシマエルは別だった。ウイグル人であるため、漢民族である呉中尉たちとは同じところには泊まれなかった。これは両民族の衝突に最も気を遣っている自治政府が敷いたルールだった。

翌日から呉と三人の部下は職探しに、そしてハッサン・イシマエルは武器を扱う地下組織にアプローチを始めることになった。

ウルムチ市の職業紹介所は、漢民族に対しては非常に親切で、肉体労働ならすぐに職をくれる。逆にウイグル人や他の少数民族にはきわめて不親切というか、もろに差別する。これは中央政府の西部辺境地帯開拓政策を反映している。ひと昔前まで新疆ウイグル自治区ではウイグル族やカザフ族、回族などが圧倒的に多く、漢民族はわずか六パーセントしかいなかった。

これに不安を感じた中央政府は、漢民族を入植させるためにいろいろな特典政策を施した。例えば新疆に移住する者には特別ボーナスを与えたり、一人子政策の対象から除くなどといった特典。またウイグル人と結婚した漢民族の男性には特別ボーナスが与えられる。逆にウイグル人やカザフ族、キルギス族などの少数民族は、ときには強制避妊などをさせられる。これを分離主義者や海外にいる亡命ウイグル人組織はジェノサイドとまでいう。

中央政府の漢民族入植政策は成功し、現在ではウルムチだけでも漢民族は七十五パーセントと少数民族を数の上で圧倒している。

ウルムチ市内の警戒態勢は厳しい。道路はもちろんのこと、ちょっとしたビルの周囲には武装警察官が立ち、バスの停留所には、三人から五人の兵士が乗り降りする客を監視している。

呉中尉たちは、その日すぐに職にありつけた。職場はウルムチ市から北へ三十キロほどいった中国石油の新疆第五油田の現場。翌日の午後、出発ということになった。

一方ハッサン・イシマエルは、少数民族の泊まる招待所に落ち着いた。親戚のところへ行くことも考えたが、それではあまりにリスクが大きい。

翌朝、彼は事前に打ち合わせてあった市の中心部にある食堂に行った。

呉中尉と三人の部下が昼食をとっていた。

油田現場の職を得たと呉中尉がいうと、イシマエルが、

「連絡はどうしましょうか?」

「毎週日曜日にこの店で会うことにしよう」

「わかりました。でも緊急のときはどうしましょう?」

「携帯しかないだろうが、使うのは本当にせっぱ詰まった場合だけだ。それもメッセージを入れるだけにしておいてくれ。私のほうから返事がなかったら、君が臨機応変にやるしかない。われわれはいないものと思ってくれ」

午後、呉中尉たちは十人ほどの民工たちとともに、恐ろしくおんぼろなバスに乗せられて油田現場に連れられていった。現場までは二車線のハイウェーがあるが、車の往来はそれほどない。道路からちょっと離れて、少数民族の人々の家や店が立ち並んでいる。

途中に七ヵ所のチェックポイントがあった。それらのチェックポイントはガソリンスタンドとくっついている。スタンドの外と中では、清涼飲料水や野菜、果物などが売られている。それらの商品はロバに載せて、地元のウイグル人が運んでくる。彼らのささやかな利権なのである。

チェックポイントは往路だけで、帰路にはない。入っていくのは難しく、帰りは簡単ということだが、これはとりもなおさず、いかに油田が厳重にガードされているかを示している。

チェックポイントの近くには、人民解放軍の兵士用宿舎もある。民工を乗せたバスが停まるたびに、人民解放軍の兵士たちがチェック役としてバスに乗り込んできて検査をする。しかし調べるのは通行証だけ。ボディチェックはしない。通行証にすこしでも不備があったら、その場で降ろされ、ウルムチの警備本部に送られて、徹底的な尋問を受ける。呉中尉たちの通行証はもちろん偽物である。チェックポイントに着くたびに、緊張感が体を駆け抜ける。最後のチェックポイントを抜けたとき、黄星勝《ホアンシンシャン》軍曹が呉にささやいた。

「中尉殿、これならC－4を持ってこられましたね」

「ハジキを持ってきても大丈夫だったかもしれんな」

バスが現場に近づいた。有刺鉄線のあるゲートは開いていた。そこを入ってしばらく行くと、こぢんまりした造りのビルがあった。入口に看板が立てられている。〝中国石油公司　新疆第五油田〟と書かれている。現場を司るための事務所のようだ。そこから一キロほど行ってバスは停まった。

バスを降りて、まず中尉たちの目に映ったのは、三百メートルぐらい離れたところにある巨大な製油施設だった。そこからほど遠くないところに、何本かのオイルリグが見える。間隔がそれぞれ百メートルもない。製油施設を挟んだ反対側には、貯蔵タンクがある。兵士の姿は見えない。

その場に立っていると、ひとりの男が近づいてきた。現場の指導者であると自己紹介し、自分についてこいという。

行き着いたところには、ほったて小屋が十軒ぐらい並んでいた。

「これが今日からお前たちの住居だ。食堂はあり、風呂もある。ただしここは水不足なので、風呂は週に一度だけ、電話はあるが、すべて長距離となるから高い。携帯を持ってるものはそれを使ったほうがいいだろう。バッテリーの充電器は部屋の隅についている。一回使うごとに十元払ってもらう。仕事は朝の八時から夕方の六時まで。残業はあっても手当は出ない」

「休みはどうなんです？」

民工のひとりが訊いた。

「毎週日曜が休みだ。街に行く者は夕方六時までに帰ってくること。女を買う場合は気をつけろ。ここは梅毒の産地だ。それから個人的休暇はなし。病気になっても、こっちは責任を取らない。即刻辞めてもらう」

まさにタコ部屋だった。トイレや風呂場、食堂などはサブスタンダード。蚊やハエが絶えず飛びまわり、ベッドにはムカデが這《は》う。死体がころがる戦場のほうがまだマシに思える。

仕事のほうは、大してきつくはなかった。しかしそれはハイエナ軍団の兵士にとってであり、普通の民工たちは体が違う。炎天下で倒れて、そのままウルムチに帰されてしまう者が多い。呉たちと一緒に来た十人あまりの民工のうち半分は、三日間で帰されてしまった。

最初の日曜日に呉は部下とともにウルムチに行った。打ち合わせた通りイシマエルが食堂で一行を待っていた。

コーナーにすわった。それほど長く話すわけにはいかない。人民解放軍のパトロールに目をつけられてしまうリスクが高いからだ。

「アプローチはどうなってる」

呉中尉が訊いた。

「ひとり見つかりました。今夜もう一度会うことになっています」

「ウイグル人かね」

「いえカザフ族です。漢民族の支配から逃れたいという志は同じですから、分離主義者に武器を提供してるらしいんです。彼の名前はアトマバイエフ。武器商人としてはなかなかの顔です」

「どんなブツを持ってるんだ」

「カチューシャは確かにあります。射程距離は二十キロ。ほかにAKとか小型火器」

「バズーカ砲は手に入らないか」

「入ると思います」

「いやまずいな。カチューシャもバズーカもかさばりすぎる。すぐに見破られるのがおちだ。小型火器だけにしよう。それとC-4がほしいんだが」

「大丈夫でしょう。C-4はここらへんでは定番になっていますから」

「できるだけ大量にほしいんだ。人民大会堂を吹っ飛ばすぐらいの量をな」

ミーティングは終わった。呉たちは次の日曜日に会うことを約束して、イシマエルと別れた。

それから一週間、タコ部屋生活を過ごした。そのころには呉中尉も部下も油田現場の弱点を知り尽くしていた。はっきりいって弱点だらけだった。製油所さえ破壊してしまえば、自動的に爆発の連鎖反応が起こる。

ガードマンは昼間だけしかいない。本来なら夜間もいるべき規定になっているようだが、その必要はないとガードマンたちは勝手に決めてしまっているようだ。こういう職務怠慢はここだけに限ったことではなく、全国的に蔓延《まんえん》している。

この警備の甘さには理由がある。少数民族からの攻撃しか想定していないからだ。その少数民族はウルムチから三十キロ地点までで、軍のチェックポイントがストップする。漢民族は民工として油田現場まで来るが、彼らは決してテロなど起こさないと当局は信じている。だから現場は丸裸。経験なしのテロリストでも、武器さえあれば完璧破壊が可能だ。テロ行為を終えて逃げに入る場合も、手早くやれば、帰りはチェックポイントなしでいける。

二度目の日曜日に同じ食堂で待っていると、イシマエルがやってきて、これからある場所に案内するという。

町外れにある、泥で造られた民家に近づいたときだった。

イシマエルが歩を止めた。

「やっぱり」

「最悪です」

「どうした?」

「家からちょっと行ったところを見てください」

呉がいわれるままに目を移した。

人民解放軍の兵士がひとり木陰に立っていた。呉たちは素早く建物の陰に身を隠した。兵士から五十メートルほど離れたところに、ジープが一台停まっている。

「あの兵士はアトマバイエフの家を監視してるんです。まだあと何人かいるはずです。実は昨日会ったとき、彼は取引はしたいといっていました。しかし、ひょっとしたらできないかもといっていたのです。もう当局に目をつけられていると感じていましたから」

「じゃなぜ、われわれをここまで連れてきたんだ」

「中尉殿の判断をうかがいたかったからです」

呉中尉が、黄星勝軍曹に周囲をひとまわりして様子を見てくるよう命じた。

「われわれが彼を助け出したらどうなる」

「人民解放軍とやり合ってもですか」

「当然そういうことになるだろうな」

「そしたら、この地域始まって以来の大人間狩りが行われるでしょう。もちろんこっちが成功したら、アトマバイエフは感謝して、こちらのほしい武器は何でもただで都合してくれるでしょうが。しかし危険です。彼はマークされているんですから。人民解放軍はいつ踏み込んでもおかしくはありません」

「だが見たところ監視だけで、動く気配はなさそうだが」

そのとき黄軍曹が戻ってきた。

「家のまわりには、あの木陰にいるのも含めて五人います。私服の公安らしき者はいません。これから踏み込むようです。ひとりが無線で話してるのを耳にしたのですが、家の中のあちこちにブービートラップが仕掛けられている可能性が高いので、解体班を送ってくれるよう頼んでました」

「イシマエル、ほかの武器商人には当たったのか」

呉が訊いた。

「いえ、まだです。あと二、三日待っていただければ、何とかコンタクトを取りますが」

「たとえコンタクトが取れても、取引に応じるかどうかはわかるまい」

「でも時間さえいただければ、きっと」

「その時間がないのだ」

中尉は心を決めた。

「ここで調達するほかないだろう」

呉が腰の後ろに手を伸ばしてピアノ線を取り出した。五十センチほどのその線には、両端に鉄の握り部分がついていた。いざというときにはヌンチャクとしても使えるようになっている。肉弾戦では効果的な武器である。

ほかの三人の隊員は呉に従ったが、黄星勝軍曹だけは横八センチほどの長さのバックルをはずした。デザインはシルヴァーのバックにカウボーイが駅馬車に乗っている図が彫ってある。だがその内側をスナップして開けると、シャープなフリック　ナイフが飛び出してくる。

「ちょうど向こうも五人だ。まず一度、家の前を何知らぬふりして通り過ぎる。家の横に路地のようなものがあるが、あれはどこへ通じるんだ？」

「裏庭です。そこからぶどう畑になって、その中を通っていけば次の町に抜けられます」

「次の町に行ったら、アトマバイエフは隠れられるのか」

「ウイグル人組織があって、仲間が大勢いますから、大丈夫だと思います」

「よし、チャンスは一回こっきりだぞ」

四人の顔を見ながら呉がいった。

「おれがまずあの木陰にいる奴を殺る。そのときは、すでにお前たちは各ターゲットに近づいていなければならない。おれが相手を殺ったら小さく口笛を吹く。それが合図だ。いいな」

彼らが散らばった。ひとりは家の裏に行き、またひとりは家の横に行き、残りの二人は路地の入口に近づいた。

木陰にいる男はまだタバコをすっていた。肩からAKを吊り下げているが、その姿勢はまったく不用心だった。

呉は両手にピアノ線の握りを持って、数度引っぱって試しながら男に近づいた。次の瞬間、ガラガラ蛇のようにピアノ線が男の首に巻きついた。呉が一気に握りを引いた。男の首がぽとりと落ちた。

黄下士官はフリックナイフを片手の内に隠して、男の後ろからいつでも飛びかかれるような距離をおいた。

ピューッという低い口笛が聞こえた。黄は後ろから片手で相手の口をふさいだ。ほとんど同時にもう一方に握ったナイフの刃が相手の首の横、頸動脈に突き刺さった。間髪を入れず、黄はその手を真っすぐ前に伸ばした。首がだらりと後ろに垂れた。

呉の口笛以外聞こえなかったところをみると、みな首狩りに成功したようだ。

部下たちは急いで五人の遺体を家の裏側に集め、穴を掘り始めた。掘り終わった穴に、裸にした五人の遺体を放り込んだ。

次に五人は兵士たちの服に着替えて、家に入った。

アトマバイエフは白髪頭で小太り、カザフ人というよりトルコ系に見えた。五人を見て、ぶるぶると震えていた。特にイシマエルの軍服姿を見て、はめられたと思ったようだった。イシマエルが彼にウイグル語で何やらいった。アトマバイエフがほっとした表情で何度もうなずいた。指でそばの壁を指した。

「この壁の裏に階段があって、地下室に通じているとのことです。そこが武器庫ですから、何でも持っていってくださいといってます」

呉中尉がアトマバイエフに目をやった。

「イシマエル、彼にいってくれ。私は漢民族だが、彼らの分離主義に賛成する。新疆ウイグルが真の独立を勝ち取ることを祈る。私たちもおよばずながら、そのために戦う、と」

イシマエルがその言葉をウイグル語に訳した。アトマバイエフが目に涙を浮かべて、呉の手を握った。

イシマエルが壁の入口を開けた。地下室はひとつの岩をくりぬいた形でできていた。弾薬や銃器はきれいに整理されて並べられ、ぴかぴかに磨かれているのもある。岩の中は乾燥しているため、弾薬が湿度でやられる心配はない。

対戦車バズーカ砲、カチューシャ・ロケット砲、SMG、ライフル、C-4やセムテックスなどは思ったより大量にある。小さな軍隊を相手に戦えるほどの量だ。これでは北京政府が分離主義者たちを恐れるわけだ。

「バズーカがほしいが、仕方がないな」

呉中尉が武器を選んだ。ピストルは旧ソ連製のマカロフを各自一挺ずつ、弾薬は百五十発ずつ。SMGは折り畳んで、ベルトの後ろに挟めるウジーM‐61。これは呉中尉と黄軍曹が各一挺ずつ持った。あとは状況を考えれば、持っていく余裕はなかった。できるだけ大量のC‐4と起爆装置を携帯することになった。

すでにアトマバイエフは、イシマエルの指示で家の裏にあるぶどう畑に妻と息子を従えて逃げ込み、一目散に隣の町に向かっていた。

地下室にC‐4が仕掛けられた。

呉たちは速足で家を出た。部下のひとりが、家からちょっと離れたところに停めてあったジープを家の前につけて、エンジンをふかして待っていた。

発車して間もなく呉が黄軍曹に、

「もったいないがしょうがない。やってくれ」

黄軍曹が手にした起爆装置のハンドルを下に押した。その瞬間、大音響とともにアトマバイエフの家が中から爆発した。瓦礫《がれき》が周囲に降り注いだ。ジープは全速力でその場を去っていった。

油田現場への道程は、予想に反してまったくスムースだった。まだ緊急連絡が入っていなかったらしく、非常線も張られていなかった。軍のジープに乗っていることと、人民解放軍の横の連絡が官僚的で超スローというメリットで、チェックポイントは簡単に通過できた。止まらずに行けという仕草を見せるチェックポイントもあった。最後のチェックポイントを通過したとき、呉中尉が助手席から後ろを振り返った。

「ラッキーだったな。これで今夜のうちに任務を終えることができるだろう」

「すごい花火になるでしょうね」

と黄軍曹。

「ウルムチからでも観覧できますよ」

「ウルムチより北京の中南海から観覧してほしいね」

呉中尉の言葉にみなが笑った。

第八章　情報攪乱

東京

電話を通して聞こえてくるグエン・ダイ外務次官の声は、かなりのハイオクターヴだった。トンキン湾での中国との対決姿勢は今も続いているが、ヴェトナムとしてはこの状況のままいつまでもいられるものではないと彼はいった。

ヴェトナム外務省は、今、中国との話し合いに応じるようＡＳＥＡＮ諸国から圧力をかけられている。ついては中国との話し合いを始めるにあたって有利な突破口がほしい。そのためには〝ホーチミン〟号の乗組員に、当時の事情を訊きたい。どこへでも行く用意があるので、ぜひ彼らを紹介してほしいという。

「次官」

城島がおもむろにいった。

「あなたらしくないですね。ＡＳＥＡＮなんてくそくらえじゃないですか。あなた方が彼らの支持を求めたとき、彼らはどんな反応をしましたか。それをよく思い出してください」

「しかし首相以下閣僚全員は、国際世論を重視せよといってきているのです。この時代に国際世論を無視しては国家として生きていけませんからね」

「ナンセンスです。中国はどうなんです? 彼らは国際世論を受け入れてますか? ASEANは中国にも同じことをいってるんですよ。ヴェトナムとの話し合いに応じろ、と。だが中国はそんな声に耳も貸さない。なぜか? この睨《にら》み合いに国家の威光と利益がかかっていると知っているからです」

「それは承知していますが……」

「いいや、あなたはわかっていない。あなたのところの首相も閣僚もだ。ヴェトナムは偉大な国家と私は信じていた。だからいくらでも投資しようと考えていた。しかし今のあなたの姿勢は何なのです。限りなく弱腰で、話し合いでけりをつけようとしている。ブリンクマンシップという言葉をご存じでしょう」

「瀬戸際政策ですね」

「それが今のあなた方に一番必要なものです。互いに相手を瀬戸際まで追い込もうとする執拗《しつよう》さ、大胆さ、勇気です。中国はそれを持っているが、あなた方は持っていない。ならば話し合いなどしないで白旗をかかげなさい」

「しかし現在の緊張状態が続けば、わが政府は持ちこたえられないと思うのです。ですから〝ホーチミン〟の乗組員の何人でもいいですから、ぜひ事情聴取させてもらいたいのです」

「問題外です。彼らは脅え切っています。私は彼らを雇った者として責任があります。二度と彼らは私のために働いてくれないかもしれないのです。この事態をいったいどうしてくれるんです。あなた方からのパーミットは紙屑同然になってしまったのですよ」

「その点は謝ります。必ず償いはします。ですから今はこっちの要請をお聞き入れ願いたいのです」

城島がちょっと間をおいた。そして笑いをこらえてドラマティックな口調でいった。

「偉大なる国家ヴェトナムとヴェトナム民族はいったいどこにいってしまったのです？　地上最強の国家アメリカをひざまずかせたヴェトナムは幻の国家だったのですか。そんな国とビジネスをしようと考えていた私は、歴史に残る愚か者だったのでしょうか」

「それはちょっといいすぎだと思います。私だって好きでこんなことをいってるわけではありません。ただ首相とか閣僚が……」

「次官、首相はあなたの叔父にあたる方でしょう。彼にはっぱをかけられるのは、あなたしかいないんじゃないですか。そのあなたがそんな弱気でどうするのです。率直にいわせてもらえば、私はあなたを信じているんです。あなたは精神的に強靭な人だ。アメリカを叩き潰《つぶ》したかの国民的英雄ボー・グエン・ザップ将軍の血も引いておられる。だからあなたに権限があったら、中国との話し合いなどには決して応じないはずだ。そうでしょう?」

「それはそうです。あんな国に頭を下げるなどもってのほかです。歴史的にいって、われわれは何度もかの国を破ってきました」

「そうですよ。この世界で中国におしおきができる国といえば、ヴェトナムしかないと私はつねづね思ってきたのです。だから安心して、トンキン湾開発をやろうと考えていた。だが首相やほかの閣僚はあなたほどの勇気を持っていない」

「そういわれると私の立場がなくなります」

まんざらでもないといった口調だった。

「しかしこれだけは肝に銘じておいてください。今、世界はヴェトナム対中国の睨み合いに注目しています。意志と意志のぶつかり合いです。この睨み合いでは最初に目をそらしたほうが負けです。もしあなた方がそれをしたら、世界はあざ笑いますよ。そして誇り高いヴェトナム国民はあなた方を永久に許さないでしょう」

「それはそうですね。わが民は柔和だが、誇り高い民族ですから。なんだか目からうろこが落ちた気分です。首相や外務大臣にいってやります」

「ついでにもうひとついってやってください。中国は絶対に先制攻撃はしません。やるんだったらとっくにやってますから」

「なぜです？」

「御国を恐れているからです」

「わが国を恐れているんですか？」

「しっかりしてくださいよ、次官。日本人の私でさえわかるんですよ」

「そうですかねぇ」

「もし先制攻撃などしたら、ヴェトナムは総力を結集して報復に出る。中国は七九年の戦争がかすんで見えるほどのダメージを受ける。そう思ってますよ、中国は」

「いやぁ、城島さんと話していると元気が出てきます。中国何するものぞ、です」

「そうですよ。ただひとつだけ忠告したいのですが、いいですか」

「何でも歓迎です」

「現在、北の国境にはどのぐらいの兵力が集結しているのですか？」

「五万ちょっとでしょう」

「総兵力の十パーセントですね。それを十五万にしてごらんなさい。中国はあわてますよ。そうしたら中国側から話し合いを申し込んできます。そこでヴェトナム外務省のリーサルウエポン《―最終兵器―》である、あなたのような人の出番がくるんです」

グエン・ダイはすっかり乗ってしまっていた。

「早速首相に話して、ベルトを締め直すよう忠言してやります。そして国防省の弱腰を叩いてもらいます。城島さんの名前を出していいでしょうか」

「それはだめです。あくまで外務次官のあなたの意見としていわねば。ただひとつあなたが引用できるのは、今私がいったことは、アメリカの考えでもあるということです。アメリカは決してヴェトナムが不利な状況におかれることを望んでいません。これははっきりといえます」

「本当ですか！　こりゃますます燃えてきました。アドレナリンがパンプアップ《湧出》してきましたよ。とにかく押せ押せですね」

「そうです。それでこそ偉大なヴェトナム国家の偉大な外務次官というものです」

「城島さん、見ていてください。私はやりますよ。中国なんかに負けてたまるものですか。彼らをひざまずかせてやります」

すでに〝ホーチミン〟号については、すっかり忘れてしまったようだった。

受話器をもとに戻した途端、呼び出し音が鳴った。ジェームス・バーンズからだった。

「本部がすごいものを送ってきましたよ、城島さん。二日前に起きた中国新疆の製油施設の爆発現場の映像です。真っ暗闇の中で炎が飛んでるところなんか、まるで地獄の篝《かがり》火《び》のようで迫力満点です」

この爆発に関しては、昨日のヘラルド・トリビューンがワールドブリーフ欄にニュースとして載せた。〝事故か破壊工作か〟と題したその記事は、新疆の少数民族分離主義者のこれまでの反中央政府活動を説明し、これに対する中央政府の取り締まりの厳しさを指摘していた。中国当局は、今回の爆発は単なる事故だったとコメントしたと書かれてあった。

「ニューヨーク・タイムズが写真があったらほしいといってきてるらしいんですがね」

「それはやめたほうがいいでしょう」

「でも、うちの長官はマスコミとの関係を重視してるんです」

「それは彼の自由ですが、今回の爆発については話が違います。あれは織田君の作戦の一部なんですから。もしNSAがタイムズに写真を与えて、タイムズがそれを載せたら、中国側がどう見ると思います？　あの爆発の現場を撮れる機能を持った衛星はそう多くはないんでしょう？」

「もちろんです。うちとラングレーぐらいでしょう。でもうちのほうが上です」

「ということは、お宅の衛星が今回の爆発現場を撮ったとわざわざ中国側に知らせるようなものです。そこから彼らは疑心暗鬼に陥って、アメリカ政府が破壊工作に関与しているとさえ考えるかもしれない。ですから写真発表は百害あって一利なしです」

「そういわれると反論の余地はなさそうですね。長官にそう伝えましょう」

「ところでキラー衛星の話はどうなりましたか」

「ゴーサインが出されました。ほどなく結果は出ると思います」

趙豊国《チャオフングオ》が男を伴って応接室に入ってきた。城島が初めて見る男だった。

このところ周だけではなく、中国大使館の幹部たちからも城島《ジョウ》のもとに何度も電話が入ってきていた。その理由はみな同じだった。会って話がしたい。話の内容はわかっていたので、城島はもっともらしい理由をつけて断り続けた。しかし中国側はあきらめず電話をし続けてきた。あまりの執拗さにさすがの城島も音《ね》を上げてしまった。アポは確か周の名前で入っていたはずだった。趙がその男を同僚の陳貴徳《チエングイドウ》と紹介した。

「周君は急遽《きゆうきよ》外交部に呼ばれまして、一時帰国しなければならなくなって、きのうの午後発ったのです。城島先生にくれぐれもよろしくといっておりました」

「何かまずいことでも起きたのですか」

「いえ、いえ。こういうことはよくあることなのです。外交官の宿命でしょうね」

「なるほど。私は直感的に新疆で起きた爆発に関してブリーフィングを受けに帰ったのかな、なんて思ってしまいました。ニューヨーク・タイムズなどは分離主義者の工作というようなことも匂わせていましたし、なかなか複雑な背景があるようですからね」

趙がストレートな表情のまま、

「タイムズの記事は偽りです。あれは中国政府が発表した通り、ただの事故でした」

「周君は本当の友人ですから、つい余計なことを心配してしまうのです」

「それにしても城島先生はアポを取るのが難しいですね」

「うちの決算期が近づいているので、やぼ用が多いのです」

「お忙しいのにすみません」

言葉のわりには誠意が感じられない。

「ところで趙さん、あなた方は何度も私に連絡してきてますが、これほどのラヴコールを受けたのは初めてです。中国大使館の人々にこんなに人気があったとは知りませんでしたよ」

「城島先生はわれわれの友人ですから」

相変わらず皮肉もユーモアも通じない男だ。

「日本文化についての質問ならお門違いですよ」

「実は城島先生にお尋ねしたいことがあるのです」

「どうぞ。答えられることなら答えますよ」

「先日周君と一緒にお会いしたとき、先生はシンジケートに投資することを考えているとおっしゃってましたよね」

「いろいろなシンジケートに投資はしています。それが商売ですから」

「バクロンヴィ島に投資しようとしている石油のシンジケートのことです」

「ああ、あれですか。あのシンジケートへの投資は一時凍結することにしました。あなたのアドヴァイスを信じてのことです」

「お訊きしたいのはそのシンジケートについてなんです。彼らの企業名を教えてくれませんか」

「答えられませんね。ビジネス上の秘匿義務がありますから」

「アメリカ系ですか、それともヨーロッパ系でしょうか」

「それも答えられません」

「では〝ホーチミン〟号という船についてですが、何かご存じのことはありませんか」

「あの調査船ですね。トリビューン紙で読んだ以上のことは知りませんね」

陳が中国語で何やら趙にいった。

「陳さん」

城島がいった。

「日本語ができるんでしょう。じゃなかったらここにいるわけがないですものね。私は中国語がわからない。ですから日本語で話してください。それが礼儀というものですよ」

陳が城島を見据えた。

「わかった。日本語でいおう。NCIは上海に支社を持っている。そっちの出方次第で支社を閉鎖することもできるのだ」

城島がふんと鼻を鳴らした。安っぽい脅しだ。アマチュア的で洗練性のかけらもない。ひとつだけこの世で嫌いなものを挙げろといわれたら、洗練性のなさであるといつも思っていた。

「陳さんとやら、あんた何か勘違いをしてるんじゃないか。おれは民工《ミンゴン》でも失地農民でもない。脅す相手が違うぜ」

趙があわてて、

「すいません、先生。陳さんは最近日本に赴任したばかりなんです」

「それは関係ないでしょう。最低限のマナーは守らねば」

「仕事のプレッシャーなんです。勘弁してやってください」

「とにかくシンジケートや〝ホーチミン〟についての質問には答えられません。前者はビジネスマンとしての責任と義務から、後者は本当に知らないからです」

「困りましたね。シンジケートの名前ぐらいいってくれると思ったのですが」

「別の情報なら提供できますよ」

「どんな情報です？」

「今、トンキン湾で中越が睨み合ってますね」

「あれは睨み合いというより、わがほうが領海をガードしているだけです」

何という無能さだろう。情報を聞き出すには、相手に話させて自分は余計なことはいわないというのが基本である。それなのに趙はいちいちオーヴァー・トーキングしている。これでは情報機関員ではなくPR要員だ。

「そうですか。それならいいんです」

趙があわてて、

「念のためにその情報を聞かせてください」

「ヴェトナムは今の睨み合いから一歩も引きません。彼らは海軍戦で勝つとは思っていない。だが同時に進行される陸軍戦では絶対に勝つと思っています」

「陸軍戦ですって⁉ しかし舞台はトンキン湾だけじゃないですか」

城島が首を振った。

「違います。ヴェトナム北部と中国の国境線は約六百キロ。その国境の南側には、今、五万のヴェトナム兵が張りついてます。これはご承知ですよね」

趙の反応からして多分知らないのだろうと感じた。

「ヴェトナム軍はこれを三倍に増やす計画らしいのです。中国軍を捻《ひね》り潰してやると大変な鼻息らしいですよ」

趙も陳も手帳を取り出してメモっていた。

「ヴェトナム軍には勝算があるのです。今、ヴェトナム国境にいる人民解放軍の数は微々たるものです。ヴェトナム軍が十五万人態勢に入るには、せいぜい五日ぐらいしかかからない。だが、人民解放軍が国境に集結するにはもっとかかります。多分広州軍管区から野戦軍が派遣されるのでしょうが、かつて七九年に送られた二十万人は無理です。広州軍管区全体で今は十八万人しかいないのですから。となると送れる数はせいぜい十万。その十万は、ほかの軍管区の兵士にくらべて裕福な生活をしているため、やわになっている。かつて二十万に対しても勝ったヴェトナムが十万に対して負けるわけがない。緒戦に勝ったら怒濤《どとう》の進軍で、中国内陸部に侵攻してひとつやふたつの省を占領することも考えているらしい。これは私がいっているのではなく、あくまでヴェトナム軍の考えですから」

「情報源はヴェトナム ルートですか」

「そう考えてもらって結構です」

「わが海軍が叩きに出たら、陸地戦が始まるというわけですね」

「そうなるでしょうね。いずれにしろ本国と連絡を取って、国境のことについて確認してはいかがです。もしどんぴしゃりだったら、あなた方は昇進ものですよ」

「いやぁ、すごい情報をいただきました。ありがとうございました」

陳がきまりわるそうに、

「城島先生、先ほどは大変失礼をばいたしました。無粋な発言をお許しください」

「わかればいいんです。忘れましょう。国家安全部の方々のために役立つことができて嬉しく思ってるんです」

趙と陳が顔を見合わせた。

趙が改まった口調で、

「最初にお会いしたときから見破られたとは思っていました。ですがなかなか切り出せなかったのです」

城島がにっこり笑って、

「これでお互い隠すことは何もなくなりましたね。これからは裸の付き合いでいきましょう」

「改めてよろしくお願いします」

二人が帰ったあと、城島は織田に電話を入れた。

織田はブラボー島にいた。

「織田君、〝ホーチミン〟は塗り替えて、名前も変えたほうがいいぜ」

「それはもう終えました。ガルシアの遺産として訓練用に使うつもりです」

「新疆の仕事は見事だったな。ニューヨーク・タイムズにも載ってるよ」

「あれは隊員がやった仕事でした。優秀な奴らです」

「中国政府は正式なコメントを出して、あれはただの事故だったと発表しているよ」

「そういうしかないでしょうね。サボタージュ《破壊工作》とわかったら、少数民族を力づけることになりかねませんから。中国側から何かいってきてますか」

「今、国家安全部のメンバーが帰ったばかりだ。情報をやったんだが、ディスインフォーメーションとも知らずに感謝感激していたよ。ああ、それからヴェトナム側もすっかりこっちのいうことに乗ったようだ」

「ありがとうございます。城島さんがいなかったらどうしていいか……」

「それは違う。君の放った第一弾と第二弾が成功したからだ。それがなかったら、おれは何の演技もできなかったよ。とにかくうまく進んでいてよかった。これからも健闘を祈る」

四川省　成都

呉元安と部下の丁銀長《ディンインチャン》は、市の中心部から三キロほど離れたところにある第七人民招待所にチェックインした。黄軍曹と二人の隊員はまだ到着していなかった。

八日前に新疆で油田を爆破してから、五人はウルムチに無事戻った。そしてその夜、奪ったジープでウルムチを脱出した。行けるところまでジープで行く覚悟だったが、百五十キロほど離れた地点でジープを乗り捨てなければならなかった。遅ればせながら非常線が張りめぐらされ、道路という道路に人民解放軍の検問所が設置されたからだ。解放軍の制服を脱いで焼き捨て、ジープを崖《がけ》から落としたものの、それが見つかるのは時間の問題だった。

一行は二組に分かれて行動することにした。呉中尉は丁と、そして黄軍曹は二人の隊員とともに行くことになった。ランデヴー地点は四川省成都《チヨンドウ》にある第七人民招待所。期限は十日以内。もしどっちかが期限内に着かない場合のプランも綿密に打ち合わせた。新疆を出るまで二人は徒歩で通した。一日十八時間の行進だったが、呉も丁も苦しいとは思わなかった。日ごろの訓練のたまものである。

新疆の地をやっと出たのが五日後。その後は比較的スムースだった。汽車を乗り継いだり、トラックの荷台に乗せてもらって、成都に着いたのが三日後の朝方だった。

まだ軍曹たちは着いてなかった。しかし合流までにまだ二日ある。

ひと眠りしてから、呉は丁をともなってバスで市から二十キロ離れたところにある百《バイ》花《ホア》という村を訪ねた。一時、この村は、中国のモデル的農村として新聞やテレビで全国に紹介されたことがあった。文化的、経済的、政治的に中央政府が考える理想的な姿がそこにはあったからだ。

村民の生活レヴェルはほかの中国の村よりも高く、文化や歴史的遺産を大切にし、政治的には共産党に柔順で、党のいうことは何の疑問も持たずに百パーセント受け入れる。共産党にとっては非常に都合のよい村であり人々だったわけである。

しかし数年前、百花村はモデル村としての栄誉を失った。今では共産党と中央政府に反旗をひるがえしたとんでもない村という烙印《らくいん》を押されている。

発端は村の役人が村道を造るために新しい税金を徴収したことにあった。当初、農民は納得してその税金を支払ったのだが、いつまでたっても道路工事は始められなかった。業を煮やした農民の代表が村長に訴えたところ、村道は造られなくなったという。わけを訊いてもはっきりした答えは返ってこない。

村長は共産党員だが、それほど力は持っていない。権力は共産党幹部が牛耳る村役場にあった。農民たちは村役場に詰めかけて、徴収された道路税についての説明を求めた。下級役人が応対に出て、あの金は幹部が持って逃げてしまったという。唖然とした農民たちは、どう反応していいかわからなかった。とりあえず支払った金は村役場の責任で返してくれるよう請願した。しかし役場側はそれを突っぱねた。その後、農民たちは四川省の省政府に手紙を書いて、村役場の不正を訴えた。しかしいくら待っても返事はこなかった。

そうこうするうちに、また新しい税金が徴収されることが村役場から発表された。今度は便所税。村に公衆便所を造るので、村民はその費用を支払うべしとのお達しだった。

それまで村には公衆便所はなく、何かと不便に感じていた村民はいわれるままに新たな税金を払った。

しかし六ヵ月たっても基礎工事さえ行われない。前回のこともあって、農民たちは再び村役場に押しかけて説明を求めたが、そのときも出てきたのは下級役人だけ。そして彼はいった。〝出納係《すいとう》があの金を持ち逃げして行方がわからなくなった〟。今度は農民たちは、省政府をスキップして、直接、北京政府に事の次第を訴えた。しかしいつまで待ってもなしのつぶて。

農民たちはついにキレた。村役場を取り囲んで火をつけてしまったのである。そして中から次々と逃げ出してくる役人を捕まえてリンチにかけ、そのうちのひとりを殺してしまった。すぐに武装警察が駆けつけて暴動は止《や》んだが、六人の村人が煽動《せんどう》罪および殺人罪で逮捕されてしまった。

二日間のスピード裁判で六人は有罪となり、病気だったひとりを除いては、村の広場で公開処刑された。病気のひとりは終身刑をいい渡され、新疆の砂漠のど真ん中にある刑務所に送られた。そこには鉄条網の囲いや塀はいっさいない。必要ないからだ。囚人が逃げ出しても看守は追うようなことはしない。どうせ途中で倒れて息絶えてしまうからだ。

もちろん、この百花村の事件について、中国の新聞やテレビはまったく伝えなかった。

だが中国ではどんなマス媒体よりも強くて効果的なのが口コミである。その口コミによって事件は伝えられ、今では全国的に知れ渡っている。

百花村の入口近くにある停留所で、二人はバスを降りた。入口には大きなアーチがあって、そこにかすれた文字で〝中国共産党万歳〟と書かれている。全国の町や村によくあるスローガンだ。周囲を山に囲まれたその村はひっそりとしていた。農繁期なのに、田畑には人を見かけない。それどころか、畑にはぼうぼうとペンペン草がはえている。

村の中心部に役場があった。建物は黒い煤《すす》で覆われ、窓ガラスはほとんどない。中に入ってみた。かつては事務所だったようなところが、今では埃《ほこり》だらけで、壁は剝がれてしまっている。机もなければ椅子もソファもない。暴動のとき農民たちが持ち出したのだろう。

村をひと通り見てまわったが、人の姿は見当たらなかった。みな消えてしまったとしか考えられない。ゴーストタウンならぬゴーストヴィレッジだ。

多分、暴動のあと中央政府が罰として農民たちの土地リース権を取り上げてしまったのだろう。でなければ、これだけ完璧に無人ということはあり得ない。農民から土地を取り上げたら、彼らは生きてはいけない。選択はただひとつ。都市部に出て民工となり盲流《マンリュウ》に加わることだ。そして沿海部の都市をさまよいながら生き延びるしかすべがない。

二人はもと来た道に戻り、村の入口に向かった。

屋根にライトをつけた一台の白い乗用車が入口を入って、砂埃を立てながら二人のほうに走ってきた。

呉は周囲を見まわしたが、逃げるにも場所がない。

「マカロフは持ってるな」

丁が腰の後ろに手をやって、

「弾も八発ちゃんと入っています」

「いざとなったら使うが、とりあえずおれたちは湖南省からの民工とする。なまりに気をつけろ」

二人のそばで車が停まった。脇腹に〝公安〟とある。

「おい、お前たち、ここで何をしているんだ?」

運転席にすわった男が訊いた。

「へえ、チョンドーへ行くところなんですが」

「チョンドゥ《成都》だろう」

「へえ、何でもでっけえ都と聞いておりますでごぜえますだ」

「それがなぜこんなところをうろついてるんだ」

「あっちの山さ越えたらチョンドーと聞いてきたら、ここさ着いちまったんでごぜえますだ」

「出身地は?」

「湖南省でごぜえます」

「湖南省のどこだ?」

「チアンホアといっても、お役人様にはわかんねえでごぜえましょう」

――江華《チアンホア》――

運転席の男と助手席にすわっている男が顔を見合わせた。

「江華瑶族自治県《チアンホアヤオ》か」

「あらまあ、よう知ってなさるのう。さすがチョンドーのお役人様じゃ」

「お前たち本当に江華瑶族の地の出身なら、斎恩儒《チーエンルー》大佐のことを知ってるだろう」

「へえ、あそこらへんじゃ知らねえ人間はおりませんだ。それにしてもお役人様よう知っとりますのう」

「見たところお前たちは民工のようだが、斎大佐のことをどう思う?」

呉は素早く考えた。ここらへんの公安が斎大佐のことについて訊くなどおかしい。ひょっとしたら……。

「どう思うって訊かれても、あの方はわすらの味方じゃと思ってますだ。体さ張って信念を貫くっちゅうことは、普通の人間にはできねえことですだ。あのまま広州軍管区の野戦軍司令部におれば、今ごろは将軍様になっとるはずじゃのに。おっと、こんなことさいっちまって勘弁してくだせえまし」

「いいんだよ、本当なんだから。じゃ達者でな」

相手がにっこりと笑った。

車が走りだした。

「冷や汗ものでしたね。抜かねばならぬと思ってました」

「いや、あの二人は味方だよ。賭けてもいい。あいつら必ず戻ってくるぞ」

まさかといった表情で丁が呉を見た。

果たして呉のいった通りになった。

公安の車は五十メートルほど行って、急ブレーキをかけた。そしてかなりのスピードでバックしてきた。

「おい、止まれ！　もうひとつ訊きたいことがあるんだ」

「なんだんべえか？」

「なぜ斎大佐が広州軍管区の野戦軍司令部にいたと知ってるんだ。大佐の兵士以外は知らないはずだ。ましてや民工のお前が知ってるなんておかしい」

「大佐のことならもっと知ってますだ。今あの方はほうぼうで農民のために正義の戦いをしてくださってるだ。神出鬼没とはまさにあのような方のことをいうんでごぜえますな」

車の中から二人が素早く出てきて、呉と丁の前に立った。

「あんたはただの民工ではないね」

呉が心持ち胸を張った。その顔がひきしまった。

「私は元人民解放軍広州軍管区所属の呉元安少佐である。斉大佐とはこのあいだ会ったばかりで、志を同じくする者だ」

流れるような標準語だった。

二人が姿勢を正した。

「失礼いたしました。知らぬこととはいえ、ご無礼をお許しください。われわれは大佐の部下であります。自分は荘　忠国《ジュワンジョングオ》少尉、こちらは延満江《イエンマンジャン》一等兵です」

「そんな気がしたんだ。だがなぜこんなところにいるんだ。しかも公安の車で」

「偵察であります」

荘によると三日前、二人は斉大佐の命令で、成都周辺の町や村の様子を偵察してくるよう命じられた。しかし途中で公安にストップされて職務質問にあった。やむなく公安警察官二人を殺《や》って、彼らの制服に着替えて車も拝借した。しかしそれ以来警察や人民軍の姿は見ていないという。

「農村部は守り切れないと見て、みな成都に集合しているのでしょう」

斉大佐は現在、成都から約百五十キロ南西に行った雅安《ヤーアン》という町にいるという。

「作戦の進展具合はどうなんだ」

「うまく展開しています。竜騎兵団は四川、貴州、雲南の三つに分かれて活動してるのですが、いずれもうまくいっております。農民たちの不満と怒りを爆発させるには、ちょっとしたプッシュだけで十分です。マスコミは例によって報道管制が敷かれているため、何もいってませんが、暴動は各地で雨後のタケノコのように起きています。これだけのスケールの農民決起は前代未聞です。地方政府や共産党支部などは真っ青になっています。特に共産党宣伝部に対する大佐の不満は大きいですから、犠牲率としては彼らが一番です」

「大佐に会ってみたいなあ」

「雅安にはあと二週間ほど留まりますから、ぜひいらっしゃってください。ゴールデン・イーグルという宿に〝周倒格《ジョウダオグァ》〟の名前で泊まっておりますから」

呉が笑い出した。

「何かおかしいことでも?」

「大佐らしいと思ってね。周倒格というのは、まだ広州軍管区時代、大佐が最も忌み嫌い、軽蔑していた上官だったんだ」

翌日の夕方、やっと黄軍曹たちが成都に姿を見せた。髭《ひげ》と髪は伸び放題で相当疲れて見えた。

呉たちと別れたあと軍曹たちは南に向かって、ロップ・ノールの一部をかすめて、さらに南下して青海省に入ったという。本来ならもっと早く成都に着いているはずだが、途中の町や村で農民たちのデモに出くわしてしまった。

「青海省の西寧《シーニン》で汽車に乗ったのですが、甘粛省に入って蘭州を通過したあたりから、公安が大挙して汽車に乗り込んできたのです。やばいと思って、われわれは飛び降りてしばらく歩くことにしました。意外に安全でした。というのは途中にある町や村の住民が大部分回族なのです。非常に戦闘的で公安や人民解放軍はあまり入りたがりません」

回族地域を過ぎて漢民族の地域に入ったとき、最初のデモを目撃したという。農民たちが土地を返せと書かれた布を広げて、町役場を取り囲んでいた。最初は静かなデモで群衆は遠慮がちだった。軍曹たちはそれに参加して群衆を煽った。静かだった群衆は次第にエキサイトしていった。土地返せのシュプレヒコールが上がり始めた。だが役場内からの反応はなかった。機を見て軍曹は二人の部下にこん棒を持たせて役場内に突入させた。だが内部には誰もいなかった。中に入った二人はそこらじゅうにあるものをひっくり返し、窓ガラスを叩き割った。これをきっかけに農民は暴徒と化した。役場に火がつけられた。

「しかし不思議なのは、公安も解放軍も全然姿を見せなかったのです。どうなってるんでしょうか。その次の町でも同じことが起こっていたのですが、やはり公安も解放軍も来ませんでした」

きのう百花村で荘忠国少尉から聞いた話と同じだ。

黄軍曹が続けた。

「湖南省や貴州省ならともかく、甘粛省にまで農民デモが広がっているとはちょっと想像できませんでした」

「口コミだろうな。それにあそこは蘭州軍管区の管轄だ。多分解放軍の大部分は新疆のほうにまわされているのだろう。新疆は中央にとって絶対に手放せない地域だからな」

その晩五人は、市内の四川料理屋で夕食をともにした。久しぶりにとるまともな食事だった。翌日一行は、招待所を引き払って雅安へと発った。

ブラボー島

時計はすでに真夜中の一時をまわっていた。しかし作戦室には煌々《こうこう》と明かりがついていた。

作戦が始まってすでに一ヵ月以上が過ぎた。今のところ、予定通りに事は運ばれている。中国の内陸部で起きている農民の暴動については、呉中尉から報告を聞くまでもなく、ニューヨーク・タイムズさえ読めば十分に知ることができる。そしてヴェトナムと中国の陸海での睨み合いは続いている。城島がグエン・ダイ外務次官にはっぱをかけたのが効いたようだ。

あとはパキスタンや中東、ロシアなどに潜り込んだ偵察隊の全メンバーが無事に帰ってきて、本格的作戦に入るだけの段階となった。

「レコネッサンスチームからは報告が入ってるのか?」

織田が韓《ハン》大尉に訊いた。

「インドに潜り込んだジャンナームたちからは、すべてスムースにいっていると今日知らせてきました」

「ロシア組はどうなんだ?」

「彼らは一昨日連絡してきています。異状なしとのことです。中国側の国境警備が非常に緩いといってました」

「パキスタン組は?」

「潜入成功以来まだ何もいってきておりません。しかしシリアに潜入したラシード中尉からつい先ほど連絡がありまして、すべて順調とのことでした。中佐殿の許可さえ出れば、すぐにでも油田爆破は可能とのことです。スーダン組も同じことをいっておりました。あまり長くいると地元の官憲から目をつけられるのではないかと憂慮していました。

ホムスはそれほどの大都会ではありませんから。スーダン組は、油田の警備があまりにも手薄なので、武器は持っているもの以外に必要ない。あとは爆薬さえ手に入ればミッションは完遂できるといっておりました」

「君はどう思う」

「もし彼らが、今、工作を遂行できれば、二度手間が省けます。その分の兵力を中国に投入できると思いますが」

織田がちょっと考えた。

確かに韓のいう通り、今やってしまえばもう一度現場に帰る必要はない。その上ついでに中国に油を入れているプリンスオイルのシンジケートメンバーについても処置が下せる。

「ではこうしよう。爆薬はアブド・マンスールが何とかできるはずだ。仕事が終わったら、隊員をパリに集合させる。そこで次のミッションについて君が説明するんだ」

「自分がパリに行くのですか」

織田が引き出しから分厚いマニラ封筒を取り出して、韓のほうに投げた。封筒の中には写真がぎっしりと詰まっていた。一枚一枚に番号がついている。

「城島さんが集めてくれたんだ。ターゲットのアラブ人プリンスたちだ。全部殺る必要はない。十五番目ぐらいまででいい」

「しかしなぜパリなのです。彼らは湾岸諸国に住んでいるはずでしょう。いっそのことドバイあたりに集合させたほうがよいのではありませんか」

「それはだめだ。理由は二つ。まず湾岸諸国での暗殺はきわめて難しい。警備が厳しいし、至るところに秘密警察の目が光っている。九三年に今のアメリカ大統領の親父さんがクウェートを訪問したとき、サダムの諜報機関ムハバラットが彼を暗殺しようとしたが失敗した。モサドの暗殺部隊なら可能かもしれないが、うちの隊員たちはプロの兵士であってプロの暗殺者ではない。第二に写真の裏にメモがついているが、トップ3はいつもパリやロンドン、モンテカルロなどで遊びほうけている。故国に帰ることなどはめったにない。典型的なバカ殿たちだ。奴らは絶対に消さねばならないターゲットなんだ。三十番目以降を全部殺っても、中国にメッセージは伝わらないだろうからだ」

「わかりました」

織田が携帯を開いて、アブド・マンスールを呼び出した。

「中佐！　お元気ですか！」

いつもの大袈裟な調子でいった。

「このあいだはお世話になりました」

「どうでした？　ブッは役に立ちましたか」

「理想的でしたよ」

「不良品はなかったですか」

「全然」

「それを聞いて安心しました。クライアントに御満足いただけるのが私の生きがいですから。特に中佐のような方に喜んでいただけると奉仕の精神が倍増します。何でもお申しつけください。このアブド・マンスールに不可能なことはございません」

調子のいい奴だ。先日マニラで受け取った武器にマンスールが倍の値段を吹っかけているのを織田は知っていた。しかし武器の質はよかった。特に重機関銃やＡＫはジャミング――弾詰まり――がまったくなかったし、湿り気のある弾薬もなかった。

「実はマンスールさん、少々Ｃ‐４を分けてほしいのです」

「Ｃ‐４ですか」

がっかりした口調だった。Ｃ‐４ではあまり商売にはならない。

「明日中にうちの隊員二人からあなたに連絡が入ります。ディテールは彼らと話してください。それじゃよろしく」

「あのう、それだけでしょうか？」

「今のところはね。でも近日中にまたでかい注文をしますから」

時計は朝方の二時を過ぎていた。会議を打ち切ってベッドに入った。しかしなかなか寝つけなかった。頭の中は作戦のことでいっぱいだった。

決定的な何かが足りないという思いは今でもあった。

城島は本能で考えろといった。自分の兵士としての本能は殺すことだ。これを中国という敵に当てはめていくと、最も効率的で効き目のある殺し方は何かという点にたどりつく。殺し……殺し……究極の殺し……。

突然がばっとベッドに起き上がった。これだ！　これで王手がかけられるかもしれない。枕元の携帯に手を伸ばした。マンスールを呼び出した。

「中佐、新しいご注文でしょうか」

「あんたはさっき何でも手に入るといったな」

「ええ、確かに」

「あんたへのコミッションは百万ドル出す」

「……！　何でもします。何がお望みで？」

織田が注文の品をいった。

マンスールが絶句した。

「即答する必要はありません。明日中に答えを聞かせてください」

「で、で、でも中佐……」

「いったでしょう。でかい注文をすると」

四川省　雅安

バスと徒歩で呉中尉たち五人は雅安に着いた。

すでに荘少尉から報告を受けていたのか、斎恩儒大佐は呉たちを待っていたようだった。

「おめでとう、呉少佐。新疆の仕事は実に見事だった」

開口一番、彼がいった。

自分は少佐ではなく中尉であるというと、

「人民解放軍では君は少佐だった。だがランクなどどうでもいい。人民解放軍の卓越した兵士を敵にまわしたら、いかに恐ろしいかを新疆の一件は物語ってくれた。あの花火以来、少数民族が俄然《がぜん》元気になったとのことだ。北京は焦りまくっているらしい」

「大佐殿もなかなかご活躍のようですね」

「舞台が楽だからさ。半分は君たちのおかげだよ。新疆での大花火で中央の関心は向こうにいっちまってる。ここらへんの警備の余裕がなくなってしまったんだ。成都軍管区十八万の兵士のうち八十パーセントが新疆へまわされてしまったらしい」

「でもあそこはもともと蘭州軍管区の管轄でしょう」

大佐がうなずいて、

「お偉方はそれでも足りないと思ったのだろう。もはや縄張り争いなどしている余裕はないんだ」

「もし新疆での少数民族暴動がもっとエスカレートしたら、広州軍管区の兵士をもつぎ込まねばならなくなるでしょうね」

「いやそれはできないだろう。彼らはすでにヴェトナムで手いっぱいだ」

「ヴェトナムですか？」

「湖南省に残ってる部下が集めた情報によると、トンキン湾で中国船が沈められたらしい。そこで南海艦隊が出動したんだが、ヴェトナム側は陸地戦を挑んできたらしい。十四、五万をわが国との国境に配備したようだ」

「でもなぜヴェトナムが中国の船を沈めたのですか」

「石油が原因らしい。民間の調査船が中越国境ラインのそばで掘削作業をやっていたところに、中国船が近寄っていった。そしたら沈められてしまった。ヴェトナム側は海軍さえ出動させてなかったと主張してる。しかし中国側は納得せず、その調査船の乗組員を引き渡せといったらしい。それをヴェトナムは断った。中国がいくら捜してもその調査船は出てこなかった。〝ホーチミン〟とかいうふざけた名前の調査船だったらしい。そこで南海艦隊のお出ましとなったわけだ。だが私にいわせれば、それは愚策もいいところだった。ヴェトナム陸軍の登場を招いてしまったのだから」

呉中尉が何かを思い出すように眉間にしわを寄せた。

チームAだ！　ブラボー島で最初に衛星写真を見ていたとき、織田中佐は隊員を三つのチームに分けた。そのひとつがおよそ二十人からなるチームAだった。あのとき確か中佐はチームAは一発勝負、しかも海上での戦いといっていた。

「なーるほど」

うなずきながら笑っていた。

「どうしたんだ、少佐」

「ヴェトナムは調査船の乗組員を渡せるはずはないですよ」

「なぜだ？」

「あれはうちの司令官がやったことだと思います」

「何を？」

「トンキン湾での中越対決のセットアップは、うちの司令官がやったといっているのです」

「本当かね」

「ほぼ間違いありません。北京の指導者たちを混乱させるひとつの陽動作戦でしょう」

「素晴らしい作戦じゃないか。ヴェトナムに目をつけるなんて普通じゃ考えられない」

「これで広州軍管区は当面動きが取れないわけですね」

「君の司令官は人民解放軍の活動をばらばらにするつもりなんだな。新疆に蘭州や成都軍管区の大軍を引きつける。同時に広州軍管区の兵力をヴェトナムに向けさせる。そのあいだにぽっかりと穴が開く。それが今われわれがいるところだ。実に理にかなっている」

「いったでしょう。うちの司令官は天才なのです」

「まさしくそのようだな。少なくともここらへんでは人民解放軍は、残った兵力を都市部だけに集めている。公安も同じだ。逆にいえば都市部は孤立しつつある。貴州省や雲南省についても同じことがいえる」

「大佐殿の身元はまだ知れ渡っていないでしょうね」

「大丈夫、このぼろをまとってるし、活動はすべて隠密裏にやっているから」

それにしても人民解放軍は、ある面では張り子の虎だという思いを呉は強くした。内部にいたときは、幹部の腐敗と派閥、そして兵士のやる気のなさぐらいしか目につかなかったが、今、外から見ているとまったく別の面が見える。それは人民解放軍はある種の病いにかかってしまっているということ。その病いとは巨人病。世界最大の陸軍はそのサイズが裏目に出てしまっている。自らの重みに耐え兼ねているのだ。だから動きが極端に鈍い。臨機応変な動きや状況に合わせた反応などができない。まるで環境に順応できなくなった恐竜だ。

「人民解放軍の先は見えてますね」

呉の言葉に大佐がうなずきながら、

「農民の暴動を抑えるには、各軍管区に緊急展開部隊が一個師団ずつ存在すれば、何のことはないんだ。私はずっと昔それを総参謀部に伝えようとした。アメリカやイギリスなどの先進諸国はみなそれを持っている。だが私の進言書を直属の上司が握り潰してしまった。私が彼の派閥に属してなかったからだ。そのしっぺ返しが今きているんだ。自業自得さ」

「暴動を起こした農民たちは、これからどういう方向に向かうのでしょうかね」

「確固としたリーダーシップを持たなければ、いずれは叩き潰されるだろうな。逆にいえば共産党が一番怖がっているのは農民たちがリーダーを持つことだ。だからこれまでどんな平和的な活動や運動でもリーダーが出てくる前に共産党は潰していた。共産党以外がリーダーになってはいけないのだ」

「法輪功《ファールンゴン》がそうでしたね。人畜無害な集団なのにリーダーがいるということで、北京は徹底的に潰しましたからね」

「しかし農民の間にリーダーが生まれるということは、今のところ考えられないな。彼らは生活に困窮している。それだけが彼らをつなぎ合わせている要素だ。将来のヴィジョンなど誰も持っていない。少なくとも私が話した農民はそうだった」

「都市部のインテリとくっつくほかないでしょうね」

「それには時間がない。あと一ヵ月ちょっとでは、いくらわれわれが煽ってもだめだろう」

「でもそれでいいんですよ、大佐殿。今回の作戦はこの国をひっくり返すことではないんですから。あくまで中央政府とそれを握る共産党に正義の鉄槌《てっつい》を加えることですから」

「それに黙っていても、この国の体制により次々と作り出される矛盾が、いずれこの国を分裂させ、共産党を崩壊させるかもしれないしな」

「そういうことです」

それから三日間、呉と彼の部下は雅安に滞在して斎大佐の活動ぶりを見た。

雅安周辺の農民たちの集会に顔を出し、自分は貴州省の農民代表と名乗って一席ぶつ。集会がない町に行くと自分の部下をさくらとして使って、インスタント集会を作ってしまう。

顔をはっきりと見られないために煤だらけにし、眉を半分剃り髭は伸ばし放題。どこから見ても失地農民そのものといった姿だった。

その煽動テクニックがまた卓越していた。

ある町に行ったときのこと、比較的大きな集会に出くわした。背広姿の男が演台に立って演説していた。私服を着た公安らしき男たちが、彼の周囲を取り囲むようにして立っていた。どうやら官製集会のようだった。大佐の部下たちは群衆の中に潜り込んだ。話を聞いているうち、男がその町の町長で共産党支部の幹部であるということがわかってきた。共産党がいかに人民のために尽くしてきたかを彼はとうとうと話した。ときどき拍手も湧いた。

タイミングを見計らって斎大佐がヤジを飛ばした。

「共産党がそんなにいいなら、なぜわしらは土地を失ったんじゃ！」

一瞬シーンとなった。

町長が続けた。

「不満分子はどこにでもいる。しかしあなた方はそんな輩《やから》のいうことを聞いてはならない。今にこの地も開発され、バラ色の明日があなた方に約束されるのだ」

「約束よりも今日のめしをくれ！」

そうだ！　そうだ！　の声があちこちから湧き上がった。大佐の部下たちの合唱である。

それを無視して町長が、

「開発が進められたら、あなた方には新しい仕事が与えられる。誰も失業することはないのだ」

「その開発とやらのために、いくらわいろをもらったんだ！　腐敗撲滅！」

町長が話を止めて周囲の公安に何やらいった。数人が素早い動きで大佐に近づいてきて、彼を取り囲んだ。

そのうちのひとりが、

「党要人を侮辱した罪で逮捕する」

「真実をいうのがなぜ侮辱したことになるんだ！」

この事態にそれまで退屈そうに町長の話を聴いていた聴衆は、俄然興味を見せ始めた。

公安二人が大佐の両側からその腕を持って連行しようとした。そのときすでに大佐の部下たちが公安を取り囲んでいた。多勢に無勢、しかも腕っぷしは人一倍強い竜騎兵団の兵士に対して、公安はなすすべがなかった。首を絞められたり、ぼこぼこに殴られたり、次から次に気絶してしまった。

これを見た町長は、演台を降りて近くに停めてあった車に走った。しかしそこにはすでに大佐の部下たちが待機していた。彼の首根っこを押さえて演台の下に引きずっていった。大佐が演台に上がった。

「みなさん！」

大佐が叫んだ。

「わしらは声をひとつにして、立ち上がらなければなりません！　いつまでこういう人間にわしらの運命を任せておくんですか」

　といって下にいる町長を指した。

「殺しちまえ！」

　聴衆の中から声がした。

「搾取されるのはもう真っ平だ！」

　大佐が両手を広げて彼らを制した。

「わしは借金のかたに娘を取られた。今、上海の女郎屋で働いている。こんなことが二十一世紀の中国にあっていいものだろうか！　上海の人々は腹一杯食って、着るものも住むところにも困っていない。だがわれわれ百姓はぼろしか着られない。土地を盗《と》られて住むところさえない。このままいったらわれわれは奴隷のように死ぬしかない。いつまで我慢しなきゃならないのだ。今こそ腹の底から叫ぼう。もう真っ平だ、と！」

　大拍手が起こった。聴衆は完全に乗っていた。公安の車が数台群衆の後ろに停まった。

　大佐がそれらの車を指して、

「あれを見てくれ。搾取者どもの手先だ。奴らにも真っ平だといおう！」

　大佐の部下たちが公安の車めがけて走った。聴衆もそれにつられるように加わった。車がひっくり返され、公安員は半殺しの目に遭った。演台の下では町長がぶるぶると震えていた。

「どうかお助けを」

大佐が軽蔑に満ちた眼差しで彼を見下ろした。

「お前さっき不満分子のいうことを聞くなといったな。これを見てみろ。みなが不満分子なんだ。お前の命は彼らにかかっているんだ」

「お願いです！　何でもします」

「何でもする？」

「はい、ですから命ばかりは……」

「助かる道はただひとつだな」

町長が期待と絶望の混じった表情で大佐を見上げた。

「この群衆にお前も加わるんだ。それにはこれまでに犯した罪を反省する。自己批判をして群衆に許しを求めるんだ。そしてお前が先頭にたってこの町の共産党宣伝部を破壊する」

「そ、そんなことをしたら私は党から除名されます」

「だがしなければ群衆から八つ裂きにされる。見たところすでに二、三人の公安は殺されているし、群衆はもっと血をほしがってるようだし」

そうこうするうちに群衆が町長を取り囲んだ。とはいっても半分は大佐の部下だった。

「どうするね、町長」

「わかりました。自己批判します」

大佐がマイクのヴォリュームを上げた。

「みなさん、静粛に！ これから町長が過去の罪を悔いて自己批判をするそうだ。一応聴いてやろうではないか」

町長がよろめきながら壇上に上がった。

「いいか。お前の命はお前自身の手のうちにある。聴衆を納得させてみろ」

町長がマイクの前で泣き始めた。

「女々しいぞ！」

「涙では騙されないぞ！」

「何とかいえ！」

町長がひざまずいた。

「私は悪い人間でした。屑《くず》でした。あなた方の窮状を見て見ぬふりをしていました。しかし今、目が覚めました。これから私は共産党宣伝部を破壊しに行きます。ひとりでも行きます」

ウォーという歓声が上がった。

町長は壇上から降りて、すぐ近所にある役場へと向かった。共産党宣伝部はその役場の二階にある。大群衆が彼に続いた。

大佐は黙ってその光景を見ていた。これ以上付き合う必要はない。群衆の興奮度から見て町役場は間違いなく破壊されるはずだ。

大佐と部下たちは速やかにその場を去った。

三日目、呉と四人の部下は雅安を発った。

呉が大佐の手を握った。

「大佐殿の仕事ぶりには感心させられました。司令官にはよく伝えておきます」

「これからどうするんだ?」

「まずは陝西省に行きます。あそこは昔、毛沢東《マオズードン》が兵を挙げたところですが、今では四川省についで失地農民が多いところです。そのあとは湖北省の宜昌《イーチャン》に向かいます」

「三峡ダムだな?」

「ええ」

「そのときはぜひ付き合いたいものだ」

「歓迎しますよ。司令官が来ると思いますので、そのとき紹介します」

「楽しみにしているよ。再見」

第九章　作戦発動

東京

突然東京行きを決めたのは昨日だった。アブド・マンスールが電話をしてきたのである。

売人とのコンタクトは取れたが問題は値段だという。

「それは私自身で交渉しますから、相手の住所と名前だけ教えてください」

「名前はエドワルド・ムサシビリ、連絡先はグルジアのトビリシ市グルジア議会内でオーケーです」

「国会議員なんですか」

「あの国じゃ、議員もマフィアも同じようなものですがね」

「ムサシビリ氏にあんたからいっておいてほしいんですが、ブツはスーツケースに入るぐらい小さくなくてはならない。大きいのには興味はない。その点を確認してください。

もしオーケーだったら私はグルジアに発ちます」

マンスールはすぐに電話を返してきた。確認したところ、大きいサイズはなく、小さいのしかないという。

「私のコミッション——仲介料——についてお忘れなく」

「取引が成立したら払います」

すぐに織田は東京の城島に連絡して、明日行くのでジェームス・バーンズをオフィスに呼んでおいてくれるように頼んだ。

織田が城島のオフィスの応接室に着いたとき、城島とバーンズはすでにすわって、コーヒーを飲んでいた。

織田が遅くなったことを謝った。

「素晴らしい活躍ぶりではないですか」

バーンズがいった。

「本番はこれからです」

「うちの衛星がいろいろピックアップしてますが、本部の分析官はこんな中国を見るのは初めてだといってましたよ。新疆では大爆発があるし、兵士は大量に新疆やヴェトナム国境に移動してるし。四川省や貴州省、雲南省などでは暴動シーンがやたらと多い。あの国が内部から爆発寸前にあるのではといってました。残念なのはあれらのシーンを中国の総参謀部は見られないということです」

「それでは彼らの衛星は破壊されたんですね」

「七基全部、機能が止まりました」

「それはありがたい」

「あんなことは朝飯前です。ところで私をわざわざ首脳会議に呼んでくれたわけは何ですか」

皮肉を込めた口調で、バーンズが訊いた。

織田は笑わなかった。

「経費のことでお訊きしたいのです。上限はどのぐらいでしょうか?」

バーンズがちょっと間をおいてから、

「一億ドルと見ています」

「それを一億五千万ドルにしていただけますか」

「できないことはありませんが、具体的な理由がありませんと」

「特別出費という名目ではどうでしょうか」

「ちょっと抽象的ですね」

「それ以上は知らないほうがいいと思います」

「金を要求しておきながら、それはないでしょう」

「もしもの場合、スキャンダルに発展する可能性があるからです。そんなことであなたに迷惑はかけられない。ですからあなたも長官も知らないほうがいいんです」

「しかし……」

「バーンズさん」

城島が口を挟んだ。

「これまで織田君がやってきたことを見れば一目瞭然でしょう。あれらのひとつでもアメリカが何らかの形でからんでいると知れたら、ヨーロッパやアジア諸国はどんな反応を示すと思いますか。織田君は無理なことはいってないと思いますよ。それに彼はわざわざここへ来ることはなかった。電話一本で自分の要求をすればすむのに、こうしてやってきて説明している。誠意は尽くしてます」

「その特別出費は絶対に必要なのですか？」

「こういったら納得していただけるでしょうか。特別出費が許されれば、こちらが勝つチャンスはドラスティックにアップします」

「どのくらいアップするんです？」

「八十五パーセント。始める前に勝率一パーセントだったことを考えれば随分と変わったと思いますがね」

「わかりました。長官に伝えましょう」

「では、了解されたと理解してよいのですね」

「あと五千万ドルでこちらの目的が達せられるなら安いものです」

織田が立ち上がった。

「城島さん、私はこれで失礼します」

「なんだ、もう行ってしまうのか？」

「屋上にヘリを待たせてありますので」

「それは残念。今晩一緒に飯でもと思ってたのに」

「仕事が終わったら、私のほうからご招待しますよ」

城島がドアーまで織田を送った。

「で、これからどこへ行くんだ」

「成田です。成田からモスクワ経由でグルジアに行きます」

城島が声を落とした。

「特別出費の話で行くんだろう」

「城島さんに説明する必要はありませんね」

「ゴー　ゲット　ゼム、チャンプ」

城島が織田の肩をぽんと叩いた。

北京　総参謀部

余競銘《ユージンミン》少将はテーブルを囲んだひとりひとりの顔を確認するように見まわした。前回のミーティングでは出席者は五人だったが、今回は特別に国家公安部副部長の宗清宅《ゾンチンジャイ》が招かれていた。

前回のミーティングにくらべて、みな表情が変わっていた。あのときはヴェトナムとのトラブルが勃発《ぼっぱつ》した直後で、みな意気軒昂《けんこう》だった。しかしあれから一ヵ月半後の今、事態は急激に変化した。しかもその変化は、中国にとって決してよい方向へは進んでいない。それが出席者の顔に如実に表れていた。

それもそのはず。この一ヵ月半で、指導部がずっと恐れてきた中国の脆弱《ぜいじゃく》な部分が一挙に露呈してしまったのだ。いいかえれば、それまで皮膚の下でたまっていた膿《うみ》が吹き出したのである。

まずヴェトナムとは話し合いどころか、海上でも陸地でも睨《にら》み合いが続いている。外交部は幾度かヴェトナム側に話し合いを申し入れたが、中国側の謝罪が先であるとの立場を崩していない。このままの状況が続けば消耗戦となり、中国側が不利となるのは目に見えていた。

新疆に至っては事態はより深刻だった。新疆第五油田とその製油所が爆破されてから、それが合図のように新疆各地で少数民族による破壊工作が起きている。人民解放軍をいくら送り込んでも、破壊工作は止む気配がない。このままいけば内モンゴルやチベットなどに飛び火するのは時間の問題だった。

そして内陸部における農民による暴動。それらはこれまでの暴動のような散発的なものではない。まず彼らは解放軍や公安を恐れていない。逆に公安などは暴動現場に直面すると、こそこそと逃げ出す始末だった。

こういった状況を背景にしたミーティングの出席者たちの表情が暗いのは当然ともいえた。

「王《ワン》副局長」

議長役の余少将が口を切った。

「ヴェトナムとの話し合いはあきらめたわけではないのでしょう」

「もちろんまだ努力は継続中です」

外交部特別局副局長の王勝拳《シャンチエン》が答えた。

「ですが、彼らは頑固です。特に外務次官のグエン・ダイは自信満々なのです。あれだけ強気になれるには、アメリカが後ろでヴェトナムをたきつけているのではないかとさえ勘ぐってしまいます」

「しかしそのような情報はまったく入ってきていないでしょう。その逆で、アメリカはヴェトナムをなだめているという情報はありますがね」

「いくら分析してもわからないのです。一九七九年の二月に人民解放軍はヴェトナム国境から入って戦いを仕掛けましたね。あの一ヵ月後、解放軍は戦略的撤退をしました。そしてヴェトナムと話し合いに入りました。あのときヴェトナム側は勝っていたのにもかかわらず、簡単に話し合いに応じました。しかし今回はまだ戦いが始まっていないにもかかわらず、話し合いに応じようとしません。その理由がどうしてもわれわれにはわからないのです」

「おかしいですね。当初われわれが得た情報では、首相以下閣僚はわが国との早期話し合いによる決着を望んでいた。この情報は、ヴェトナムと国連にいるうちの工作員が確実なものと太鼓判を押してきたものです」

許報国《シュウパオグオ》国家安全部次長がいった。

「外交部も最初はそのような情報を得ていました。事実グエン・ダイ次官は、最初こそ強気でしたが、その後、話し合いに応じる姿勢を感じさせたのです。しかしすぐに強気に転じた。途中で何かが変わったとしか思えません」

「巨大油田の存在がからんでいるからだとは思いませんか」

と許報国。

「それも考えました。いわれているようにトンキン湾に巨大油田が眠っているなら、それを独り占めしたいのは当然です。わが国だってそうするつもりで、あそこに調査船を送り込んだわけですから。しかしそれ以上に何かがあると思うのです。私は外務次官のグエン・ダイという男をよく知っています。現首相の甥《おい》で、かの名将ザップ将軍を祖父に持つ彼は、物腰が柔らかく洗練された紳士です。しかし今回の件で彼と電話で話していて感じたのは、非常に熱っぽいというか柔らかさがなく、これまでにないアグレッシヴさを感じるのです。あたかも彼がデシジョンメーカー《――意志決定者――》のごとく話すのです。あんな彼は初めてです。あるとき彼に外務大臣は話し合いについてどう考えているのかと訊いたら、外務大臣は関係ないといったのです。私はびっくりしました。あえていえば何かに急に目覚めて、人が変わってしまったという感じなのです」

「かみさんが彼の尻を叩いてるのかもしれませんよ」

楊澄林《ヤンチャンリン》党中央情報部局長の冗談は誰をも笑わせなかった。そんなムードではないのだ。

「少将にお訊きしたいのですが」

党中央軍事委員会副書記の呂文光《ルーウェングアン》が口を開いた。

「ヴェトナムが話し合いに応じないなら、いっそのこと叩き潰《つぶ》したらどうなのです」

余少将の顔に厳しさが走った。

「どうやって叩き潰すのです？」

「それはあなたが専門でしょう」

「今開戦したら、わが人民解放軍は泥沼に足を突っ込むのと同じです。いつ終わるかわからない戦争を始めるわけにはいかないでしょう」

「軍事委員会の主席は不思議がってますよ。世界に名だたる人民解放軍が、ヴェトナムごときに振りまわされている事実をどう人民に正当化するのか、と」

軍事委員会主席すなわち国家主席である。しかし彼は単なる政治家であり軍事にはずぶの素人だ。

「今ヴェトナム軍とやり合ったら、解放軍は勝てません」

少将がきっぱりといった。

「何を根拠にいってるか知らないが、その言葉はわが人民解放軍に対する侮蔑です」

「侮蔑もへったくれもない。現実を話しているだけです」

「現実ですって？　それなら現実をいいましょう。わが解放軍は兵器や武器でははるかにヴェトナム軍を上まわっている。それが現実です」

「武器や兵器だけで戦いに勝てるなら、アメリカはヴェトナムに負けはしなかったはずです。戦略、戦いの目的、そしてひとりひとりの兵士の士気などが確固たるものでなければならないのです」

「ではあなたは、それらの要素がわれわれには欠けているというのですか」

「そうはいってません。アメリカにはなかった。だから彼らは負けたといっているのです。当時のアメリカの兵士たちと今の人民解放軍の兵士たちをくらべて、あなたははっきりと後者のほうの士気が高いといい切れますか」

呂が一瞬言葉に詰まった。

「そ、それはあなたのほうが知ってるでしょう」

「いいですか、呂副書記。いま中越国境にはヴェトナム側十五万、わがほう十三万の兵士が集結しています。あなたがおっしゃったように、兵器や武器はこっちのほうが確かに上です。しかし残念ながら兵士の士気、戦う情熱という点においては、ヴェトナム軍のほうが勝っている。ハングリー精神が違うのです。解放軍の十三万人は広州軍管区から送られています。あれは最も裕福な軍管区です。兵士たちは常日ごろ建設現場で働き、ボーナスまでもらっている。司令官や幹部が地元の不動産業者と組んで、ビル建設で私腹を肥やしているのです。ナイトクラブを経営している幹部もいて、兵士をウエーターや皿洗いに使っている者もいます。ペイは軍からもらうよりも多い。もちろん軍規違反です。これまで司令官も含めた三十人以上の幹部を罷免《ひめん》したり、軍事法廷で裁きましたが、この腐敗はなくならない。そのような水に浸った兵士と、貧しくとも必死に祖国のために己を犠牲にする兵士とどっちが戦場で働けると思いますか。かつて朝鮮戦争で毛沢東主席は二十万人の解放軍を送り込みました。あれによって北朝鮮は劣勢を挽回できた。なぜなら当時の解放軍は今のヴェトナム軍同様、貧しくともタフだったからです。毛主席は御自分の息子さんさえあの戦争に送り込んだ。そしてその息子さんは戦場で亡くなった。今の広州軍管区の兵士の中で共産党幹部の息子がひとりでもいますか。幹部クラスにはいるでしょうが、下級将校や下士官、一般兵の中にはひとりもいません」

呂が黙り込んだ。

「それについては、うちの工作員も同じようなことをいってきています」

許報国がいった。

「東京にいる工作員ですが、前回のミーティングでちょっと話に出た城島という男から、ヴェトナム筋の情報として訊き出したのですが、ヴェトナム軍はかなり鼻息が荒く、七九年に二十万人を相手に勝ったのに、やわな広州軍管区の兵士に勝てないはずがないと考えているらしいです。そして緒戦に勝ったら、そのまま中国内陸部に侵攻して、中国領を占領することも計画しているというのです」

余少将が呂を見据えた。

「副書記、あなたが国家を思う心には一点の私心もないことを私はよく知っています。私だって、できればヴェトナムを捻り潰したい。だが現実はそう単純ではない。こちらが最初の一発を撃ったら、ヴェトナムは待ってましたとばかりに反撃してくる。そして許次長がいったように、わが国内部に侵攻してくる可能性があります。いずれは退却させることはできるでしょうが、今のわれわれにヴェトナムを相手に戦う余裕と必要があるでしょうか。新疆はどうなります？　雲南省や貴州省、四川省での農民暴動はどうなりますか？」

重い沈黙……。

「あなたのおっしゃる通りです」

呂が静かにいった。

「私の無知な発言を許していただきたい」

「許すも許さないもありません。われわれはみな愛する国家のために働いているんです」

余少将がいった。そして王勝拳に向かって、

「ヴェトナムとは話し合いの路線で続けてください。みなさん、それでよいですね」

出席者がうなずいた。

「さて、ヴェトナムよりさし迫った問題があります。ほかでもない、新疆問題です。わが政府は公式にはあれは事故だったと発表しています。しかし少なくともここにいるメンバーでそれを信じている者はひとりもいないと思います。そこで今日は宗清宅国家公安部副部長に特別に出席していただいて、公安が集めた最新情報とそれにもとづいた状況分析を行ってもらおうと思います。またみなさんのそれぞれの部署でも情報収集に努

めているとは思うが、何か真新しい情報があったら、どんなことでもこの場でいっていただきたい。それでは宗副部長、どうぞ」

宗が小さく咳払いをした。骨太の典型的な警察官という感じだ。

「少将が今おっしゃったように、われわれ公安部もあの新疆での爆破は事故とは見ていません。大量のC－4が使われたのは明白です。しかし人民に不安を与えないため、事故だったと発表したわけです。情報を収集していくうちに、いくつかの新たな事実が浮かび上がってきました。まずあの大爆発が起きる約二時間前、ウルムチのウイグル人地区で一軒の民家が爆発しました。中にC－4が仕掛けられていたのです。その家の持ち主はアトマバイエフというカザフ人で、表向きはぶどう栽培をする農民でした。だが本業は、少数民族の分離主義者に武器を横流しする武器商人です。彼が爆発で死んだかどうかはまだ不明です。ただ爆発直前に不審な男たちを見たという近所の人間の証言があります。その男たちは漢人で、身なりはみすぼらしく流れ者の民工《ミンゴン》のようだったといっています。おかしいのは爆発当時、アトマバイエフの家は人民解放軍の監視下にあったのです。五人の兵士が家を囲んでいたのですが、爆発以後、彼らは行方知れずで、彼らの乗っていたジープは、あとになってウルムチから約百五十キロ離れた山中の谷底で発見されました。これらの事実は単なる点であって、油田の爆発にはまったく関係ないかもしれません。アトマバイエフの家を監視していた兵士が彼の家を爆破するなど考えられませんし。彼らはみな漢民族ですから」

「近所の人間が見たという民工らしき男たちについては、その後、何も出てこなかったのですか」

「ええ、ちょっと見ただけで、しかもかなりの距離があったので顔は見えなかったということです。最悪の事態として考えられるのは、その男たちは新疆第五油田を爆破するために武器が必要だった。それを得るためにアトマバイエフの家のそばをうろうろしていた。しかし兵士が監視していた」

といってから少し考えて、

「だめですね。つながらない。それに漢人があんなことをやるわけがないし」

「宗副部長」

余少将がいった。

「その前提は忘れたほうがいいんじゃないですかね」

「……？」

「漢人は破壊工作をしないという前提ですよ。今、内陸部で起こっていることを見れば、一目瞭然ではないですか。政府の建物は壊され、何人公安員が殺されたり負傷したりしていますか。それをやっているのは、大部分が漢民族の農民ではないですか」

「確かにおっしゃる通りです。恥ずかしながらつい先入観の虜《とりこ》になってしまっていますね」

そのとき宗の携帯電話が鳴った。

「ちょっと失礼します」

宗の顔が見る見る蒼白になった。

電話を切って、みなを見まわした。

「新疆支局から、たった今、連絡が入ったそうです。アトマバイエフの家の裏庭から例の五人の兵士の死体が発見されました。全員制服は着ておらず下着姿で、四人は首を完全に切り取られて、あとのひとりは半分だけ切られていたとのことです」

「あなたの推理は正しかったじゃないですか」

少将の言葉にうなずきながら宗が、

「うれしいことではありませんね。兵士が五人も殺されたのですから。しかも残忍きわまりない方法で」

許報国がしたり顔で、

「彼らは邪魔な兵士を殺して制服を奪った。そしてアトマバイエフから武器を奪って、兵士たちのジープを使い、第五油田に行って仕事を成し遂げた。ぴったり合うじゃないですか」

「だとしたら、彼らは何者なのでしょうね」

呂が混乱した表情でいった。

「ただの民工がそんな大それたことができるわけがないし、だいいち首をちょん切るなどといった技術を持ち合わせていないでしょう」

「訓練されたプロの兵士ならピアノ線一本でできますよ」

余少将がさらりといってのけた。

「ということは、プロの外国兵士がわが国に入ってきているということですか⁉」

「外国兵とは限りませんよ。人民解放軍に籍をおいていた者かもしれませんからね」

「アメリカが背後にいるということも考えられますね」

と呂。

「それはどうですかね」

外交部の王がいった。

「外交的にわれわれはアメリカとはうまくいっています。もちろんいくつかの問題はありますが、わが国に混乱を巻き起こす理由となるほどのものではありません。彼らはわが国に莫大な投資をしています。その投資がパーになるような事態を招くことはしないはずです」

「しかし忘れてならないこともありますよ」

楊澄林が真剣な表情でいった。

「九一年にソ連邦が崩壊したとき、アメリカの国務長官や国防長官は二度ともうひとつのスーパーパワーの出現は許さないといった。その後、ペンタゴンは、公に中国はいずれ分裂する、そのほうが世界のためにはよいと発表して、一連の分析キャンペーンを行った。香港や台湾の新聞やテレビは、当時これを大きく扱っていましたよね。私がいいたいのは、アメリカという国は本音と建前が極端に違うということです。われわれにじゃぶじゃぶ金をつぎ込んで、ある日突然不当な要求をして、それを断ったら金を断つということだって考えられます。あの国に対しては決して油断はできません」

「しかし現実的に見て、今現在はそういうことはあり得ません」

王がごく断定的な口調でいった。

「あなたの楽観主義を分かち合いたい。だが今われわれがおかれた状況はそれを許さない。つい先日、わが国の偵察衛星がすべて故障してしまったことだって、裏に何があるかわからない。アメリカがサボタージュしたことだって考えられると私は思っているんだ」

「あれは〝岩嵐〟が当たって故障したと宇宙開発研究所がいってるじゃないですか。疑心暗鬼に陥ったらきりがありませんよ」

楊が何かいおうとしたが、余少将が割って入った。

「いずれにしても一連の出来事は偶然ではなく、何か大きな絵の一部ではないかと私は思うのです。前回の会合のときから私は何か心に引っかかるものを感じていました。それがだんだんとはっきりしてきてるように思われるのです。まだ理論立てて説明はできませんが、ただひとつだけいえるのは、ヴェトナム、新疆そして内陸部の農民暴動と、ここにきて、わが国の弱点が衝かれています。これだけ同時に起こるなんておかしいとは思いませんか。偶然にしてはタイミングが合いすぎるのではないでしょうか。結論として私が考えるには、われわれが今直面している一連の状況にはつながりがあり、誰かが後ろで糸を引いている。それが個人か国家かはわかりませんが。今までにも農民暴動はありました。だが公安や人民解放軍が出動すればすぐに止んだ。今回は違います。農民は退かない。逆に公安のほうが対決を避けています。この一ヵ月ちょっとで暴動は燎《りよう》原《げん》の火のごとく広まりました。四川省、貴州省、雲南省。昨日の報告では陝西省や広《コアン》西壮《シーチワン》族自治区にも火がつきつつあるといっています。それに新疆での少数民族による破壊工作はあの第五油田爆破のあと一挙に増加しました。これだけ組織的な動きができるのは、リーダーシップがなければ到底無理です」

「それは飛躍しすぎですよ、少将。農民の中から太平天国の洪秀全《ホンシユウチエン》のようなリーダーが出てきているというわけですか」

皮肉を込めた口調で楊澄林がいった。

「それを調べるのは宗副部長の管轄です。どうなんです、宗さん」

「確かに少将のおっしゃるように、今回の農民暴動はこれまでとはまったく違います。動きのパターンひとつ取っても組織的かつ論理的です。たとえば四川省での動きについていえば、一ヵ月半前に暴動は南部の叙永《シューユン》で始まり、その後、北に向かって瀘州《ルーチョウ》との間にある町や村で暴れ、その後、永川《ユンチョワン》の郊外を通り抜け西に向かって、内江《ネイチアン》や自貢《ツーコン》などの郊外の村々を吸い込んで雅安《ヤーアン》に達し、その後は南下しています。特徴は成都《チョンドウ》や重慶《チョンチン》、内江などの都市を避けていることです。都市部で暴動を起こすのは不利と見ているからでしょう。同じようなパターンは貴州省でも雲南省でも見られます。暴動の指導者は明らかに農村が都市を席巻するというかつての毛主席の言葉を信じている者でしょう」

「あなたまで指導者がいるというのか」

興奮した楊のトーンだった。

宗がうなずいて、

「その計算されたようなパターンと結果を見せつけられると、そうとしか考えられません」

「感心してられちゃ困るんですよ。あなたは公安副部長でしょう」

「感心しているつもりはまったくありません。状況を説明しているだけです。こんな状況は前代未聞だということを理解していただきたいのです」

「もしあなたのいうように農民暴動の指導者がいたとしましょう。その指導者を捕まえるために公安はどういう手を打っているのです」

「情報収集をしています。内部通報者を捜したり、捜査官を潜り込ませたりもしています」

「しかしその効果はない。そうでしょう？　もし効果があったら、今ごろ暴動は抑えられているはずですからね」

宗の表情にいらだちが映った。

「そう決めつけられては困ります。今もいったように前例がないほどのスケールとスピードで暴動は起こっているのです。われわれだって最善は尽くしているんですから」

「かつてあなた方は鬼の公安と恐れられていた。だが今じゃ農民たちから逃げまわっている者もいるというではないか。それが最善を尽くしている姿か」

宗がキレた。

「ではいわせてもらうが、あなたは党中央情報部局長という立派な地位にある。そのあなたはいったい何をしているのだ。ただ人を批判しているだけではないか」

「ちょっと待った！」

余少将が声を上げた。

「落ち着いてください。お互い非難の応酬なんてしても何のプラスにもならないでしょう。それよりどうやって今の状況を打開するかを議論すべきでしょう」

といってからひと息入れて、

「現在われわれの前に三つの大きな問題が横たわっている。ヴェトナム、新疆、農民暴動です。そのうち最も早急に答えを出さねばならないのは、農民暴動だと私は思います。暴動がこのまま膨らんだら、最終的に行き着くところは都市部です。金持ちになって政治に興味を示す余裕を得た富裕層や、インテリ、学生などが農民とくっついたら、その破壊力は半端ではありません。天安門事件などかすんで見えること間違いない。そして共産党は葬り去られる。こんなことは絶対に許してはなりません」

少将の言葉にみながうなずいた。

軍事委員会副書記の呂文光がおもむろに口を開いた。

「農民暴動をまず何とかせねばならないという少将の意見には賛成です。いつごろどうやってそれを鎮められるかについては、宗副部長も認めたように、今のところはまったくわからない。指導者がいても、逮捕するのにはこれまた時間がかかります。ですから、力で抑えることはさしあたって無理と判断しておいたほうがいいと思います。もちろん公安にはその努力は続けてもらいますが。それでは力以外のものを使うとしたら、どのような手があるか。今の私にはその答えはひとつしか浮かんできません。人民のナショナリズムに訴えるのです。これは過去に日本に対してやりましたが、非常に効果がありました。われわれさえ恐ろしくなるほど人民は食らいつきましたよね」

少将が首をかしげて、

「しかし暴動中の農民はナショナリズムなど抱きますかね。自分たちの胃袋を満たすことで精一杯なんですから」

「それはターゲットによります。正しいターゲットさえ選べば、農民たちとて食らいついてきます」

「しかしターゲットといっても、日本はもう使い古したし、今さらアメリカ帝国主義は陳腐すぎるでしょう」

呂が得意満面に周囲を見回して、

「台湾ですよ。最高の切り札じゃないですか。そのために〝身構える虎〟という具体的作戦もある。今こそあの作戦を発動すべきです。そして主席が人民に呼びかけるのです。台湾を武力で取り戻すことにした、と。人民は政府と共産党を百パーセント支持します」

長い沈黙。出席者はみな呂のいったことを頭の中で消化しているようだった。

だが余少将の表情は違った。怒りに満ちた表情で呂を見つめていた。少なくとも二人の出席者は、国家の最高機密である〝身構える虎〟についてはまったく知らない。それなのに呂はいとも簡単にしゃべってしまったのだ。

最初に口を開いたのは、外交部特別局の王勝拳だった。

「何ですか、その〝身構える虎〟というのは？」

「私も初めて聞きました」

と宗。

すかさず余少将が、

「それについては知らないほうがいいでしょう。もし知ったら、あなた方を殺さねばならなくなりますから」

ドスの利いたその言葉に王と宗は青くなった。しかしもっと青くなったのは、呂文光だった。国家機密については、それを知らぬ者の前では絶対に口にしてはならないというのが鉄則である。

余少将が氷のような表情で呂を見据えた。

「少将、どうか見過ごしてください」

呂の唇はわなわなと震えていた。

「ついはずみでいってしまったのです。しかし内容はいってませんし、どうかお願いします」

「だが作戦名を漏らした。それだけで重罪に値します。さあ出ていってください。軍事委員会に報告しておきます。あとの処置は懲罰委員会にゆだねます」

「楊さん、何とかいってください」

呂が楊に助けを求めた。

しかし楊は彼から目をそらした。

呂がふらふらと立ち上がって出口へ向かった。振り返った目に涙が溢れていた。

「つい口が滑ってしまっただけなのに、それを大目に見る寛容さも友情もないのですか」

「酔っ払ってどうでもいいような機密をしゃべって、国家反逆罪で死刑になった者が何人かいた。あなたは国家の最高機密を口にした。もはや国家はあなたを必要としない。だがこれまでの功績に免じて、あなたのためには助命嘆願をしてやろう」

呂が出ていったあと、少将が王と宗に席をはずすよういった。

「あなたがたに迷惑はかけられない。呂文光がいったことは忘れてください」

二人はほっとした表情で部屋をあとにした。残ったのは三人だけとなった。心なしか楊も許も緊張しているようだった。

「楊局長、呂のいったことについてどう思いますか」

「あんなことをいうべきではなかったですよ。調子に乗りすぎです」

「そのことを訊いたのではありません。〝身構える虎〟作戦を現状打開の選択肢として考えるべきかどうか。あなたはどう思いますか。忌憚《きたん》のない意見をいってください」

「ナショナリズムを喚起するというのは正しい線だと思います。数年前日本に対して行ったキャンペーンでは、人民が食らいつきました。サッカーファンさえ日本国国歌にブーイングを浴びせた。あのあとは日本人経営の店が焼き打ちされたり、日本大使館も攻撃の的になりました。正直いって、あれには私自身怖くなりました。台湾武力統一となれば人民のナショナリズムは頂点に達すると思います。香港返還を思い出してください。あのとき国家と人民は完全に一体化したではないですか。台湾統一はあのとき以上の連帯感を人民の心にもたらします。農民暴動を止める求心力となるのは間違いないでしょう。ただ〝身構える虎〟作戦は奇襲電撃作戦です。アメリカが介入しようとするときは、すでに遅いという前提で作られています。ですから、呂氏がいったように国家主席がどんな形にせよ、事前にそれについて発表するなどもってのほかです。世界が知ったときは、統一という既成事実ができあがってなければならないからです」

少将がうなずいて許に目をやった。

「許次長はどう思います？」

「私は楊局長ほど楽観視はしていませんが、現状からして〝身構える虎〟作戦を発動するしか選択肢はないと思います。しかし、あくまでそれは一時的なものにすぎないということを強調したい。確かに楊局長がおっしゃったように香港返還のときは党、政府、人民は強烈なナショナリズムで結ばれていました。だが内陸部で暴動が頻繁に起きるようになったのは、あの一年後です。農民問題を抜本的に解決しない限りは、ナショナリズム喚起は線香花火に終わってしまうでしょう」

「しかし一時的とはいえ〝身構える虎〟は効き目があるというわけですね？」

許が悲しげにうなずきながら、

「ほかに選択肢は考えられません」

「少将はどうお考えなんです？」

楊が訊いた。

うーんと唸って、少将が腕を組んで空を見つめた。彼としては選択肢がこれしかないという許の考えに賛成だった。しかし実行するとなると話が違ってくる。

「問題は現状で作戦発動が可能かということです」

〝身構える虎〟作戦は、まず四川省の山の中に配備されている中距離ミサイルを台湾に向けて発射することから始まる。それらのミサイルは成都軍管区が管理している。その直後、福建省沿海部に配備された短距離ミサイルがいっせいに発射されて台北《タイペイ》、台中《タイチョン》、台南《タイナン》のインフラストラクチャーを破壊する。その後、人民解放軍の野戦部隊が上陸艇で台湾への怒濤《どとう》の侵攻を敢行する。その数は台湾陸軍の二十万人の倍に当たる四十万。この部隊は広州軍管区と南京軍管区が核となる。しかし現在広州軍管区の兵士の半分以上は、ヴェトナム国境に張りついている。七つの軍管区の中でノーマルな状態にあるのは済南、瀋陽、南京、北京の四つだけだ。北京は首都防衛が任務だから動かすわけにはいかない。瀋陽軍管区は北朝鮮からの難民を食い止めるために、十五万の兵士を国境地帯に展開させている。となると使えるのは南京と済南だけということになる。しかし南京の二十五万と済南の十九万を全部動員はできない。せいぜい半分ずつがいいところだろう。となると二十二、三万で作戦に必要な四十万人とはほど遠い。

「ミサイルの雨で台湾軍の士気を落とし撃破することはできるでしょうが、作戦の中心となるのは圧倒的なマンパワーです。それがそろわないことには話になりません」

「新疆に展開している成都と蘭州軍管区の兵士をまわしてもらうというのはどうですか。あそこはすでに二十万の公安がいるわけですから。それに北京軍管区からも十万は出せるのでは？」

と楊。

「可能ですが、時間的にどうですかねぇ。まとめるのには少なくとも一ヵ月はみないと」

「それでいいじゃないですか。重要なのは今われわれが決断することです。そして軍事委員会を説得することです」

さまざまな思いが少将の脳裏をかすめた。

作戦が実行されたら、台湾だってただ叩かれるわけではない。彼らは優秀な空軍を持っている。沿海部の都市は台湾空軍の爆撃対象となる可能性は高い。それに一年後には北京オリンピックがある。作戦決行はその開催を危うくするだろう。またそれを理由に反対する軍事委員会のメンバーもいるかもしれない。

「政治的判断とやらが働くことがなきにしもあらずですね」

「といいますと？」

「来年のオリンピックですよ。あれを理由に作戦発動に反対する委員もいるかもしれません」

「作戦を実行すれば、当然、国際オリンピック委員会は北京での開催に難色を示すでしょう。しかしそれがどうしたというのです。国家の存亡がかかっているのに、オリンピックもないでしょう。それに困るのは彼らです。一年のうちにほかの場所を探すのは、容易なことではありませんからね。世界の国々はわが国を非難するでしょうが、そんなことはすぐ忘れますよ。それが現代人というものです」

少将の腹は決まった。

「作戦発動でいきましょう。私はこれから総参謀部の将軍たちと会議を開きます。楊さん、あなたは党の幹部や軍事委員会の面々に説明してください。許さんには各省庁のトップに説明してもらいます。いいですね」

第十章　攻　撃

グルジア　首都トビリシ

ホテルから議会ビルまでタクシーで五分とかからなかった。その建物は、いかめしいスターリン建築の典型ともいうべきものだった。サイズの差はあれ、トビリシ市内にはこのような昔の建築物が多い。スターリンの遺産である。

かつてソ連を支配した独裁者スターリンは、グルジア出身だった。彼は惜しみなくグルジアに補助金を注ぎ込み、そのおかげでトビリシやスフミなどの街は、インフラはもとより町並みも整備された。しかしスターリンの死後、フルシチョフによって補助金は打ち切られた。もともと貧しい農業国であったグルジアにとって、政府からの援助を失ったのは大きな打撃だった。結果として、電気や水道、ガスなどのインフラのメンテナンスさえできない状況に追い込まれた。

一九九一年、ソ連邦崩壊とともに、グルジアは独立国家となったが、人々の貧しさは変わらず、政治家や官僚の腐敗はソ連邦時代よりはびこり、マフィアが国の経済の半分を握っているといわれている。

議会のゲートに何人かの守衛が立っていた。入念なボディチェックが行われ、面会する相手の名前と目的を書き込むための書類を渡された。エドワルド・ムサシビリの名前を書くと、守衛たちの態度が変わった。中のひとりがわざわざ地下の議員会館にあるムサシビリの部屋の前まで案内してくれた。これだけ守衛が親切にしてくれるところをみると、よほどムサシビリは議員として人望があるのか、それとも裏の顔でこわもてしているのかのどちらかだろう。今のグルジアを考えると、多分後者のほうだろうと織田は思った。

秘書に案内されて奥の部屋に入った。六畳ほどのこぢんまりとした部屋だった。正面に机があり、その向こうにムサシビリがすわっていた。スポーツ刈りででっぷりと太っている。どこかで見た顔だという感じがした。

ムサシビリが立ち上がって、机越しに手を伸ばした。織田がそれを握った。

腰をおろして周囲を見まわした。壁に何枚かの写真が額に収められて飾られている。みなムサシビリが柔道着を着ている写真だった。

「やっぱりあなたでしたか。確かアトランタ　オリンピックの八十キロクラスでしたよね」

「覚えていてくださって光栄です」

「柔道家から政治家ですか」

「ここでは、スポーツから転身するには政治が一番手っ取り早いのです」

「政治とスポーツ、どっちが難しいですか」

「スポーツはあくまで結果が重視されますから、常に鍛練し、肉体的にも精神的にも最高のコンディションにあることが要求されます。しかし政治家は何をするかでなく、何をいうかで人々から判断されますからずっと楽です」

「将来はスポーツ大臣ですね」

「いやそれはないでしょう。競争相手が多すぎますから。地位や名誉よりこれからは金です。ですからこうしてあなたとお会いしているのです」

織田が黙ってうなずいた。共産主義下で育った人間はこういうことをはっきりという。西側の価値観では考えられないことだ。

「あなたの仕事については、マンスール氏から聞きました。ロシア内務省にいる友人にもチェックしましたが、筋金入りの傭兵部隊を率いておられるといってました。仕事を頼んだが断られたとも」

「あれはあまりに突然だったからです」

ムサシビリが笑いながら、

「私にとっても、あなたからの話は突然でした。もしマンスール氏が間に入ってなければ、この話を断っていたでしょう。アメリカやEUがよく囮《おとり》を使ってアプローチしてくるのです。おわかりでしょう?」

リスクが高いので値段も高いといいたいのだろう。

織田がすっとぼけて、

「そうでしょうね。ソ連邦が崩壊してから百以上のブツが消えてしまっているんですからね。KGBの幹部が一個百万ドルぐらいでほうぼうに売ったなんてことは耳にしてます」

「どこでそんな話をお聞きになったのかは知りませんが、とんでもない嘘です。ケタが違います」

「しかしマンスール氏がいってましたよ。あのころはT-72戦車がベンツよりも安く武器市場に流れていた、と」

「まあひとつの帝国が崩壊したのですから、いろいろあったことは確かですがね。ところでお訊きしたいのですが、ブツはハイエナ軍団として使うのですか。それともあなた個人で?」

「軍団が請け負ってる仕事のためです」

「使う場所はこの近くではないでしょうね」

「かなり離れていますからご心配なく」

織田がいらつき始めた。

「なんだかテストを受けているようですね」

「私にも一定のモラル規準がありますので」

織田が皮肉っぽい笑いを浮かべた。これぞギャングスターモラリティというやつだ。

「レッツ カットザ クラップ アンド クローズ ザ ファッキング ディール、ミスター」

ムサシビリの顔から笑いが消えた。

「わかりました。一個五千万ドルです」

「冗談をいっては困ります。一個二千万ドル払いましょう」

ムサシビリが首を振った。

「四千万ドル。びた一文まけられません」

「そんな値段で売れると思いますか。ソ連崩壊以来、あなた方はブツを何とかさばこうとしてきた。だが買い手がつかない。高すぎるからだ。今ブツがどこに眠っているかは知らないが、そろそろ在庫整理をしなくては価値がなくなるのではないですか」

「その点はご心配なく。メンテは専門家がちゃんとやってますから」

「二千五百万ドル」

「三千五百。これ以上譲ったら仲間に殺されます」

「その仲間たちは今も世界中を飛びまわっている。アルカイーダやイスラム戦線に話を持っていってるが、ひとつも売れない。時代はバブルじゃないんですよ。オサマ・ビン・ラディンだって資金がなくなりつつあるんです。なのに私は三つ買うといってるんです。しかもマンスール氏にもコミッションを払わねばならない。三千万ドル。これが最終オファーです。だめならこのまま空港へ向かいます。パキスタンのカーン博士に当たってみます。彼なら現実主義者ですから、もっと柔軟な姿勢を見せるでしょうからね」

「だが彼のは大型ですよ。運搬に手間がかかります」

織田が肩をすくめた。

「かつてはB－25プロペラ機を使ってできたのですから、大した手間はかかりません」

ムサシビリは必死に考えているようだった。これは落ちると織田は思った。

「取引なんて縁の問題です。成立しなかったら、私はブツを得られない。あなたは九千万ドルが手に入らない」

「………」

「お互い痛み分けですが、私にはほかにオプションがある」

「わかりました。三千万ドルで手を打ちましょう」

二人が握手を交わした。こういうことには契約書は作れない。互いの信頼だけがベースである。

「支払いの半分は今、残りはデリヴァリーが終わったとき。それでいいですね」

「デリヴァリーはこちらがやるんですか」

「それが武器市場のルールでしょう」

「いつごろどちらに?」

「期限的には今から一週間半以内。二つは極東ロシアと多分カザフスタン周辺。詳しくは追って知らせます」

「残りの一つはどちらへ?」

「アブド・マンスール氏にデリヴァーしてください。彼に保管してもらいますので」

アブドの驚愕した顔が目に浮かぶ。だが百万ドルものつなぎ料を支払うのだ。そのぐらい頼んでも罰《ばち》は当たらない。

織田が携帯を取り出して何やら打ち込んだ。それをムサシビリに渡した。

「あなたの銀行名と口座番号を入れてください」

ムサシビリがいわれた通りにした。

織田に携帯を返した。

トランスファー終了の表示が出た。

「これで半分の支払いは終了しました」

ムサシビリが疑いの眼差しで織田の携帯を見つめた。

「念のためチェックさせてもらいますよ。何しろ金額が金額ですからね」

自分の携帯で銀行に電話した。二言、三言ロシア語で話した。ムサシビリが満足そうに携帯を閉じた。

「確かに金は入ってます」

「現物を見せてもらいましょうか」

「いいでしょう。ちょっと離れているところですが、時間は大丈夫ですか」

「夜のモスクワ便ですから、時間はあります」

その場所はトビリシ市郊外にあった。かなり頑丈そうで大きな建物だ。屈強な体格をした男たちがライフルを手にあちこちに立っている。ひと目でマフィアのソールジャーとわかる。

この建物は旧KGBの倉庫だったとムサシビリがいった。九一年に旧ソ連邦が崩壊し、その後、国家財産が私有化という名のもとに売りに出されたとき、不動産や石油利権などが驚くべき安い値段で民間に買い取られた。それらの民間人の大部分がマフィアだった。その後、彼らはニューリッチとしてロシアやほかの共和国の経済を牛耳った。多分この建物もグルジア マフィアが所有しているのだろう。

建物の中はきちんと整理整頓されていた。ライフル、ピストル、地雷などの小火器から火炎放射器、高射砲、対空ミサイル、空対地ミサイル、アメリカ製のブラッドレー装甲車やハンヴィー《——高機動汎用装輪車輌——》などがそれぞれのスペースにおかれ、さながら武器と兵器の博物館の様相を呈している。

ラインの最後に戦車が置かれていた。ロシア製のT－72やドイツ製レオパルド2、イスラエル製のメルカバなどがある。T－72はともかくとして、レオパルドやメルカバがなぜこんなところにあるのか普通では考えられない。しかし普通ではなく何でもありなのがこの世界だ。

突き当たりに鋼鉄のドアーがあった。そばに武装した二人の男が立っていた。ムサシビリがドアーを開けるよう命じた。中はひやっとしていた。湿度も低い。部屋はそれほど大きくはないが、壁が鉄板でできていて窓はない。

「ここは核の攻撃にも耐えられるようにできているんです。さすがKGB、よく作りましたよ」

中央に長方形のテーブルがあり、シーツで覆われていた。ムサシビリがシーツを取った。長さ五十センチほどの楕円形の物体がきれいに並べられていた。

ムサシビリがドラマティックなジェスチャーをして、

「ミート〝ナスティ・ボーイズ〟」

織田がそのひとつに手で触れてみた。冷たい感触が体中に伝わってくる。

「破壊力は？」

「一キロトンです。都市部で使えば爆発地点から五キロ四方にある建物や人間は破壊されます」

「タイマーのリミットは？」

「十二時間です。このボタンを押してタイマーをセットします。次に確認か取り消しのサインが出ます。確認を押せばタイマーオンとなり起爆装置が動き出します。取り消すにはタイマーを二度押せば、確認か取り消しのサインがまた出ます。取り消しのサインを押してもう一度タイマーを押せば起爆装置は止まります。取り消しは三十分前まで大丈夫です」

「リモコンでの起爆は可能ですか」

「可能でしたが、GPSによる操作になりますので、今のロシアにはこれと互換性がある衛星はないのです」

ということは遠隔操作は不可能ということだ。それがテロリストに売れない理由のひとつかもしれない。しかし起爆装置をオンにしてから十二時間あれば十分だ。

「納得していただけましたか」

織田がうなずいて、

「これらの〝ナスティ・ボーイズ〟がダッド《不良品》ということはないでしょうね」

「私の知る限りにおいてはあり得ません」

「もしダッドだったら、どうなるかはおわかりですよね」

「そのときは金は全額返します」

「いやそれではすみません」

「じゃどうすればいいんです」

織田がその射るような冷たい眼差しでムサシビリを見つめた。

「あなたとあなたの仲間の命で返してもらいます」

ブラボー島

ドアーが開いて韓《ハン》大尉が二人の将校を従えて入ってきた。

「韓大尉、ラシード中尉、ラオ少尉とともに報告に参りました」

「楽にしてくれ」

三人がソファに腰をおろした。

レコネッサンス チームは徐々にブラボー島に帰ってきた。最後になったのは、シリアとスーダンに行った十人と、彼らにパリで合流した韓大尉だった。その彼らが帰ってきたのが今日の午後。

「任務完了しました」

韓大尉がいった。

「よくやった。これでシリアもスーダンも石油の輸出はしばらくできないことになったな」

「しかし中佐殿」

パキスタン人のラシード中尉がいった。

「シリアはあのあと何も発表していません。現地のテレビも新聞も取り上げていませんでした」

「スーダンも同じです。あれだけの破壊を与えたのにハルツーム政府はだんまりを決め込んでいます」

とラオ少尉。

シリアとスーダンは最大の油田が爆破されたにもかかわらず、それを発表しなかった。しかし織田は城島経由で送られてきたNSAの衛星写真でそれを確認した。

「それでいいんだよ。肝心なのは中国が知ったということだから。今ごろ現地の連絡員から知らせを受けて、中国政府はあわてているだろうよ」

それより織田が気がかりだったのは、ヨーロッパでのアラブ人暗殺の結果だった。ニュースをいくら追っても、アラブ人プリンスが死んだという記事は見当たらなかったからだ。城島に頼んでジュネーヴのコネクションにチェックしてもらったが、彼らも知り得なかった。

いったいどうなったのか？

「写真にあったトップ5、プラス三人は確実に消しました。残りはあわててパリやロンドンから姿を消しました」

韓大尉がきっぱりといった。

「多分国に帰ったのだと考えます」

「あのトップ5は重要人物だ。奴らが死んだのに、なぜヘラルド・トリビューンや地元の新聞に載らないんだ」

「死に方がちょっとグロテスクすぎて、サウジやクウェートの大使館は発表しづらかったのではないでしょうか。それで現地の外務省に彼らの死をオフレコにしてくれと頼んだのでは」

あり得る話ではある。彼らアラブ人はメンツを何よりも大事にする。女と寝ているところを襲われて、首を切られるなどは最も恥ずかしいことである。多分彼らの死は、今から数週間後に病気療養中に死亡したとか、事故で死んだと発表されるのだろう。

「無駄な仕事だったかもしれんな。中国行きのプリンス　オイルは止まらないかも」

「しかしメッセージは残しておきましたから、生き残ったプリンスたちは考えるかもしれません」

「どんなメッセージだ？」

「〝中国に油を売るアラブ人に死を！〟です」

織田が苦笑いしながら、

「デリカシーもへったくれもないな」

「でも彼らは、イスラエル機関を連想するのではないでしょうか。彼らが最も恐れ、いつも頭から離れないのはモサドです。狙われたら最後と思ってます。そこから勝手にイマジネーションを拡大してくれればいいのですが」

「まあそう祈ろう。ところで韓大尉、ヨーロッパのマスコミはこのところの中国の様子についてどう扱っていた？」

「ごく普通です。ただ内陸部の農民暴動については特集のようなものを組んでいました。しかしカメラや記者が入れるわけはないので、ごく凡庸で評論的なことしかいってませんでしたね」

少なくともNSAからのメディアへのリークは今のところないようだ。

「中佐殿、作戦は成功裏に進んでいるのですか」

「これまではね。もしヨーロッパ人やアメリカ人が実際に中国国内で起きていることを知ったら、腰を抜かすこと間違いない」

「そんなにうまくいってるんですか」

「うまくいきすぎているから心配なんだ。中国政府だって必死だ。せっぱ詰まって〝身構える虎〟作戦を実行するかもしれない。そうなったら、われわれがこれまでやってきたことは無になる。ゲーム　イズ　オーヴァーだ」

「時間との戦いということになりますね」

「君たちには悪いが、明日出発することにする。ラオ少尉は七人の隊員を連れてインドとチベットの国境へ、ラシード中尉はハク軍曹とパキスタンのデムチョクから中国領を襲ってもらう。両地域に関してはジャンナーム軍曹とハク軍曹がそれぞれレコネッサンスを終了している。国境ではあまり深入りするな。与えられた任務だけきっちりと遂行すればいいんだ。オペレーションが終わったら、速やかにここへ帰ってくること」

といって二枚の写真と何やら漢字で書いてある手紙をラオに手渡した。

「これは何です？」

「北京への警告書だ」

「この写真はポルノにしてはリアリティがありすぎますね」

「それは外交部の常務理事と奥さんが、香港で若い男女の俳優たちと乱行パーティに耽っている光景だ。もう一枚は政治局の大物が女連れでマカオでギャンブルをやってる光景だ。使い方はわかってるな」

「確実に北京のお偉方に届くようにすればいいんですね」

その夜、織田のもとに呉元安《ウーイエンアン》中尉から電話が入った。今、陝西省延安《イエンアン》の郊外にいるという。新疆や内陸部でのこれまでの活動をざっと報告した。

「あの新疆での花火は見事だったよ、中尉。あれで作戦に弾みがついたんだ。大殊勲賞だ」

「ありがとうございます。しかし中佐殿、ここ陝西省は内陸部ですが、ひと味違います」

中尉が陝西省の状況について説明した。それによると陝西省内部は、四川省や貴州省などにくらべると農民たちにとってははるかに厳しいという。公安の対応方法が急に変わりアグレッシヴになったからだ。

「公安本部はここいらへんで反撃に出なければと考えたのでしょうね。農民暴動に遭ったら、どんな小さな規模でも、即、強硬手段で抑えるよう命令されているらしいです」

これまで何度か加わった農民のデモに、ヘリコプターから無差別的な発砲があって少なからぬ犠牲者が出たという。さらに呉は農民たちから暴行を受けた公安員の話として、かなりの数の公安リザーヴが駆り出され内陸部に送られつつあるという。そして彼らが四川省や雲南省で人民解放軍に取って代わっているともいう。

「そりゃまずいな」

「なぜです。いよいよ北京も真剣になってきた証拠じゃないですか」

「いや、それは違う。彼らは人民解放軍をリグループ《再編成》するつもりなんだ。ということは〝身構える虎〟作戦の発動を考えているということだ。いかに中国といえどもミサイルだけで台湾統一はできない。あくまで侵攻の核となるのは兵士なんだ」

といって、ちょっと間をおいてから、

「君たちの対農民工作は停止したほうがいいな」

「やめていいんですか」

「もう十分に目的は達した。斉《チー》大佐にも伝えておいてくれ」

「残念ですね。せっかくおもしろくなってきたのに」

「あとは成り行きにまかせたほうがいい。農民たちはいずれ敗れるだろうが、ここまで政府を追い詰めたんだ。共産党は農民政策を根本から見直さねばなるまい。ということはもっと内政に力を入れねばならないということだ。それだけでも戦略的価値はあったよ。あとはラオたちが西の国境、そして韓大尉たちが北の国境に風穴を開ける。そうすれば人民解放軍はさらに薄く広がる」

「そこで三峡ダムをやれば、とどめが刺せますね」

「それについてだが、作戦を変えることにしたんだ」

「……？」

「三峡ダム爆破は効果が高すぎるとおれは見る」

「といいますと？」

「あのダムは現在湖北、河南、江蘇など八つの省と上海や重慶などの直轄市に電力を送っている。中国経済の心臓部だ。もしダムを爆破したら、それらの地域全体がブラックアウト状態となる。電力が長期間ゼロになるのだ。その場合、人々はどう反応するだろうか。今でも電力不足で我慢しているのに、三峡ダムが運転不能となったら、産業の基盤はなくなるし、生活基盤も破壊される。中国経済躍進の象徴である上海のネオンも消える。人々の政府への信頼は根本から崩れる。今の農民の暴動とはまったく違ったレヴェルの反政府活動が始まるのは、想像に難くない。最終的に共産党政府は吹っ飛ぶだろう。それは今回のわれわれの作戦の目的ではない。そうだろう？」

「それはそうですが……」

もし共産党が崩壊したら、それは同時に中国という国が崩壊するということでもある。その場合、今回の危機とはまったく違った次元の危機が、アジア全体に訪れることになる。なにしろ十三億とも十四億ともいわれる人口をまとめる政府がなくなってしまうのだ。難民の数だけでも想像を絶するほどになり、一大ケイオスが支配することになる。

「ではわれわれは湖北省へは行く必要はないわけですね」

「そうだ。その代わり君とイシマエルは新疆に向かってくれ。黄《ホアン》軍曹と残りの者は、黒竜江《ヘイロンチアン》の黒河《ヘイホー》で韓大尉が率いる突撃隊と合流する」

「われわれは新疆で何をすればよろしいのでしょうか」

「おれと合流するんだ」

「しかしあそこは危険です。極東ロシアから入るほうがずっと簡単ですが」

「ところが新疆でなければならないんだ。極東ロシアからでは遠すぎる。そこで君に訊きたいのだが、カザフスタンとキルギスではどっちが新疆に入りやすいだろうか。もちろん通常のルート以外でだが。荷物があるんでね」

「新疆のどこに行くかによりますけど」

「ロップ・ノールだ」

「……？　かつての核実験場じゃないですか」

呉がちょっと考えた。

「中佐殿、一時間ください。ひょっとしたら一番の近道がわかる男がいるかもしれません」

それから一時間しないうちに呉が連絡をしてきた。新疆第五油田を爆破するために武器や爆薬を調達しに行ったとき会った、アトマバイエフという男について話した。

「彼はウルムチの自宅で人民解放軍の監視下にあったのですが、われわれが助け出して隣町に逃がしてやったのです。その後どうなったかわかりませんでしたが、ハッサン・イシマエルが調べたところ、まだ隣町に生きていました」

イシマエルがアトマバイエフから得た情報によると、カザフスタンのパンフィロフという町から真っすぐ南に約百五十キロ下った地点からなら簡単に新疆側に入れるという。その村の名はテンピン。キルギスとカザフスタンと中国の国境に位置する小さな村で、どの国の税関も設けられていないという。

「武器商人の彼が使うバックルートですから、確かだと思います。小さなホテルが一軒あって、アトマバイエフの名前をいえば、何でもオーケーとのことです」

「よし、それじゃ五日後にそこで会おう」

「今度は背広を着ますから、飛行機でウルムチまで行けます。時間は厳守します」

「すごい花火大会になりそうだな」

織田がくすくすと笑った。

「きつーい一発を北京の奴らに見舞ってやろうぜ」

それから織田はグルジアのムサシビリに電話を入れ、細部にわたるインストラクションを与えた。〝ナスティ・ボーイズ〟のひとつはテンピンに、そしてもうひとつは極東ロシアのブラゴヴェシチェンスクへと運ばれることになった。

「デッドラインは一週間。受け取り次第、残金は払い込みます。確実に届くでしょうね」

織田が念を押した。

「大丈夫でしょう。われわれにもバックルートがありますから」

「期日内に届かない場合は……」

「わかってますよ。必ず届けます。あなた方を敵にまわしたくはありませんからね」

中国とインドの国境地帯

ラオ少尉率いる小隊は、三日目に国境の村ソンガリの近くに着いた。デリーまではマニラからの飛行機で来たため楽だった。そこからはバスを乗り継いで来たのだが、最後の三十キロは歩かねばならなかった。標高三千メートルにあるソンガリ村へのバスはなかったからだ。武器はサイレンサーつきのルーガーをデリーのブラック　マーケットで手に入れた。あとは持ち込んだピアノ線とナイフだけ。

彼らのいるところから国境までは二キロ弱。すでに太陽は地平線の彼方に落ちかけていた。

少尉たちは草むらに身を潜めて作戦について話し合っていた。

レコネッサンスを率いたジャンナーム軍曹が、自分で作った地図を見せながら状況説明を行った。

「国境には緩衝地帯があります。中国側は五十メートル、こちら側も五十メートルです」

「地雷は?」

「六二年の中国との国境紛争のあと、両国とも地雷の撤去に同意しましたが、実際に守られたのはこの地帯だけです。ですから今はペンペン草が生えてます」

「素晴らしいじゃないか」

「世界広しといえども草が生えたバッファー ゾーンなんてそうないと思います」

さすがレコネッサンスを専門としているジャンナームだ。数ある国境警備ポストの中から最高の場所を選んでくれたものだと少尉は内心感心していた。

「緩衝地帯を越えると鉄条網が二重になっています。電流が通っているのは中国側だけですが、これは簡単にペンチで切断できます」

ジャンナームが歩哨のいる場所を指した。

「昼間はもっと多いのですが、夜の十二時過ぎは一キロの区間に五人しかいません」

「将兵用の住居はどこにあるんだ」

「約一キロ先にあります。常時百人が寝泊まりしています」

「インド側の宿舎は？」

「村にありますが、常駐兵士は三十人ほどです」

「こちら側の歩哨は？」

「監視塔があってひとりが立っていますが、五時間ごとに交替します。そのひとりを眠らすことができれば完璧なのですが」

「監視塔はどのくらいの高さなんだ」

「二十メートルです」

「腕のいい者に任せよう。サイレンサーもついていることだし」

「殺《や》るんですか」

「そのほうが都合がいいだろう。中国兵にやられたと思ってインド軍が反応するだろうし。そうなれば一挙にテンションが高まり、中国側は大量の兵士をここに張りつけなければならなくなる」

「そうなれば大成功ですね」

「とにかく君はよくやった。これだけのレコネッサンスの結果があれば、作戦が成功しないほうがおかしいというものだ」

といって隊員を見まわして、

「いいか、よく聞け。作戦は今夜実行する。ゼロアワーは十二時半。決して功を焦るなよ。各自がやることだけやればそれでいい。余計なことはするな。まだ時間があるからゆっくり休んでおけ」

その夜の十二時半、八人の男が中国との国境に向かった。

監視塔には確かにひとりの兵士が立っていた。ラオは七人の中で最も腕のいい射撃手を選んだ。ブラヒミというその兵士はパンジャブ州の名家の出で、かつてオリンピックのインド代表として射撃部門に参加して銀メダルを取った正真正銘の射撃の名手だった。英雄として祖国に迎えられた彼を父親は政治家にしようとした。それに反抗して彼は家を飛び出した。アフリカを放浪しているとき、織田と出会い、その場でハイエナ軍団に入ったという変わり種だった。

ブラヒミはルーガーにサイレンサーをつけて監視塔に忍び寄った。歩哨は中国側に向かって立っていた。サーチライトがぼんやりとバッファーゾーンを照らしている。塔から十メートルほどに近づいて狙いを定めた。

プスッという音とともに歩哨が倒れた。

それを合図に五人の男たちがバッファーゾーンに入って匍匐《ほふく》前進を開始した。ブラヒミを含む三人はバックアップとしてインド側に残った。

五人はそれぞれ二百メートルの間隔に広がって前進を続けた。

ラオは鉄条網から十メートルほどのところまで近づいた。その向こうには中国兵のシルエットが映っている。五メートル、三メートルと近づいたが、気づく様子はない。

突然ラオが立ち上がった。中国兵がライフルを構えようとした。だが恐怖のためか手が震えてまともな動きが取れない。

「ニーハオ」

ラオがいって、ルーガーの引き金を引いた。兵士は声も上げずに倒れた。ラオは素早く鉄条網に近づいて、ペンチでそれを切り開いた。

兵士が死んでいることを確かめてから、持ってきた書類と写真を彼の内ポケットに入れた。

インド側に戻ろうとしたとき、一発の銃声が聞こえた。爆音のようなAKの音だった。まずいと思った。今の銃声は一キロ離れた宿舎にいる中国兵たちに聞こえたはずだ。ラオは銃声の聞こえたほうに走った。二百メートルほど離れたところに、ジャンナーム軍曹が倒れていた。鉄条網の向こうには中国兵が横たわっていた。念のためラオはその兵士に一発撃ち込んだ。

ジャンナームはほとんど即死だった。AKのデヴァステーターブレットは彼の胸から入り背中で破裂していた。

ラオ少尉はジャンナームをかついで、インド側へと全速力で走った。途中まで来たとき、バックアップしていた三人の中のひとりが駆けつけてきた。ラオに代わってジャンナームを肩にかついだ。

ラオは後ろを振り返った。鉄条網のはるか彼方に数台の車のヘッドライトが映った。中国側は確かに銃声を聞いていたのだ。

となるとインド側も村で聞いたということになる。彼らが出てくるのも時間の問題だ。監視塔のそばに戻ると隊員たちが待っていた。

「ここからできるだけ遠くに離れるんだ」

ラオが命じた。

「ジャンナーム軍曹はどうします」

「置いては行けない。途中の草むらに葬るしかあるまい」

一行はジャンナームの遺体を代わる代わるにかつぎながら、獣道を進んだ。誰も何も話さなかった。しかし思っていることは同じだった。これまでハイエナ軍団はひとりとして命を落とした者がいなかった。それが彼らの誇りのひとつであった。だが今夜、その記録はやぶれた。そして部隊はレコネッサンスの名人ジャンナームを失った。

同じころパキスタンのデムチョクと中国との国境地帯では、ラシード中尉率いる小隊が中国兵を攻撃していた。そしてそこから五千八百キロ以上離れた極東ロシアのブラゴヴェシチェンスクから中国領黒河に潜入した二十五人のハイエナ軍団が、国境警備兵を相手に死闘を繰り広げていた。

夜を徹しての強行軍のおかげで、東の空が明るくなるころ、一行はソンガリ村からはかなり離れたところまで来ていた。しかし山の中にいることに変わりはなかった。ラオが周囲を見まわした。一画に木があまりなく、中国領を一望できるような場所があった。そこに穴を掘るよう隊員に命じた。

掘られた穴の中に草が敷かれた。そこに両手を胸に当てたジャンナームの遺体を横たわらせた。拳銃、ピアノ線、ナイフがそばにおかれた。ひとりひとりが花をちぎって、穴の中に投げた。そして土で遺体をカヴァーして穴をふさいだ。さらにその上に草や木々をおいてカモフラージュをした。

「彼の宗教は何だったんだ」

ラオが訊いたが、隊員たちは誰も知らなかった。しかし知ったところでどうなるものでもない。碑は建てられないのだ。せめてもの慰めは、彼の祖国インドの地に埋めることができたということだ。

隊員たちが墓のまわりに立った。

「ジャンナーム軍曹」

ラオが呼びかけた。

「ミッションは果たした。君のレコネッサンスのおかげだ。君はベストの中のベストだった。安らかに眠ってくれ。黙禱《もくとう》！」

隊員たちが頭《こうべ》を垂れて目を閉じた。しばしの静寂があたりを覆った。

東京

城島がホテル・ロイヤルの四十階にあるフランス料理店〝ラ・ベル〟に着いたとき、相手のジェームス・バーンズはまだ来てなかった。腕の時計は一時五分前を指していた。飲み物を頼んだ。五分たってもバーンズは現れなかった。人を招待しておいて遅くなるとはおかしな奴だと思った。

ポケットの中の携帯が鳴った。バーンズからだった。

「すいません。もう少し時間をいただけませんか。どうやら尾《つ》けられてるらしいんです」

「相手は？」

「中国大使館の連中のようです」

「食事はキャンセルしましょうか」

「いえ、それはだめです。私が誘ったのですから。あと十分ください。何とかまきますから」

それからシェリーを三杯飲んでも、バーンズは現れない。しびれをきらして立ち上がったとき、個室のドアーが開いた。マネージャーがバーンズが到着したことを告げた。その後ろからバーンズが入ってきた。

「お待たせしてすいません。なにしろしつっこい連中でした」

「複数だったんですか」

「三人です。ひとりが消えたと思うと、もうひとりが出てくる。それが消えるとまた別なのがという古典的な尾行パターンです」

「国家安全部も必死なようですね」

「ＣＩＡのハンドラー《—指令者—》たちは、大部分が尾けられているんですが、ＮＳＡは私が初めてのようです。もちろん私がＮＳＡメンバーとは知らずに、アットランドムで尾けているということは考えられますが。この年になるとちょっときついですよ」

「でも昔はＫＧＢや東欧のエージェントが相手だったわけでしょう」

「あのころはおもしろいと感じました。ひとりのＫＧＢメンバーが私を尾ける。すると私の部下が彼を尾ける。そして適当なところで部下が彼に声をかける。彼は恥ずかしそうな表情で退きさがる。そういったことの連続でした。半分遊びでしたね。しかしさっきの連中は顔つきが違っていました。何かハングリーな狼というか……」

「彼らも北京からかなりのプレッシャーを受けてるのでしょう」

マネージャーがメニューを持って入ってきたが、しばらくはずすようにバーンズがいった。

カバンを開けて中から大きな封筒を取り出した。

「実はホワイトハウスの国家安全保障担当補佐官が、今中国で起きていることについて報告するようにいってきているんです。ニューヨーク・タイムズやボストン・グローブがかなり報道してますから、興味を覚えたのでしょう。CIAは補佐官の指示に従いましたが、大した情報は持っていません。うちは今のところ、報告を控えてます。しかし何かを報告せねばならないので、それについてあなたに相談したいのです」

「しかしニューヨーク・タイムズなどは、ただ暴動が起きているぐらいのことしか伝えてないじゃないですか。ヴェトナムと中国がなぜ睨み合っているのか、原因だって彼らはつかんでないでしょう」

「おっしゃる通りです。しかしNSAとしては、補佐官の好奇心を満足させることは必要と考えています。そこで何枚かの写真を見せたいのですが、織田氏の作戦に悪影響をおよぼすと思われるものはもちろん見せません。見せたら間違いなく公開されると思いますので。そこでこれらの写真を見ていただきたいのです」

封筒を開けて何枚かの写真を取り出した。

「まずこれは雲南省とヴェトナムの国境の写真ですが、川をはさんで中国側の町は河口《ホーコウ》、ヴェトナム側はラオカイです」

それぞれの町自体は平穏そうで、写真としては何の情報価値もない。これなら見せても大丈夫だろう。

次の写真は山の中の谷間を撮ったものだった。黒いかたまりが谷の中に見える。

「これは河口の町の後ろに焦点を合わせたものです。この黒いのは人民解放軍の集団です」

といって次の写真を指して、

「これがもっとブローアップされたものです。集団は五千人からなっています」

戦車や大砲はもとより兵士の肩にある星まで見える。

「こういう集団の写真はまだまだあります。しかしフォーメーションはディフェンシヴです」

次にヴェトナム側の写真も見せた。これはラオカイの町の周囲に集まったヴェトナム軍を撮ったものだった。

「こちらもディフェンシヴ　フォーメーションです。どちらも一服中といったところです」

こういった写真ならいくら見せても影響はないと城島がいった。

次にバーンズはインドと中国国境の写真を見せた。中国側はほとんど砂漠で、そこに多数の兵士や戦車、大砲などが集結している。インド側も同じだった。

パキスタンと中国国境も似たような状況を呈していた。

極東ロシアと向かい合う黒河の町付近には瀋陽《シェンヤン》軍管区からの一個師団が集結している。それに対してロシア軍が徐々に援軍を増やしている模様だった。

これらに関しては中国は認めないだろうが、パキスタンかインドあたりからリークされるから、隠しても仕方がないと城島は思った。しかしわざわざメディアに提供することはない。

「これはどうです？」

大勢の人間がいて、彼らの真ん中に木で作った何かが見える。

「農民暴動です。真ん中にあるのは処刑台です。もっとブローアップすると首を吊られている人間がはっきりと見えます」

それから真っ裸にされて死んでいる男の写真や焼き打ちに遭った建物の写真が何枚か続いた。

「まずいですねぇ」

と城島。

「これらの写真は農民暴動がいかにエスカレートしているかを雄弁に物語っています。

こんな写真が発表されたら、北京はメンツ丸つぶれでヒステリックになって〝身構える虎《クラウチング タイガー》〟に踏み切る可能性もあります。そうなったら、織田君がやっていることは無に帰してしまいます。農民がただ集まって気勢を上げているような写真はないんですか」

「デモ行進をしてる写真もあるんですが、農民の数が多すぎるんです。それだけでも世界がびっくりするような写真になってしまいます」

「トリミングすればいいじゃないですか。必要だったら合成にしてもいいし」

「そうですね」

次にバーンズが見せたのは、新疆の上空からの写真だった。

「白く映っているのは煙です。破壊工作による自治省政府のビルや検問所、道路などの爆破です」

「それはまずいですね。ワシントン・ポストのヘッドラインが浮かんできますよ。〝燃える新疆、独立へ加速か！〟」

「北京はパニックを起こすでしょうね」

次の写真も新疆上空からのものだった。真っ白な砂漠の中を一本の黒い線が延々と続いている。

「トラックのコンヴォイですね」

「人民解放軍です。新疆から撤退しているところです」

「撤退？」

「第五油田の爆発をきっかけに成都《チョンドゥ》軍管区と蘭州軍管区から大分新疆に移動しましたよね。その彼らが引き揚げてるのだと分析官はいってました」

次の写真は山中の道をやはりトラックの列が移動しているものだった。

「これはやはり人民解放軍が、雲南の昆明《クンミン》から引き揚げているところです。行く先は多分成都軍管区の本部と分析されています」

トラックのコンヴォイが町中を走っている写真もあった。

「これは貴州省の貴陽《グィヤン》から人民解放軍が引き揚げているところです。兵士の服装からして、これは多分広州軍管区野戦軍の一部だと分析されています」

「これらトラックの写真はいつごろ撮られたんです？」

「三日前です」

「四日前はどうだったんです？」

「私もその点を確認するために分析官に問い合わせたのですが、同じ場所をカヴァーしたが、トラックはなかったとのことです」

城島の頭の中で何かがスパークした。

「こりゃやばいですよ、バーンズさん」

「それなら補佐官には見せません」

「いや、そうじゃなくて彼らが撤退してることがです」

「といいますと？」

「なぜ彼らが本拠地に引き揚げているんです？　農民暴動が鎮まったわけでもないのに。それに新疆の少数民族のサボタージュだって今の写真から見ると鎮まっている兆候はない」

「それはそうですが、本来そういうのは公安の任務ですからね。公安を増強したことだって考えられます。もともとあれだけの数の解放軍を散らばせたのが不自然だったのです」

城島がかぶりを振った。

「普通なら、あれだけの数の引き揚げは徐々にやるでしょう。それなのにあまりに急でドラスティックな感じがする。あえていえばあわてて引き揚げている。ということは、北京の命令以外に考えられない」

「まさか〝クラウチング　タイガー〟に関係していると……？」

「あの作戦書の核は兵士四十万の動員でしたよね。広州軍管区を中心に南京、済南《チーナン》から動員するとあったが、広州はヴェトナムと睨み合ってるから本来の作戦に参加はできない。広州軍管区本部をがらがらにするわけにはいきませんからね。そこで内陸部での農民暴動や新疆のマイノリティによる破壊工作を抑えるために送られた解放軍を急ぎ呼び戻した。ということは、北京はすでに決断したんです。〝虎〟は動き出したんですよ」

「もしそうだとしたら大変なことですよ！　織田さんに知らせたほうがいいですね」

　バーンズが携帯を取り出した。

「まあそうあわてないでください、バーンズさん。織田君はすでに知っていると思いますよ。これだけの兵士の移動を彼が見逃すはずはありません」

「だからといって、今あなたがいった結論に到達していないかもしれないじゃないですか。その確率のほうが高いと考えないと」

「いや彼のものの見方や考え方は私と同じ波長です。思考回路もまったく同じ。だから同じ結論に達しているはずです」

「しかしそうでないということも考えられるのでは」

「いいや心配いりません」

「納得できませんね。何らラショナル《―合理的―》な根拠もないし」

「根拠はありますよ。揺るがない根拠がね」

「……？」

「彼と私の間にある山をも動かすような信頼の絆《きずな》です」

　バーンズがあきらめた表情で首を振った。

城島がごく明るい口調で、

「これから中国を舞台にした一大ドラマのクライマックスがやってくるんです。ぞくぞくするじゃないですか。腹が減った。さあメシにしましょう」

第十一章　警　告

北京　総参謀部

余競銘《ユージンミン》少将は腹が煮え繰り返る思いで、二日前、第七国境警備隊から届けられた手紙に目を通していた。むかつくような写真もついている。

テーブルを囲んでいるのは前回の会議への出席者だったが、呂文光《ルーウエングアン》だけが抜けていた。彼はすでに逮捕され国家機密漏洩《ろうえい》罪で無期懲役を宣告された。余少将が楊澄林《ヤンチャンリン》や許報国《シュウパオグオ》らとともに助命嘆願したために、辛うじて死刑を免れたのだった。

「すべての糸を引いていたのはこいつだったのだ。新疆《シンチアン》の油田爆破も農民暴動も、そしてひょっとするとトンキン湾でわが国の船を沈めたのも」

少将が吐き捨てるようにいった。いつものバリトンよりオクターヴが上がっていた。

ほかの出席者は手紙のコピーを読み直していた。

『中国の指導者に告ぐ：これは貴様たちに対する警告である。一つ、貴様たちは傲慢《ごうまん》で腐敗の極みにある。二つ、貴様たちは環境汚染や拝金主義で世界を滅ぼそうとしている。三つ、貴様たちはアジア諸国を属国化しようとしている。四つ、貴様たちの軍拡路線は世界に不幸をもたらす。五つ、故に貴様たちが正常な国家を作り上げるよう警告する。なおこの警告を真剣に受け取らぬ貴様たちに忘れることのできない教訓を七日以内に与える。それは新疆の第五油田爆破や農民暴動がかすんで見えるようなものとなるであろう。

人類の盾　代表　正義』

普通ならこんな手紙は無視するのだが、そうもいかなかった。それが総参謀部に届くまでの経過を考えると、ただの気が触れた者からの手紙とは思えないからだ。

チベットに展開する国境警備隊の兵士が殺され、彼の内ポケットに手紙と写真が入っていた。さらにはそれが引き金となって、大量のインド軍が国境に張りつき、中国側もそれに対処せねばならなかった。

パキスタンとの国境でも同じことが起こったし、ロシアとの国境でもしかりだった。

「われわれにこんな手紙を出すなんて、大胆というか狂ってるというか、理解に苦しみますね」

党中央情報部局長の楊澄林がいった。

「しかし自分がやってることをしっかりとわかってる人物じゃないですかね。国境警備兵の死体を郵便ポスト代わりに利用してるところなどは、プロの情報機関員を思わせます」

と許報国国家安全部次長。

「これだけ悪意をもってわが国を誹謗《ひぼう》中傷しているところをみると、国内の不満分子とは考えられませんね」

「何ということだ！」

少将が机を叩いた。楊や許にとって、これほど興奮している少将を見るのは初めてだった。

「ヴェトナム、ロシア、インド、パキスタン！　われわれは一挙に四ヵ国と緊張状態に入ってしまったのだ！　まったく余計なことだ！」

ロシアとの国境には瀋陽《シエンヤン》軍管区から一個師団を送り、パキスタン国境には新疆から戻りかけた蘭州軍管区の二連隊を送り、インド国境には一個師団、そしてヴェトナムには広州軍管区の半分以上が展開している。

〝身構える虎〟作戦については、中央軍事委員会と政治局のゴーサインが出た。だが国境事件はそれに急ブレーキをかけることになった。当初、少将は十五日ですべての準備が完了すると見込んでいた。しかしそれより一週間ずれ込むのは確実となった。

「四ヵ国が突然敵になってしまうとは！」

といってから、王勝拳《ワンシャンチエン》外交部特別局副局長を見据えて、

「王副局長、外交部はいったい何をしているのだ。四つの国境にわが国の兵士を張りつけているのですよ。それも何の価値もないことのために。気の触れた人間が仕組んだ罠《わな》であり、わが国は犠牲者でこそあれ、何の関係もないといえばいいことでしょう」

「それは声を大にしていっています。だが、なかなか額面通り受け入れようとしないのです。何しろ最初にヴェトナムに南海艦隊を投入してますから、それが印象を悪くしたのだと思います」

「そんな悠長なことをいってないで、もっと真剣にやってくださいよ」

「やってます。国家主席や首相の親書を持って、胡易鴻《フーイホン》氏を全権大使として四ヵ国をまわらせています」

「胡易鴻を！」

ほとんど怒鳴り声に近かった。

「何でまた彼のような男を？」

「彼は外交部では実力者です。次のアメリカ大使との呼び声が高いのです」

「そんなのんきなことをよくいってられますね！」

といって余少将が一枚の写真を王勝拳の前にすべらせた。王がそれを手に取った。

「まさか！」

その顔が何かにつぶされたように歪んだ。

胡易鴻が大勢の若い男女と絡んでいる写真だった。みな素っ裸で胡の年若い妻はディルドを口に含んでいる。

「最初見たとき、私は合成写真と思った。そう願った。そして香港の連絡事務所にチェックさせた。その結果、合成などではないということがわかった。その舞台が一流ホテルのスイートであるということも確認された。胡はお忍びで香港に行って、そういうことをやっていたのだ。そういう男を外交部は国家の危機に対処するための使者にしたのですよ。彼のような男を獅子身中の虫、裏切り者、売国奴というんです」

「まいりましたね。こんな面がある人とは知りませんでした。それにしてもひどい」

まるでひとごとのような王の口ぶりだった。少将は怒りを通り越して、呆れ返った表情になっていた。

「今彼はどこにいるんです?」

「ヴェトナムを終えてインドです。それからパキスタンへ行き、そこからロシアに行くことになっています。すぐに呼び戻しましょう」

「犯罪者が全権大使とは冗談にしてはきつすぎますね」

楊が相変わらずの皮肉っぽい口調でいった。少将は笑わなかった。

「帰ってきたら彼はまず党を除名になる。そして奥さんと裁判にかけられる。この男も一緒です」

　その写真を見た王副局長がまたびっくりして、

「これは李政孝《リージャンシャオ》氏ではないですか」

　李はテクノクラートから成り上がり、今では政治局序列ナンバー6の地位にある。改革の旗手として知られ、中央の政界ではかなりつぶしが利く人物だった。派手なインテリアーのカジノの中でブラックジャックのテーブルに着いている。若い女が彼の背中から抱きついていた。

「マカオのカジノだが、調べたところ、李は常連らしい。これだけの現行犯の証拠があれば、本来なら裁判などすることはないでしょう。ただほかの連中への見せしめのためには開いたほうがよい。李政孝は、ばくちのために金を横領したので死刑は間違いない。胡夫妻は淫乱罪、快楽罪、国家侮辱罪、それに国家に黙って香港に行ったことは国家を騙したことになるから、国家冒瀆《ぼうとく》罪。青少年堕落協力罪もつけられるでしょう。死刑は免れるが、新疆行きは確実です。どっちもそう違いはありませんがね」

「外交部としてはまったく知らなかったことです」

「そうでしょうね。でなけりゃ説明がつかない。私がいいたいのは新疆の地獄刑務所に送られる人間を、外交部は全権大使として重要な話し合いに送り出した。彼と話し合った相手国の立場にあったら、あなたはどう思いますか」

「どう思うといわれても困りますね。ただ有能な外交官が人間的な弱さのために過ちを犯して犯罪者となってしまった。しかしそれにもかかわらず、彼の外交的手腕は卓越していることに変わりはないと思うのではないでしょうか」

　少将が苦々しく笑った。

「そんな寛大に相手が考えてくれると思いますか。もしあなたが本当にそう思っているなら、救いようがない極楽トンボだ。ノーマルな人間ならこう考えます。中国は犯罪者を重要な話のために送ってきた。他国をばかにするにもほどがある。そんな国のいうことなど信ずるに値しない。ガードをいっそう固めなくてはならない。そう考えます」

「でもあの人も所詮は人間です。魔が差したのでしょう」

「そういう甘さがあるから、外交部はバカ貴族の集団といわれるのだ！　そういう態度が犯罪者を跋扈《ばっこ》させるのだ！　国家と人民に仕えているという自覚と誇りはどこにいったのだ！」

　少将の剣幕に王が亀のように首を引っ込めた。

　許次長が少将をなだめるように、

「犯罪者たちのことは司法の手にゆだねるしかないでしょう。そんな輩《やから》のために貴重な時間をさくのは愚かなことです」

「私もそう思います」

と楊局長。

「それよりも問題は手紙です。この狂った送り主は最後に忘れることのできない教訓をわれわれに与えるといってますが、いったい何を意味しているのか。ただの脅しか、それとも実際にテロでも起こすのだろうか。七日以内と断ってますが、少将のもとに手紙が届けられたのは二日前、ということはあと五日しかありません。無視するか、または何らかの手を打つか。手を打つならどんな方法でやるのか。まずそれを決めねばなりませんね」

「こういうことは無視はできますまい。千分の一の確率でも相手は真剣なのだと思わねば」

「少将のおっしゃる通りだと思います」

許がいった。

「手紙の文面はマンガチックです。だが農民暴動も含めて、これまで起こったことをあわせて考えてみると、この手紙の送り主は狂ってるかもしれないが、マジだと思ったほうがいいでしょう。だから脅しやブラッフではなく、何らかの破壊工作をもっての〝教訓〟だと思います」

「だがそうだとすればターゲットが必要となるでしょう」

「問題はそこです。この広い中国にはターゲットはよりどりみどり。どこにでもあります。しかしこの手紙の送り主〝正義〟がやってきたことを熟考すると、一定のパターンがあります。そのパターンからターゲットが割り出される可能性があります」

みなの視線が許次長に集まった。皮肉っぽい楊さえ真剣この上ない表情をしていた。

「まずこれまで〝正義〟がやってきたことですが、私は少将同様トンキン湾事件も彼の仕業だったと思います。そこから始まって新疆の油田爆破、農民暴動煽動、そして今回の三ヵ国との国境事件。これらはわが国の脆弱なところばかりを衝いています。いうなればこっちのウエイトを利用したやり方です。しかも強烈な効き目があった。人民解放軍があっちこっちにまわされてあたふたしているところを見て、さぞかしおもしろがっていることでしょう。半分ゲーム感覚でやっているといってもいいと思います。その彼がわれわれへの〝教訓〟として考えるなら、これまで同様ドラマティックかつわが国の弱みを標的として絞ると思うんです。たとえばロシアからの石油運搬車輛を爆破するとか」

「ちょっと地味じゃないですか」

と楊。

「そうでもありません。先日スーダンとシリアの油田が爆破されたという情報が入ってきましたね。シリアもスーダンも数少ないわが国への原油供給国でした。その後、パリとロンドンで八人のアラブ人が殺されたという情報も入ってきた。彼らはわが国に大量の石油を売ってくれていた友人でした。私はこれらの破壊工作や暗殺も〝正義〟がやったと、今では確信しています。全部つながっているんです。わが国はエネルギー源が極端に不足しています。それは大きな弱みです。ですからスーダンやシリアに続いて、今度は中国国内で油をターゲットとした破壊工作が起こったとしても不思議ではありません」

余少将がうなずいて、

「あり得ない話ではありませんね。今回の国境事件で興味があったのは、パキスタンとインド国境では、警備兵を殺したあと、彼らは中国内に入ってこなかった。だが極東ロシアからの攻撃者たちは、警備兵を殺したあと、中国国内に入ってきて人民軍と戦った。そしてさらに深く国内に逃げ込んだ。その彼らが、今、許次長がいった破壊工作の任務のために使われるとも考えられます。まさか人民解放軍と正面切っての戦いのために国内に入ったわけではないでしょうからね」

といってから、ゆっくりと首を振って、

「だがもっとラディカルな破壊工作が行われるような気がしてならない」

「都市部でテロを起こすというのはどうです」

楊がいった。

「それはないでしょう。都市部は警戒が厳重すぎる。だからこれまで、国境とか内陸部とかトンキン湾など、スペースの広いところで彼らは活動してきたのです」

許次長の言葉に楊が渋い顔をして、

「あなたのいうドラマティックかつ効果的な標的なら、人民大会堂や中南海も考えられますよ」

「それも無理でしょう。警戒が厳しすぎます」

許次長がストレートな顔つきで返した。

「これだ！」

余少将が拳でテーブルを叩いた。

「許次長、あなたは天才だ！」

許が何が何やらわからないといった表情を見せた。

「あなたがいった言葉をつなげると、標的はひとつしかありません」

「…………」

「〝わが国はエネルギー源が極端に不足している〟、〝ドラマティック〟そして〝強烈な効き目〟、どこが思い浮かびますか？」

許がゆっくりと首を振った。

「三峡ダムですよ」

出席者全員が一瞬息を呑んだ。

「あれはわが国の経済発展のシンボルでもあるが、同時に最大の弱みでもあります。もしあれが機能しなくなったら、沿海部の発展はストップする。その後は考えてもおぞましい状況が生まれる。標的は間違いなく三峡ダムです」

国家公安部副部長の宗清宅《ゾンチンジャイ》が立ち上がった。

「すぐに武漢《ウーハン》支局に連絡して、ダムの警備を倍にさせます」

いい残して、宗が早足でドアーに向かった。

その後ろ姿に余少将が、

「二倍どころか五倍にしたほうがいいですよ。それからヘリを常時上空に飛ばし、対空ミサイルも配備してください」

それから三十分後、会議を終えて自室に戻った余少将のもとに宗清宅公安部副部長から電話が入った。

三峡ダムのある湖北省宜昌《イーチャン》県三斗坪《サンドーピン》鎮の周囲三十キロを万全に固めるよう指令を出したという。そして今では観光名所となっているダム周辺のホテルや食堂、売店などを閉鎖するよう指示を出した。さらに武漢からそこに通じる高速道路を念のため一ヵ月封鎖することにしたという。

「陸は五万人、空は十基の対空ミサイルと常時十五機のヘリが飛び、長江《チャンチアン》では二十四時間態勢で潜水士が目を光らせています」

ネズミ一匹入る隙もないほど鉄壁の守りだと宗は自信満々だった。

「それからもうひとつ少将に報告せねばならぬことがあるのです。実は先ほど湖南省長沙《チャンシャ》の公安部から緊急な報告が入ったのです」

宗によると、昨日地元の公安が貴州省と湖南省の省境で五人の不審な農民を職務質問しようとしたところ、そのうちの三人が逃げようとしたので射殺した。残った二人をしょっぴいて尋問したが、彼らは黙秘を続けていた。そのうちのひとりは死亡。残りのひとりをさらに尋問するとやっと話し始めたという。

「その男の名は荘忠国《ジュワンジョングオ》といって元人民解放軍の広州軍管区に所属していたのです」

「珍しいことじゃない。元兵士だった農民はざらにいます」

「ところがこの男は農民なんかじゃないんです」

「……？」

「竜騎兵団の兵士、しかも少尉なんです」

「……！」

「さらに荘の自供によれば、彼は司令官の命令で農民暴動を煽動していたというのです」

「まさか！　あの斎恩儒《チーエンルー》大佐が……」

「少将とは確か同期でしたよね」

少将が何もいわずにうなずいた。斎恩儒とは同期であり親友でもあった。一九八二年に陸軍士官学校をトップの成績で卒業した二人は、総参謀部の将軍づきになった。人民解放軍では最も出世の早いコースである。それほど二人は将来を嘱望されていた。だがそれから七年後、斎恩儒は広州軍管区へまわされた。そして自分は総参謀部に残った。これが軍人としての二人の分かれ道となった。

しかしその後も、個人的関係は続き、電話で話し合ったりはしていた。斎は広州軍管区幹部の腐敗や派閥についてよくこぼしていた。そしてある日、突然辞めてしまった。その後、湖南省の山奥に閉じこもって彼自身の軍隊を持った。広州軍管区本部は、何度か斎を制裁すべく兵士を送ったが失敗に終わった。最終的には、中央軍事委員会と総参謀部は、もし斎がそのまま山奥で活動し続けるだけなら見過ごすしかないという結論に至った。友人として余はほっとした。以来、彼は斎がそれを守ることを祈っていた。

だが今、公安部副部長の宗は、斎恩儒が無言のうちに決められたバウンダリー《―境界―》を越えてしまったと報告してきた。しかも農民暴動煽動という死刑に値する罪を犯したというのだ。

「その荘忠国という男が、苦し紛れに作り話をしたということも考えられますね」

「いえ、それはないと思います。四川省や貴州省などで斎大佐が暴動を起こした場所をチェックしたところ、荘のいう通りだったのです。自供の内容は整合性があり、ひとつひとつのポイントが合っていて、矛盾してる点はありません」

「斎大佐が今どこにいるかも吐いたのですか」

「急に湖南省に帰ったということです。荘たちも帰るところだったとのことでした」

「ということは湖南省の江華瑶族《チアンホアヤオ》自治県の山の中に帰ったというわけですね」

「荘はそのようにいってました」

「連絡方法はわかりませんかね」

「携帯の番号は荘が吐きました。大佐は十ぐらいの携帯を持っているらしいのですが、この番号は将校が彼に連絡するときに使うとのことです」

宗が少将にその番号を伝えた。

少将が素早くメモった。

「この件について知っているのは何人ぐらいいますか」

「長沙の担当者と私だけです。まだうちの部長にも話しておりません。まず少将に報告するのが先と思いまして」

「いい判断でしたね。ついでに頼まれてください」

「何なりと」

「斎大佐の両親は確か武漢に住んでるはずですが」

「ええ、先ほど調べましたら、彼の奥さんが両親を世話してるらしいです。子供も一緒です」

「彼ら全員を逮捕してください」

「逮捕ですか！　容疑は？」

「国家転覆幇助《ほうじょ》罪とでもしてください。拘置所には入れず、公安の秘密アジトに連れていって、丁寧に扱ってやってください」

「わかりました。すぐやらせます。荘の調書をそちらにファックスで送りましょうか」

「そうしてください」

それから五分もしないうちに調書が送られてきた。一読して余少将はかなりの信憑性があると思った。電話に手をかけたが、この件は自分の権限だけで関われることではないと思い直した。

調書を手に二フロアー上にある喬暁程《チャオシャオチョン》大将の部屋を訪れた。大将は総参謀部総司令官であると同時に、党中央軍事委員会の副主席も兼任していた。軍事の現場については喬大将が事実上のトップにある。

大将がにこやかな表情で余少将を迎えた。

二人の間には単なる上司と部下の関係以上のものがあった。余が総参謀部に入ったとき、喬は大佐だったがいろいろと面倒を見てくれた。結婚したとき仲人もしてくれた。

そして二年前、軍事委員会の副主席になったとき、余を少将に推薦してくれた。普通の将軍の推薦なら、余の若さを理由に反対もあっただろうが、喬大将の推薦に文句をいう者はいなかった。

総参謀部や各軍管区では、いずれ喬大将の後を継ぐのは余競銘少将であるとの噂は、今でも飛び交っている。

「ちょっとお耳に入れたいことがあるのですが」

といって少将が斎恩儒のことについて話した。聞いているうちに大将の顔から笑みが消えた。

「あれは優秀な軍人だったが、耐える気持ちに欠けていた。我慢してれば、今ごろは総参謀部に帰っていたのに。それがよりによって農民暴動を煽動するとは。狂っちまったとしかいいようがない」

「昔から一本気なところがありましたから」

「だからといって、暴動を煽るなど許されるものではない。国家反逆罪に匹敵する」

「その点なのですが、自分は斎大佐がそのようなことを考えつくとは思えないのです」

「というと？」

「われわれ人民解放軍と斎大佐との間には、彼があの山奥にいる限りは大目に見るという無言の約束のようなものがあったはずでしょう。何年間も彼はそれを守ってきました。それがここにきて急に農民暴動を煽動する挙に出るとは考えにくいのです」

「しかしこの調書が示す通り、あの男はその約束を破った。これは覆《くつがえ》すことができない事実だ」

「今もいいましたように、彼は一途な性格の持ち主です。換言すれば非常に単純といえます。その性格が彼を優秀な軍人にならしめたのかもしれません。いったんこうと決めたら、猪のように突進する。しかし誓っていいますが、彼は政治的な人間では決してありません。農民暴動は超政治的事柄です。そんなことに自らの意志で手を染めるなどあり得ません」

「何がいいたいんだ?」

「誰かが彼を操っているのではないかと思うのです」

「しかし君は彼が一本気な男といった。そんな男が操られるかね?」

「一本気で単純だからこそ、操りやすいのではないでしょうか」

「操られていようがいまいが、斎が法を破ったことは確かだ。しかもわれわれが大目に見ていたという親切心を踏みにじった。あのとき一味を撲滅しておくべきだったのだ」

「お言葉ですが、当時、広州軍管区は何度も兵を送って斎大佐と彼の軍隊を撲滅しようとして失敗したではありませんか」

「広州軍管区の連中を送ったのは戦術的な過ちだった。彼らは斎に元仲間としての同情の念を禁じ得なかった。だから本腰を入れて戦えなかったのだ。南京軍管区の野戦軍なら簡単に叩きのめしていただろう」

少将は黙っていた。こんな過去のことで議論しても意味はない。問題は今とこれからなのだ。

「いずれにしても斎が湖南省に帰ったのはいいことだ。これで農民暴動は煽動者を失くして、ばらばらになるだろうからね。本当のところは、すぐにも斎とその部下のならず者たちを潰してやりたいところだ。しかしわれわれはそれどころではない状況に直面している。状況を立て直して一刻も早く〝身構える虎〟を実行するのが最優先課題だ。斎たちはその後いつでも壊滅できる」

喬大将が余少将を見つめた。

「何か納得してないようだね」

「斎大佐は誰かに操られています。その誰かがわかれば、新疆での破壊工作をはじめとする一連の出来事の裏がわかると思うのです」

「それで?」

「斎大佐と話をさせていただきたいのです」

「罪人と話したいというのかね」

「やってみる価値は大いにあると思います。お許しいただけますでしょうか」

「君が斎と昔から親しかったことは知っている。しかし今の状況下で、斎が君に洗いざらい話すと思うかね。彼は大罪を犯したんだ。もちろん死を覚悟してのことだろう。そんな男から何が訊き出せるというのだ」

「彼が素直に話すとは思っていません。ですが何かを感じ取ることはできると信じています」

「忘れてならないのは、君は人民解放軍の誇りであり、名誉の象徴でもある。その君が、君のほうから犯罪者に連絡をするという。このことの重大さを理解しての要請かね」

「それを十分に承知でお願いしているのです」

大将が大きなため息をついた。

古い世代を代表する大将にしてみれば、人民解放軍の将軍が犯罪者と話すなどもってのほかだった。しかし同時にこれまでの経験から、余少将が卓越した判断力を持っていることには、一点の疑念も抱いていなかった。

「わかった。君が斎と話すことを許可しよう。だが妥協的なことはいっさいいってはならない。いいな」

自室に戻って斎の携帯を呼び出した。

懐かしい声が返ってきた。

「覚えているかね。私だよ」

斎が一瞬声につまった。

「まさか旧友を忘れたわけじゃないだろうね」

「余競銘……」

「思い出してくれたかい」

「何の用だ？」

「友人が電話してるのに何の用だはないだろう。元気そうだな」

「今どこからかけているんだ」

「北京の総参謀部の私の部屋からだ」

「逆探知してるのか」

余少将が笑いながら、

「そんな必要はないよ。君の居場所は今ではみな知ってるんだ。それよりこの番号をどこで得たか知りたくないかね」

「おれの部下からだろう？　ここに帰ってないのが何人かいるんだ。多分、捕まったんだろうと思ってたよ」

「相変わらず勘がさえてるね。君のいう通りだ。ここからは総参謀部の一員の話として聞いてもらいたい」

余少将のトーンが変わった。

「斎大佐、あなたが農民暴動を煽動したことはわかっている。後ろに誰かがついていることも知っている。われわれが知りたいのは、それが誰かということだ」

斎大佐が鼻で笑った。

「あんたも甘いな。おれがそんな情報をあんた方にしゃべると思ってるのか」

少将がにやりとした。今のひと言で簡単にぼろを出してしまった。

「大佐、あなたは軍人だ。政治家ではない。農民暴動など進んで起こすような人間ではないと私は信じている」

「少将、時代は変わったんだ。人間も変わる。おれはこの国のシステムには我慢ができなくなったんだ」

「話してくれ。後ろにいるのは誰なんだ」

「そんなものいやしないさ」

「いや、いる。今いったじゃないか。そんな情報をしゃべると思っているのか、と」

「あくまで仮定の話としていったんだ」

「もし話してくれたら、あなた方への全面攻撃は控えることにする」

「やっぱり甘いな。そんな脅しでおれがさえずるとでも思ってるのかい」

「新疆の油田爆破だけでもあなたは死刑だ。破壊工作による国家反逆罪は連座制だから、あなたの家族も全員対象となる」

「あの爆破はわれわれがやったのではない」

「じゃ誰がやったのだ?」

「知らん!」

「〝人類の盾〟という組織について聞いたことはないか」

「なんだい、そりゃ?」

「仕方がない。こうなった以上全面攻撃に移らざるを得ない。あなたはたった今、部下と家族に死を宣告したのだ」

「ほざいていろ。われわれを攻撃するより、そっちのケツに火がつかないよう気をつけたほうがいいぞ」

「どういう意味だ?」

「泣きを見るのはそっちかもしれないといってるのさ」

三峡ダム? と訊こうとしたがやめた。何もこっちが知っていることをわざわざ知らせる必要もない。

「残念だよ。話せば何らかの妥協点が見つかると思ったのに。もし気が変わったら連絡してくれ。私の電話番号はわかってるだろう。ああ、それから武漢にいたあなたのご両親と奥さん、そして息子さんはすでに逮捕している」

「……!」

「非公開裁判が進行中だ。だが、あなたにとってはそんなことはどうでもいいことだろうね」

電話を切った。

考えていた通りだ。斎大佐の後ろに誰かがいると確信した。問題は脅しがどこまで通じたかだ。

湖南省

斎大佐は半狂乱の状態になっていた。

武漢の両親の家に電話したが、出たのは公安の刑事だった。一家全員逮捕して、今はある裁判所の地下に勾留《こうりゅう》しているとその刑事はいった。

呉元安《ウーイエンアン》を呼び出した。

「少佐、今どこにいるんだ？」

「新疆ですが、何か？」

「総参謀部から電話があったのだ」

大佐が少将との会話の一部始終を話した。

「落ち着いてくださいよ、大佐殿。部下の何人かが捕まって拷問され、大佐殿の名と携帯番号、それに活動内容をゲロッただけじゃないですか。そんなことは織り込みずみでしょう」

「しかし私の家族は逮捕されて裁判にかけられている。国家反逆罪は連座制とのことだ」

「それはブラッフです」

「現に電話したら公安が出て、家族を逮捕したといったんだ！」

「今の中国の法律に連座制なんてありません。軍法においても同じです。ブラッフです。大佐殿は脅されたのです」

「しかし家族が捕まってることに変わりはない。それに北京の連中は法律なんていかようにも変えてしまうからな」

「ご家族の逮捕は少将がやらせたのでしょう。多分、公安に保護勾留させたのだと思います。ケチな演出ですよ。大佐殿のご家族は無事です」

「しかし……」

「大佐殿、その余少将とかいう人物ですが、北京ではどれほど影響力があるのですか」

「総参謀部総司令官の喬大将の秘蔵っ子だ。軍人や情報機関からは絶大な信頼を得ている。政治局員よりも力があるんじゃないかな」

「われわれとの窓口になりますね」

「その力は十分にあるが、まさか君は……」

「今、私はわが司令官と一緒にいます。彼の指示を仰ぎますので三十分待ってください」

テンピン

織田はホテルの正面玄関の外にあるヴェランダで、ベースボールキャップで目を覆って、ロッキングチェアーを揺らしながら半分寝ていた。まだブッは届いていなかった。だが残りあと二日ある。到着してから念のためにグルジアのムサシビリに電話を入れたが、すでにブッは二日前テンピンに向かったとの言質《げんち》を得た。

織田がこのホテルに着いたのはきのうのことだった。マニラからダッカ、デリーを経由して、カザフのアルマトイで飛行機を降り、そこからタクシーでジャルケントまで行った。ジャルケントからはタクシーはなかった。代わりにあったのが、農産物を積んでテンピンの自由市場に行くトラックだった。百ドル出すと運転手は喜んで乗せてくれた。カザフと中国の国境のカザフ側を五時間かけてやっとテンピンに着いた。すでに呉元安中尉とハッサン・イシマエルは、その一日前ホテルに着いていた。

〝オアシス〟という名のそのホテルは、町のほぼ中央にあった。レンガと泥で建てられたものだが、ホテルというより小さく区切られた物置といったほうがいい。部屋には電気はなく、代わりにランプがついている。水道も引かれてないが、外に井戸がついている。シルクロードの時代に戻ったような風情がある。

テンピンの町の人口は千人に満たない。ここに来る商人たちの数のほうがはるかに多い。彼ら商人たちがこの町をエネルギッシュにしている。

町全体がバザールでできているといってもよいほどだ。道路と呼べるものはホテルの前の道だけ。幅は十メートルほどで商人たちのトラックがところ狭しと停まっている。埃と汗の匂いが充満したバザールを歩いていると、さすが三ヵ国にまたがった自由市場だけあるという感を強くする。中国語、ウイグル語、カザフ語、キルギス語などが入り交じって国際色豊かなある種のケイオスを生み出している。売っているものも中国の漢方薬や電化製品からキルギス産の野菜や果物、カザフ産の織物などと非常に多種だ。軍事物資の横流しも盛んなようで、ライフルや拳銃なども売られている。しかし不思議にくつろげる町である。面倒臭い人間関係とは無縁なところだからだろう。人々はみな自分のことに忙しく、ただ今日の商売だけを考えている。金だけが彼らの共通語なのだ。

「中佐殿」

後ろから声がかかった。

「今、斎大佐から電話がありまして、かなりパニック状態に陥っているようでした」

織田がベースボールキャップを上げて呉中尉を見上げた。

呉中尉が事情を説明した。

「そんなことでパニくるなんて情けない奴だな」

「しかし家族が巻き込まれては、いかに大佐でもあわてます」

「その余とかいう少将が斎に連絡をしてきたのはいいことだ。これで北京の誰と話せばよいかがわかったわけだからな」

「びびってる大佐には何といいましょうか。こちらからの指示を待っているのですが」

「そうだな」

といってちょっと考えてから、

「大佐の演技力はどれくらいのものかな?」

「農民煽動では素晴らしい演技を見せましたが」

「こういってやれ。これから彼は敵に寝返る。とはいってもあくまでそのふりをするだけだが。家族をどうしても助けたいという理由で十分だろう。そして余とかいう少将に〝人類の盾〟と〝正義〟が彼の後ろにいると告げさせろ。〝正義〟には会ったことはないが、部下、すなわち君には直接会って話したことがあるといわせるんだ」

「私の名前は明かさせたほうがいいでしょうか」

「そのほうが真実味があっていいだろう。そして寝返りのみやげとして三峡ダムのことについてたれ込ませるんだ」

「わかりました」

「ああそれからもうひとつ。その少将が英語に堪能かどうか大佐に訊いてくれ」

「もししゃべれなかったらどうします？」

「そのときは君が〝正義〟になるんだ」

北京　総参謀部

二フロアー上の喬大将の部屋を訪ねるのは、この日二度目だった。自分でもやや興奮していると感じていた。あの斎大佐が電話をしてきたのだ。

「閣下、今しがた斎大佐と話しました。やはり睨んだ通り、彼は操られていたことを認めました」

「ばかに簡単だったたな」

「脅しが効いたのか、または彼の軍人としての良心が呼び起こされたのでしょう」

「斎はそんな単純な男かな。まあそれはいずれわかるとして、後ろにいる人物について彼は話したのか」

「はい、われわれに手紙と写真を送ってきた〝人類の盾〟の〝正義〟という男だとはっきりといってました」

「それは想像できたな。ほかには？」

「斎大佐はその〝正義〟という人物に会ったことはないが、彼の部下には会ったというのです。その男の名は呉元安。元人民解放軍少佐です。配属されていたのは広州軍管区でした。覚えていらっしゃいますか」

「呉元安……？」

大将が記憶の糸をたぐるように指で机を叩いた。

「脱走兵だったんじゃないかな。確か三年ぐらい前だったと思うが」

「おっしゃる通りです。部下四人を連れて台湾に亡命しました。当然われわれは工作員を使って、彼と部下のその後を追いました。彼は大学を出てから軍隊一筋の生粋の軍人でした。台湾の軍隊に入ろうとしましたが、台湾側が敬遠しました。一年ほど台北にいましたが、何をやってもうまくいかず、ついには部下を連れて台湾を飛び出しました。最終的に落ち着いたのが、当時アフリカで活動していたある傭兵部隊でした。その部隊のオーナー兼総司令官は織田という若い日本人です」

そこまでいって少将がひと息ついた。

大将が小さく笑いながら、

「にわかに信じがたいね。今どきの日本人に傭兵部隊を指揮するようなのがいるとは」

「本当なのです。実は織田という名前をどこかで見たか聞いたかした気がしたので、ファイルを調べたところ、それがあったのです。三ヵ月以上も前に中央アフリカ共和国にボータ政権が誕生しましたね。まだ内戦中、彼にテコ入れするため、わが国は百五十人の軍事顧問団を送りましたが、全員殺されるという残念な結果に終わりました。ボータは後にわれわれの調査団にいっていました。中国軍事顧問団全滅を謀《はか》ったのは彼ではなく、ハイエナ軍団と呼ばれる傭兵部隊であり、その隊長が織田信虎という日本人である、と」

「しかし結局、その日本人のおかげでボータはフリーマン政権を倒して、大統領の地位を手に入れたわけだろう。ある意味では恩人なのに、なぜ調査団にそんな話をしたのだろうか」

「織田との間に何かトラブルがあったのでしょう。いずれにしても彼は調査団に対して、織田のような残虐非道な男は見たことがないといったそうです。二度と顔も見たくないとも」

「〝人類の盾〟がハイエナ軍団で、その指導者である織田というのが〝正義〟というわけだな」

「そうとしか考えられないでしょう」

「織田がすでにこの国の中にいるかどうか、斎はいってなかったのか」

「彼自身知らないようですが、呉が入り込んでいることは確かだといっていました。そしてこうもいっていたそうです。〝われわれの司令官は天才だ〟と。そしてもうひとつ。ヴェトナムとわが国が対決するようセットアップしたのは、その織田という男らしいです」

大将が腕を組んで椅子の背にもたれた。

「信じがたいな。そんな若造にわが解放軍がこれだけ振りまわされるとは」

「彼は今まではラッキーだったんです。これからはそうはいきません」

「しかし大きな疑問は残る。その織田が傭兵なら、必ず彼を雇った国があるはずだ」

「ひょっとすると、あの手紙でいってるように、ただの中国嫌いなのかもしれません」

「君にしては珍しく思慮に欠ける言葉だな。いいか。彼は傭兵だ。傭兵は金で動く。そのためには依頼人がいなければならない。その依頼人が、すなわちわれわれを破滅させようとしている国家だ」

そうはいわれても、少将にはそんな国が存在することは考えにくかった。唯一もしあるとすればアメリカだが、アフリカの小国に対してならともかく、中国相手に傭兵を使うような姑息《こそく》な手段は選ばないはずだ。それにアメリカが今の中国に戦争を仕掛けてくる理由はまったくないし、中国も対アメリカにはそのようなことがないよう万全の気を遣っている。

「織田については、日本国内で情報収集をしているのだろうね」

「もちろん指示しました。安全部の許次長にも頼みました」

「〝正義〟による〝教訓〟が下る期限はいつだったかな」

「あと五日以内です。しかし標的は完璧に防衛措置が取られております」

大将がうなずいた。

「斎が本当にこちら側に寝返ったと思っていいのだろうか」

「それはまだわかりません。ですが呉についての情報をもたらしたことは、大いに評価してもよいと思います。さらには三峡ダムが〝正義〟の標的と進んでしゃべったことも評価できます。こちらの分析とどんぴしゃりでしたから」

大将が時計を見た。

「君が主催するいつもの会議を開いてくれ。国家安全部、党中央情報部、それと外交部でいい。中央軍事委員会代表としては私が出席する。それまでには、少しは織田に関する情報が得られているだろう」

それから五時間後、総参謀部の小会議室で会議が持たれた。時計はすでに夜の十一時を指していた。

大将が中央軍事委員会を代表しているとあって、楊や許は極度に緊張していた。外交部の王勝拳などは体を縮めているほどだった。

まず議長役の余少将が会議の目的について話した。おそらく〝正義〟が〝教訓〟とやらを中国政府に示すまでに持たれる会議は、これが最後となるだろうと彼はいった。その正義が日本人織田信虎であることは明らかになった。そして彼の後ろに国家がついていることは明白である。率直にいって、これまで自分たちは振りまわされ続けてきた。ここで敵をストップせねば、祖国は壊滅とはいかぬまでも相当のダメージを被るのは確かだ。だが潮は自分たちの側にある。問題はこの状況を生み出した主役である織田という日本人についての情報を徹底的に分析し、彼の後ろにいる国家を暴き出すことにある。それができれば、事は過去のものとなるに等しい。

「許次長、その後、東京の工作員たちから織田に関する情報は入りましたか」

喬大将がソフトな口調で訊いた。

「確かに織田信虎という日本人はいます。京都で生まれ京都大学を中退。三十二歳。かつては右翼団体の指導者であったらしいのですが、ある日突然、それを辞めてどこかに消えてしまったようです」

「日本国籍は持っているのですね」

「ええ、ですがエリトリア国籍も持っているんです。二重国籍ですね」

「傭兵部隊の司令官としての彼については、どのくらいの情報がありますか」

「それがほとんどないのです。アメリカやイギリスなどがこれまでの主な雇い主とは思いますが、何せ彼らに訊くわけにはいきません。中央アフリカ共和国のときについては、総参謀部の調査団がボータから情報を得て、アメリカのCIAが依頼主であることはわかりましたが、そのほかの彼の活動についてはまったく闇の中です。今回の件での彼の雇い主を洗おうとしても、どこから始めていいかわからないのです」

「彼の日本での友人関係とかについてはどうです?」

「私が目をつけた人間はいます。それは城島武士という実業家で、彼の会社は上海に支社を持っています」

「トンキン湾のバクロンヴィ島付近の石油について、お宅の工作員に話をした男だったですよね」

と余少将。

「そうです。その点に関して、ひょっとしたら織田との接点があるのではないかと私は感じましたので、工作員にチェックするよう指示したのです。だが何も得られませんでした。城島がしらばっくれていて、うちの工作員がそれを見抜けなかったのか、それとも城島はまったく関係ないのか。まだチェックは続けていますが」

「東京のアメリカ大使館の動きはどうなっていますか」

「これまでと全然変わっていないそうです。特にCIAのメンバーはのんきにしてるようです」

「NSAはどうです。確か東京には五人いると聞いていましたが」

「尾行はしていますが、彼らの行く先はどうでもいいようなところばかりとのことです」

ＮＳＡ支局長を三人で尾行しながらまかれてしまったなどとは、口が裂けてもいえない。

「王君」

大将の言葉に、王が突然起こされたようにぴんと背筋を伸ばした。

「東京の大使館からは何かいってきてませんか」

「織田とつながりがあるような人物を捜すよう指示しているのですが、今のところはこれといった役に立つ情報は入ってきておりません。今、許次長がいったこと以上のことはありません」

大将が王を見据えた。

「君に訊きたいのだが」

その口調から柔和さが消えた。

「率直に答えてくれ。日本政府が織田を雇ったということは考えられないかな」

王が一瞬びっくりした表情を見せた。

「どうなんだ？」

「それはないと思います」

　といって、思わず吹き出してしまった。

「何がおかしいんだ」

「現実とあまりにかけ離れた質問でしたので」

「どうしてかな？」

「日本は他国とトラブルを起こすのを極端に嫌う国です。ケンカするぐらいなら、金で片づけると考えます。これまでの韓国や北朝鮮への対応を考えてもそれは明らかです。ましてやアジアの巨人であるわが国に対してケンカを売るなどと考える人間は、今の日本にひとりもいないと保証します」

「だが織田は日本人じゃないか」

「あれは例外中の例外です。頭がいかれているのだと思います」

「果たしてそういい切れるかな。子供のころ、私は祖父から聞いたことがある。日本人は勇猛果敢で自分の命を捨てることなど何とも思ってはいない。戦士としては第一級で、知性に長け狡猾《こうかつ》さにおいては類を見ない。ときには死んだふりもできる弾力性も持っている、と」

「それは大昔の日本です。あのころの日本人は確かにそのような面があったと思いますが、今は違います。死んだふりではなく、本当に死んでいるのです。そのほうがわれわれには都合がいいのですが」

「いずれにしても織田は日本人だ。だから日本政府が彼の身柄の拘束はできる。そうだな」

「法的には可能ですが、実際にやるとなると話は別です。まさか閣下は……」

「わが国に対して織田はテロ行為を行った。そのテロリストを捕らえるのは日本政府の責任であるといえばいいだけのことだ」

「しかし閣下」

　許次長がいった。

「先ほどもいいましたように、織田は日本とエリトリアの二重国籍を持っています。ですからエリトリアに逃げられたら、日本政府は手も足も出ません」

「それはこっちの圧力のかけ方次第だろう。日本政府がパニックを起こすぐらい厳しい要求を出せば、いかに骨なしの彼らとて動かざるを得ないはずだ。エリトリアにはODAだって与えているだろうし」

「閣下、お言葉ですが、日本政府に織田を引き渡せというのはいかがなものかと思いますが」

　と余少将。

「なぜだ?」

「まず現在、織田は日本には多分いません。いるとしたら、わが国かこの周辺でしょう。

ですから日本政府は彼を引き渡したくても引き渡せません。さらにいえば、織田のことは日本政府に何も伝えてはならないと思います。伝えたらその途端にあの国のマスコミに漏れます。あの国の政治家は三流芸能人と変わりありません。マスコミに乗って名を売るのに必死です。そのマスコミはわが国のマスコミと違って箝口令《かんこうれい》など敬いません。国家がどんな窮地に陥ろうが、彼らにとっては視聴率や新聞、雑誌の売上が一番大切なのです。ですからおもしろおかしく扱います。そうなると織田という日本人によって、わが国の軍や公安が翻弄《ほんろう》されたことが知れてしまいます。これは恥以外の何ものでもありません」

「しかしわが国は日本人織田にばかにされたのだぞ」

「誰よりもくやしい思いをしているのは私です。しかし今いったように、日本政府にはこのことについてはいってはなりません。あの国に限っては極秘という言葉は通用しないのですから。ここは織田が率いる〝人類の盾〟対われわれという構図に絞《しぼ》ったほうがよいと思います。その後、日本を脅すなら、ネタはいくらでもあります」

「私も少将の考えに賛同します」

党中央情報部の楊局長が初めて口を開いた。

「頭のおかしいひとりの日本人によって、わが国が苦境に立たされているなどということを世界に知らしめるなどもってのほかです。まず織田を捕らえるか殺すのが先決です。

できれば捕まえてテロ容疑で裁判にかけ、秘密のうちに処刑するのが最良の方法でしょう」

「そう簡単にいうが、織田がどこにいるのかさえわかっていないのですよ」

許の言葉に、またかといった表情で楊が顔をしかめた。

「それは五日以内にわかりますよ」

余少将が自信たっぷりにいった。

「彼が立ち寄るところは二ヵ所しか考えられません。まず標的である三峡ダムと、その前後に斎大佐を訪れます。内部情報ですから確かです。両方とも完璧に固めています」

喬大将がため息をつきながらかぶりを振った。

「閣下、どうかなさいましたか」

「今ひとつ納得がいかんのだ。ここまでの話ではわれわれは織田という男に関してほとんど何も知らない。わかっているのは、許君の部下が東京から送ってきたどうでもいいような情報、プラス織田が残虐非道の人殺しというボータからの言葉ぐらいなものだ。農民暴動が収まり始めたのは結構だが、それは公安による強硬作戦が功を奏しているにすぎない。またいつから強力になって始まるかはわかったものではない。新疆での破壊工作は続いている。ここでもし織田の作戦が成功したら、わが国は大分裂を起こす」

そう語る大将の顔を見ているうちに、余は急に老けたという印象を受けた。こんな弱気の大将を見るのは初めてだった。

「閣下、われわれにはこれからぶち上げる起死回生の一発があるではないですか。国家国民はかつてないような団結力で結ばれます」

「そうならいいのだが……」

「閣下は疲れておいでなのです。今日のところはこれぐらいにしましょう」

「余少将、もし私に何かあったら君が私に取って代わって軍事委員会の副主席の座に就くのだ」

といって、周囲を見まわした。

「君たち全員が証人だ。いいな」

その夜、喬大将は心臓発作で倒れ、北京第一病院に運び込まれた。

第十二章　決　着

新疆

「検問所かもしれません」

呉《ウー》中尉がいった。

遠くに二つの明かりが見えた。懐中電灯のようだ。ここらへんの住民は懐中電灯など使わない。夜の暗闇の中を歩くときは松明《たいまつ》を使う。

「中佐殿は眠ったふりをしていてください」

テンピンを発って約十二時間が過ぎていた。

呉とイシマエルが交替に運転し、織田は二人の間にすわっていた。

トラックは天山《テイエンシヤン》山脈のふもとにそって、アトマバイエフから聞いた通りのルートで東に向かっていた。

ムサシビリからのブツが着いたのは、昨日の午前中だった。すぐに発つつもりだったが、輸送手段を見つけるのに時間がかかった。何百台も並んでいるとはいえ、故障せずに八百キロを走れるようなトラックを探すのは難しい。ほとんどが三十年もの以上でスペアータイヤさえ積んでいない。その上中国のライセンスプレートでなければならない。

呉とイシマエル二人がかりで探したが、結局トラックはカザフスタンから絨毯《じゅうたん》を山積みにしてきた商人から買い取った。絨毯も含めての価格は五万ドル。その商人にとっては十年分以上の稼ぎだった。プレートはほかのトラックから拝借した。

絨毯を積んだトラックは、ブツを隠すにはもってこいだった。荷台に積まれた百枚以上の絨毯の真ん中に、プラスティックの容器に入ったブツを隠した。こうすれば険しい山道のでこぼこに遭っても壊れる心配はないし、金属探知機にも反応しない。

出発準備が整ったのは午後一時過ぎだった。それから夜を徹してぶっ続けに十二時間走ったが、まだ半分以上の道程が残っている。

昼間は焼けるように暑いが、夜は逆に冷え込む。これまでは幸いなことに一度も検問には引っかからなかった。さすが武器商人アトマバイエフが教えてくれたルートだと織田も呉も感心していた。

しかし今最初のチェックポイントに出くわそうとしていた。

二つの明かりが近づいてきた。やはり懐中電灯の光だった。しかし電灯を持っているのは兵士ではなさそうだった。トラックのライトに映った二人の服装が民工《ミンゴン》のようなのだ。ひとりが道の真ん中に立って明かりを振った。イシマエルがトラックの速度を緩めた。

織田は身を沈めて目をつぶっていた。

「おかしいですよ、中佐殿。兵士ではないようです」

「私服の公安じゃないのか」

目をつぶったまま織田がいった。

「私服でもああいう服装はしません。山賊の可能性はあります」

トラックが停まった。

ひとりが運転手側に来た。もうひとりが荷台のほうに行った。多分荷を調べるためだろう。

「降りてもらおうか」

「あんた方は?」

「自警団だ」

「何の用だい」

「トラックをもらう」

「ばかいうなよ」

男の手にピストルが握られていた。

「どうしますか」

呉が織田にささやいた。

「金をやってみろ。だめなら殺すほかないだろう」

呉が金を男に差し出した。男がそれを取ってポケットにしまい込んだ。

だがピストルは向けたままだった。

後ろにまわった男が戻ってきた。

「すげえ数の絨毯じゃねえか。一財産だ」

その男はピストルでなく、出刃包丁を握っていた。

「さあ降りろ。でねえとぶっぱなすぞ！」

「おれはピストルの男をやる」

「わざわざ手を汚すことはないと思います。まず説得させてください。いいですね」

織田が呉に続いてトラックを降りた。三人が一列に並んだ。ピストルを持った男はそれを織田に向けていた。出刃包丁の男は、呉とイシマエルに向かって構えていた。

「トラックをやるわけにはいかないんだ。悪いことはいわない。今やった金を持って失せろ」

呉の言葉に二人が顔を見合わせた。

「おめえら殺されてえのか」

「貴様ら人民解放軍に盾突くのか！」

呉が一喝した。

二人が一、二歩さがった。

「われわれは人民解放軍特別隠密部隊の者だ。このトラックは国家のものだ。それを奪った者は死刑だぞ」

二人の顔が恐怖で引きつった。ゆっくりと後ずさりしてから、突然背を向けて走りさった。

三人はトラックの席に戻った。

「あれはど素人だったな。拳銃の安全装置さえはずしてなかった。多分弾も入ってなかったんだろう」

トラックが走り出した。

「時間を無駄にしましたね」

「午後までに着けばいいのだから楽勝さ」

「検問にぶつからなければの話ですがね」

「今の演技はなかなかよかった。本物の兵士に会ったら使ってみるべきだな」

「ばれたら一巻の終わりになりますよ」

「おれを日本人捕虜としてトルファンに連れていくところだといえばいい。どんな反応を見せるかな」

「多分、撃ってくるんじゃないですか。そもそも中佐殿は冗談がきつすぎるんです」

見ると織田はすでに眠っていた。

それから一時間ほど走ったところに小さな村があった。店は一軒も開いてなかったが、村はずれのガソリン給油所には小さな明かりがついていた。そこでタンクと補助タンクを満タンにして、再び東に向かって走り出した。

それから七時間後、トラックはボステン湖の手前にある焉耆《イエンチー》回族自治県の手前を右に迂回した。日はとっくに昇っていた。焼けつくような太陽が前方から射してくる。そこから五十キロほど行ったところに、クルレという町がある。住民は大部分がイスラム教徒である。イシマエルによると、ここらへんが新疆では三人にとって最も安全なところだという。

クルレの町で車を停めて屋台で朝食をとった。その間ずっと織田はひと言も話さなかった。いくら安全とはいえ、どこに公安の目と耳があるかわかったものではない。

早々と朝食を終えて、三人は目的地へと発った。左手にボステン湖を見ながらタリム盆地をかすめてロップ・ノール地域へと入った。この地域は一応砂漠地帯と呼ばれているが、中東の砂漠とは違う。中東の砂漠は大部分がきれいな砂でできているが、ここロップ・ノールはごつごつとした小さな岩と泥炭の乾いたような物質でできている。だからサボテンや草が多少は生える。羊飼いがところどころに見えるのはそのためである。それから五時間走ってやっと目的地へ到着した。周囲を見まわしても誰もいない。錆びついた鉄条網の門があった。そこから左右にえんえんと地平線の彼方まで鉄条網の線が続いている。門から先はオフリミットとなっている。

ここは核実験の場所として、六〇年代から一九九五年までずっと使われてきたところである。最後に使われたのは一九九五年八月の地下核実験のときだった。その一年後、国連が包括的核実験禁止条約（CTBT）を採択したため、この地域一帯は近づくことさえ禁止されている。

イシマエルが念のため鉄条網に電気が通っているかどうか確かめたが、それはなかった。十年以上も前にお役御免となった施設に、それでなくとも足りない貴重な電力を通す必要はないとの軍部の判断なのだろう。

鉄条網の門はわざわざ開けるまでもなく、トラックをそのまま進めるだけで、もろくも倒れた。そこから二十キロ行ったところにコンクリートの建物があった。かつては核実験場の管理事務所だったのだろうが、中は空っぽで机さえなかった。トラックはそこからさらに十キロ進んで停まった。

呉とイシマエルが荷台に上って絨毯の間からプラスティックのケースを取り出して、

そっと地上にいる織田の手に降ろした。

織田がケースを開けて中身を抜いた。〝ナスティ・ボーイ〟がそのスリーク《滑らか》なボディを現した。これ以上ないというテンダーな手つきで地面においた。

「ヘロー〝ナスティ・ボーイ〟」

織田がささやきながらそのボディをやさしくなでた。

「お前にはこれからナスティ《意地悪》なことをやってもらう。中国政府が悲鳴を上げるほどナスティにやってくれよ」

腕時計を見た。ここからトルファンの町まで百キロ、二時間はかかる。とすると着くのは三時過ぎ。まだ十分に日が照ってる時間だ。

素早くタイマーをセットして起爆装置をオンにした。タイマー表示の数字が動き出した。

「頼んだぞ、ナスティ・ボーイ」

呉とイシマエルはすでにトラックに乗っていた。織田が駆け足でトラックに戻った。

「中佐殿、何時にセットしたのです?」

「三時だ。長すぎると見つかる可能性もあるからな。あとはこのトラックが故障しないのを祈るだけだ」

トラックは全速力でトルファンに向かって走り去った。

ちょうどそのころ黄星勝《ホアンシンシャン》軍曹は二人の部下とともに民工姿で北京駅に降り立った。ブラゴヴェシチェンスクでムサシビリが遣わした〃配達人〃に会い、ブツを受け取って、地元の密輸屋のボートで五十キロ、アムール川を下って国境警備の手薄くなったところで対岸の中国領に潜り込んだ。そこからバスで黒竜江《ヘイロンチアン》省を真っすぐ下ってハルビンに入った。ハルビンから北京行きの汽車に乗り込んだ。民工ばかりで満員の硬座席は警備員も乗っていなかった。

ほかの民工同様ナベ、釜、着替えのいっさいを毛布にくるめて背中に背負い、三人は駅のプラットフォームを出た。ハルビンや長春《チャンチュン》などと違って、北京は最も警備が厳しいということは呉中尉から聞かされていた。そしてもし彼らのミッションが失敗したら、作戦自体が失敗に終わることも。

三人は北京のメイン　ストリートのひとつである建国門外通りを横切って朝陽門外南通りを北に向かった。二キロほど行くと朝陽門内通りと交差した。そこを左に曲がった。しばらく行くと標的の屋根の部分が見えてきた。

「あれだ」

黄軍曹が標的をあごで指した。

三人はゆっくりとした足取りで紫禁城へと向かった。

東京

その日の仕事を終えて帰ろうとしていた城島のもとに、ジェームス・バーンズから電話が入った。

「大変なことになりましたよ、城島さん」

緊張の極限にありそうなトーンだった。

「中国がロップ・ノールで高性能小型核爆弾の実験をしたのです」

「いつごろですか」

「つい二時間前。うちの衛星がピックアップしました。現地時間三時です」

「中国政府は何といってるんです?」

「何もいってません。しかしこれは明らかなCTBT違反です。蜂の巣を突っついたような騒ぎに発展するのは確実です。国務省やホワイトハウスはメディアの大攻勢に遭っています。今回は写真を公表せざるを得ませんよ」

「仕方がないでしょうね」

「台湾侵攻に備えての実験という見方をしている軍事評論家もいます」

「しかしよかったですよ。ちゃんと爆弾が爆発して」

「……?」

「あれが爆発しなかったら、織田君の作戦も狂うところでした」

「……!?」

「あなた方も金を出した甲斐があったというものです」

「じゃ、あれは織田氏が!?」

「他人の核実験場を借りての実験なんてしゃれてると思いませんか」

「織田氏があなたにそういったのですか」

「作戦の中身をいうほど彼は愚かな男ではありません。このあいだ彼はあなたに特別出費についてお願いしたでしょう。あのときから私にはわかっていました」

「それじゃ、彼はあの金で高性能小型核爆弾を買ったというわけですか」

「それも一発ではない。もちろん極秘にしておいてくださいよ」

　バーンズは言葉を失った。

　城島が続けた。

「中国は世界中から非難されます。どう弁解するかが見ものですね。国内の不満分子にやられたとはいえないし、外国のゲリラにやられたなどとも口が裂けてもいえません。しかも自国が昔使った核実験場ですからね」

「荒っぽいことをやりますね。しかし効果的です。世界のマスコミや政府に中国を叩かせるんですからね」

「中国政府にとってはたまったものじゃありません」

「でも織田氏はいったい誰からあんな高性能核爆弾を仕入れたのですかねぇ」

「彼の商売柄それくらいのチャンネルは持ってますよ。しかしそれは聞かぬが花でしょう」

「果たして勝ってるんですかね。約束の三ヵ月は近づいてますし」

「そろそろショーダウンに向かうでしょう。織田君のことだから派手なクライマックスを考えてると思いますよ。大いに楽しみですね」

北京　外交部

外交部のメインスポークスマンの唐健人《タイジエンレン》は疲れ切った表情で王勝拳《ワンシャンチエン》の机の前にすわっていた。

この七時間、北京駐在の外国人記者団から記者会見を開くよう要請されているのだが、彼らの訊く質問は予想できた。だが、こちらの答えの用意はできていない。問題の本質さえ唐にはまったく把握できていなかった。党中央や軍部に問い合わせてみても、誰も満足な反応をしてくれない。彼ら自身何も知らないのかもしれないと唐は思い始めていた。こんな状況で記者会見を開くなど自殺行為だ。

思い余って、外交部特別局副局長である王のもとにやってきた。特別局は外交部の情報機関であるから何かをつかんでいるかもしれないと考えたからだ。

　しかしその頼みの王自身何もわかっていないといっている。

「このまま記者会見を開かなければ、記者連中は勝手なことを送信すると思います。何とか開きたいのですが」

「それには私も賛成だ。だが例の質問に対してはどう答えるんだ。統一見解がなければどうしようもないだろう」

　唐が黙ってしまった。

「現在、党中央と軍の間でその統一見解について話し合われているらしいのだが、いつまでかかるやら」

　といって王がため息をついた。

　すべては七時間前に始まった。

　ロップ・ノールで核爆発があったとの第一報が総参謀部に入ったのは午後三時半だった。それが王に伝えられたのは四時ちょっと前。外交部のスポークスマンが外国人記者との会見を一手に担っている関係上知らされたのだった。しかし核爆発が起こったというだけで、それ以上のことは知らされなかった。

　王は直接余《ユー》少将や許報国《シュウパオグオ》、さらには党中央情報部の楊澄林《ヤンチャンリン》局長に連絡したが、誰も爆発についての説明はしなかった。しないというよりできなかったのだ。みな爆発にただ驚いていて、何が何やらわからないといった雰囲気だったからだ。

そうこうするうちに、スポークスマンの唐の部屋に香港経由で爆発について知ったというイギリス人記者から電話が入ってきた。それからは北京駐在の外国人記者ほぼ全員が電話をかけてきた。そして外国人記者クラブの会長が緊急記者会見を要請してきた。

電話が鳴った。

楊澄林からだった。

党、政府、軍が今回の核爆発について統一見解に達したという。

「いいですか、王副局長。あの爆発は昔地下の核爆弾貯蔵庫に置かれていた爆弾が、そのまま置き忘れられていたものだった。それが何かの拍子で爆発してしまった。単なる事故である。そのような爆弾がまだ残っているか、今、徹底的に調査中である。今回のような事故は二度と繰り返されることはないだろう。これで貫いてください」

「しかしこんな答えが通用しますかね。わが国の核管理がいかにずさんかといってるようなものじゃないですか」

「ほかにいいようがありますか？」

「アメリカやイギリスは今回の爆発を見て、それ見たことかというに決まってます。中国は核を持っているが、その管理もできていない。CTBTを最初に破った国であると烙印を押します。わが国のクレディビリティは間違いなく地に落ちますよ」

「それでも〝人類の盾〟の〝正義〟がやったというよりはましでしょう」

「やっぱりそうだったんですね。彼がやったのですね」

「わが国のメンツにかけて、そんなことはいえないでしょう。それをいった途端にいろいろな質問が飛んできますよ。まずその〝正義〟というのは何者なのか、から始まって、なぜ彼が核爆発を起こしたのかなどなど、あなたのところでさばき切れますか」

確かに楊のいう通りだ。今はただ統一見解をスポークスマンに述べさせて、嵐が去るのをじっと待つしかないのかもしれない。

「この見解には余少将も同意しているのですね」

「少将が同意せねば統一見解にはなりませんよ。なにしろあの人は今じゃ党中央軍事委員会の副主席で実力ナンバー1ですからね」

電話を切って、目の前にすわった唐健人に楊から聞いたことを伝えた。

彼は黙ったまま聞いていた。王の説明が終わると、質問があるといった。

「国際世論はいろいろと憶測しています。あれはわが国が台湾攻撃のために特に開発した高性能核爆弾であるとか、アメリカにほぼ独占されている海外の武器市場に食い込むための切り札であるとかなど、勝手なことがいわれています。テロリストに売るために作られたものだなどといってる連中もいる。そんな質問が出されたら、ただ否定すればいいんですか」

「わが国は一九九六年以降CTBTの精神を忠実に守ってきた。そういう無責任な憶測にはばからしくて答えられないと突っぱねればいいんだ。ほかには？」

「外国人記者の間では、あの爆発は少数民族のテロリストか外国人によってなされたのではという噂が立っています。それらの……」

王が片手を挙げて、

「そんなことはあり得ない。全面否定だ」

「もうひとつ、アメリカなどは核爆発の規模やマグニチュードから爆弾自体の破壊力を分析していると思うんです。その情報を当然記者たちに漏らしています。それに関連した技術的な質問をされたら、私は答えようがありません。そのときはどうすればよいでしょうか」

「そんなことは聞くまでもなかろう。核に関してはすべて国家機密なんだ。それより記者会見では自信を持って語れ。いつもの君を出せば大丈夫だ」

唐が立ち上がった。

「なんだか闘技場に入っていくグラディエーター《―剣闘士―》の心境です。しかもそこには百人以上の敵が待ち構えている」

「そんな弱気でどうする。さあ会見に行って記者の連中を煙《けむ》に巻いてやれ」

総参謀部

時計はすでに夜中の十二時をまわっていた。

余少将は目の前で展開していることが信じられなかった。大中華人民共和国にヒビが入り瓦解し始めている。悪夢ではなく現実なのだ。その証拠に、今、外交部の記者会見室では、スポークスマンが世界中のジャーナリストから厳しい質問の嵐にさらされている。明日のトリビューンやロンドン・タイムズのヘッドラインが脳裏にちらつく。〝中国CTBTを無視〟、〝中国高性能小型核爆弾を大量生産開始か〟、〝中国テロリストと核爆弾売買契約か？〟……。よりによって中国領内で核爆弾が爆発したのである。こういったヘッドラインが飛び交っても不思議ではないと少将は思った。

これで世界の目は中国に集中する。となると〝身構える虎〟作戦の発動は不可能となる。奇襲電撃作戦は世界が知らないうちにやらねば効果はない。世界注視の中でやったら、それこそ無法者国家であると宣言しているようなものだ。投資は引き揚げられ、経済は冷え切る。そして世界中から袋叩きにあう。国連を追い出される可能性だって否定できない。回復不可能な傷を負うのは必至だ。とりあえず〝身構える虎〟は棚上げとせざるを得まい。

それにしても自分の予想は見事にはずれた。〝正義〟はあの警告書で中国指導者を傲慢と決めつけた。多分彼は正しかった。少なくとも自分に対しては正しかった。自分は彼の下す教訓が三峡ダムと決め込んでいた。それを斎《チー》大佐の言葉がバックアップした。自分はそれを鵜呑みに信じた。

自分が正しい。斎大佐は〝正義〟を裏切った。そこには何の確かな根拠もなかった。ただ自分がそう信じただけだった。傲慢さここに極まりだ。穴があったら入りたい気持ちだった。

すべてはひとりの日本人によってもたらされた。それが織田という男だ。いったいどんな男だろうか。彼を気の狂った男と決めつけていたのも傲慢以外の何ものでもなかった。

ドアーがノックされ秘書が顔をのぞかせた。

「電話が入っておりますが」

「誰からだ?」

「それが英語なのです。ジェネラル・ユーと話がしたいといってます。三番です」

ひょっとしたら知り合いの外国人記者かもしれないと思いながら、少将が受話器を取った。

「ジェネラル・ユー?」

低く抑えているような声だった。その瞬間、少将の背筋に冷たいものが走った。

「私は――ジャスティス《正義》――。約束通り教訓は与えました。どんな気持ちですか」

「正義などとしゃらくさいことをいうな！　貴様の名前は織田信虎。金で雇われて人殺しをする集団の親玉だろう」

「これはご挨拶ですね。なぜそんなに熱くなるんです」

「いったい何が目的なんだ？」

「警告書でいった通りです。あなた方に我慢がならない人々や国々に代わって警告を発するのが〝人類の盾〟と私の役目です」

「傲慢なのは貴様のほうだろう。わが国は他国に介入などしないし、アジア諸国を属国化しようとも思っていない。それを何の根拠もなくわれわれを傲慢と決めつけている貴様こそ傲慢そのものだ」

「歴史をレクチャーするつもりはないが、あなた方漢民族は人口が多いことをいいことに覇権主義に徹してきた。チベット、内モンゴル、新疆などで大勢の人々を殺し、漢民族の支配を押しつけている。そして、今、台湾は中国の領土であるとぬかしている。台湾の歴史を勉強もしないで、その領土を自分のものという。そういうのを帝国主義というんです」

「いいたいことがあるならはっきりいえ」

「よろしい。じゃいおう。ロップ・ノールで起きたことを教訓として真摯《しんし》に受け止めることだ。次に起こることはもはや教訓ではない。おぞましい破壊になる」

「そんなことは絶対にさせん！」

「それは希望的観測というものです。斎大佐が三峡ダムについてたれこんだとき、あなたはすでに知っていたようだが、さすがです。しかしあの計画は遂行しないことにした。なぜだかわかりますか」

「陸、川、空が完璧に封鎖されて成功のチャンスがないと考えたからだ。恐れをなしたんだろう」

「いや、今でもやろうと思えばやれます」

「じゃなぜやらないんだ」

「あまりにも破壊的な結果を招くことになるからです。あのダムを破壊すれば、この国は完璧な壊滅に追い込まれ、二度と立ち上がれないような状態になってしまう。となると、中国という国家は分裂する。それはあなたもわかるでしょう。私はそれはさせたくはないのです。御国を壊滅させるのは私の意図するところではない。わかりますか。私のいっていることが」

「それならなぜ平和を愛し、人民のための政府を擁する中国を攻撃したのだ」

織田がくすっと笑った。

「いい表現ですね。平和を愛し、人民のための政府なんて泣けますよ。本当にそうなら東アジアに問題はないんですがね。あなたはわれわれが中国を攻撃したというがそんなことはしていませんよ。確かに新疆では油田を爆破した。あそこはあなた方がいてはいけない地域だからだ。ヴェトナムではあなた方が勝手に南海艦隊を出動させた。農民暴動はもともとあったものだ。そしてロップ・ノールではあの実験場をちょっと使わせてもらっただけだった。攻撃なんてまったくしていないことがおわかりでしょう」

「それは屁理屈というものだ。わが国をほとんど内戦状態に陥れたくせに。早く手を引かないと遊びではすまなくなるぞ」

「まだわかりませんか」

「……?」

「この際いっておきますが、そちらは命令する立場にないんです。そちらの選択権はこちらの要求を聞いてその通りにするかしないかだけです」

「貴様はいったい誰のために働いているのだ。アメリカか、それとも台湾か。日本のためではないだろう?」

「どの国のためでもありません。人類のためです。あなた方中国人をこのまま野放しにしていると、いずれはあなた方が地球を破滅させてしまう。無責任に人類や地球のハーモニーを乱すことは許せないのです」

「ばかばかしい！」

「少将、よく聞いてください。現在北京のあるところに核爆弾が仕掛けられています」

「……!!!」

「ロップ・ノールで爆発したのと同じ、高性能小型核爆弾です。爆発したら周囲五キロを塵《ちり》に変えます」

「……!!!」

「これでもばかばかしいですか」

少将の額から脂汗がにじんだ。

「ブラッフだ!」

「それならコールしてごらんなさい」

全身から力が抜けていく感じがした。

「要求は何だ?」

弱々しいトーンで少将が訊いた。

「たいした要求ではありません。お宅の国家主席が中央電視台を通じて、あるスピーチを行うんです」

「スピーチを?」

「そう。内容は三つから成ります。

まず今日の中国は沿海部と内陸部の貧富の格差がありすぎる。そこで中央政府はこれから軍事費を五十パーセント削って、その分を内陸部の農業改善や農民の生活向上、エイズ撲滅のために使う。

第二は二年前に全人代で採択された反国家分裂法を撤回する。これからは自国の考え方や意志を武力によって他国に押しつけないと誓う。

第三は国際社会の一員として人権を尊重し責任ある言動を取る。これは環境問題や軍拡、少数民族問題、そして刑務所にぶち込んでいるジャーナリスト六十五人の釈放におよぶ。以上だ」

少将は爆発しそうな怒りを必死に抑えていた。

「それをわが国の国家主席にテレビを通していえというのか」

「簡単なことでしょう」

「貴様は本当に狂ってる」

織田のトーンが急に変わった。

「そう思ってもらって結構だ。強度の精神分裂症なんでね。だから何をするかわからないんだ」

「…………」

「どうなんだね、少将？」

「これだけのことを私の一存で決められるわけがないだろう。中央軍事委員会や国家主席に相談せねば」

「それじゃ早くすることだ。爆弾のタイマーはすでに動き出してる。起爆装置を止められるのは、爆発三十分前までだ。それが過ぎたらゲーム オーヴァー。あんた方はみな死ぬ。中南海のお偉方も含めてね」

少将の額の汗は滝になっていた。中央軍事委員会を緊急招集して国家主席を説得するべきか？ しかしこれがもしブラッフだったらどうなるのか……。国家主席が世界に向かって話をするのだ。しかも内容は、これまでの中国政府や共産党の政策や方針に正反対なことばかり。悪いことをした人間が懺悔《ざんげ》してるように見えるだろう。国家主席だけでなく、中国という国がとんでもない恥をかくことになる。少将自身相手がブラッフしていると信じたかった。ブラッフとして片づけるべきか一瞬迷った。しかし、もし相手のいってることが本当だったら、取り返しのつかないことになる。これまで織田がやってきたことを考えると、ブラッフとして片づけるにはあまりに真実味がある。ロップ・ノールでは実際に核爆弾を爆発させたのだ。

「あとどのくらいの時間があるんだ」

「すでに三十分費やしたから、あと九時間少々といったところかな」

「なんとかしてみよう。だが爆弾が確実に北京のどこかにあるという証拠がほしいのだが」

「あんたにそんな要求をする権利はないんだよ。もし国家主席がこっちのいった内容のスピーチをすれば、爆弾のありかは知らせる。これは約束だ」

「わかった。君に連絡するにはどうしたらいいんだ?」

「必要だったらこっちから連絡する」

「今、中国国内にいるのか」

「そう思ってもらって結構。逆探知しようとしているなら時間の無駄だ。この電話は不要な電波を全部ブロックするようにできてるのでね」

「もし軍事委員会での話が長引いて……」

「グッディ ジェネラル」

電話が切れた。

少将は考えた。これから中央軍事委員会を緊急招集しても、みなが集まるのに一時間から一時間半はかかる。それから事態を説明し、みなを納得させるのにどれほどかかるかはわからない。へたをすると委員会は紛糾する可能性さえある。時間はせっぱ詰まっている。委員会には事後報告という形にするしかない。

少将は受話器を取り上げて中南海の国家主席の公邸を呼び出した。

織田と二人の部下を乗せた貨物列車は哈密《ハミ》の駅を通過して西に向かっていた。このまま進めば二日後の朝までには甘粛省の蘭州に着く。そこからは飛行機で広州までひと飛びで行ける。広州から香港へは呉中尉がよく知る獣道のルートを使えばいい。

イシマエルがトルファンで買った缶詰を開けて、織田と呉中尉に差し出した。三人はもくもくと食べた。

中国内に残っている隊員にはできるだけ早く国外に出るよう命令を出した。コンバットでの死者はこれまではゼロ。軽傷を負った者が二人。ということは、死者はインドと中国との国境で死んだジャンナーム軍曹ひとりだけということになる。

「こんなに簡単に事が運んでいいんですかね」

呉中尉が半ば心配気にいった。

「決して簡単じゃなかった。相手に弱みが多すぎたのだ。サイズがでかすぎることが、いかにディスアドヴァンテージ《不利》となるかというい見本だった。すべての面で後手後手にまわっていたからな」

呉中尉のポケットの中の携帯が震えた。もしもの場合に備えて音は消してあった。北京にいる黄軍曹からだった。

「ご苦労。……。タイマーをちゃんと再確認したか？　……。正確な場所をいってくれ。……。よし、わかった。君たちの仕事は終わった。すぐに北に向かって国外へ脱出しろ」

携帯をしまい込みながら呉中尉が、

「最後の三人がこれから脱出します。タイマーは正確に起動しているそうです」

「あとは国家主席の演説だけか……」

「つらいでしょうね。どっちにころんでも、結果は負けになるんですから」

「当然の帰結さ。ところで呉中尉、これが終わったら大金が入る。君はどうするつもりだ」

「とおっしゃいますと？」

「一生食うには困らない金が入るんだ。この仕事をやめる潮時だろう」

「金は台北にいる家族に与えます。自分は軍人ですから、やっぱりこの仕事を続けたいと思っています」

「それほど戦うことが好きなのか」

「わが家の血でしょうね」

「血？」

「小さいときから親父にいわれました。うちの家系は紀元前二二七年にさかのぼる、と。あの年は秦の始皇帝が暗殺されかかった年です。刺客の名は荊軻《ジンカ》。暗殺は失敗し彼は殺されました。家系図によると、うちは彼の血を引いているらしいのです」

「刺客か。夢があるなぁ」

「文革の最中、私はまだ子供でしたが、親父やおふくろは紅衛兵に随分いじめられました。刺客はブルジョアという理由で」

「しかしさすが中国だな。家系の長さが違う。おれのうちはまだ四百二十五年しかたっていないというのに」

「荊軻は秦王政《チンワンジャン》刺殺の壮途に際して、易水《イーシュイ》という川のそばで別れの歌をうたっています。〝風蕭々として易水寒し、壮士ひとたび去ってまた還らず〟と。自分も戦場に出るたびにこの歌の気持ちを持っています。その緊張感がたまらないのです」

「だからこれからも戦い続けたいというわけか」

「中佐殿さえよろしければ」

「おれに異論などあるはずがない。君のような戦士ならいつまでもいてほしい」

「しかしこれほど戦いが好きな自分は異常なのかもしれませんね」

「世間一般はそう考えるだろうな。彼らは人間の本能である戦うということを否定している。今、世界でどれだけの紛争が繰り広げられていることか。それもこれも責任ある文明国家が介入を避けているからだ。彼らは戦いたくないのだ。本能を自ら去勢してしまった人工人間ばかりだ。だからおれたちのような人間が重宝される。本能を失った彼らこそ異常だとおれは思うね」

「そういわれると気が楽になります」

「それはどうかな。おれはこの狂った世界で、異常といわれたほうがまともな気がするがね」

北京　中南海

余少将が国家主席の公邸に着いたとき、首相はすでに来ていた。深夜の突然の緊急会議招集に胡錦濤《フージンタオ》主席も温家宝《ウエンジャパオ》首相も不愉快な表情を隠そうとはしなかった。

「こんな時間に集まるなんて、よほどのことなのだろうね」

首相が独特の高いピッチの声でいった。

「本来なら中央軍事委員会を招集したいのですが、事は急を要します。一時間で終えることを委員会では五時間かけますからね」

「では少将、早速用件に入ってもらおうか」

首相の声とは対照的に主席の声は抑揚がそれほどなかった。

「実はこの話は国家的危機といっても過言ではありません。われわれが直面している一連の不愉快な状況についてはご存じと思いますが、新たな進展があったのです。正確にいえば、昨日の午後三時にロップ・ノールで高性能小型核爆弾がある男によって起爆されました。それについてはすでにお聞きになっていると思います。この男は農民暴動や新疆の油田爆破、国境紛争など全部の問題にかかわっています。核爆弾を爆発させたのは次のステップのための警告でした。そのステップとは北京に高性能核爆弾を仕掛けること。実際には、すでにその爆弾は北京に持ち込まれ仕掛けられています」

「その男とはいったい誰なのだ」

首相が相変わらず眠たそうな質問をした。

「先日、私のもとに警告書と胡易鴻《フーイホン》と彼の妻が香港のホテルで若い男女と乱交パーティに耽っている写真を送ってきた男です。〃人類の盾〃の〃正義〃という名で送ってきましたが、日本人で本名は織田信虎という男です。彼からの警告書をお読みになっていますね」

「ああ、あの気の触れた手紙なら読んだ。相手にしても意味はないと思ったよ」

「ところが彼は本物であり、本気であるんです。あの手紙のなかで彼はわれわれに忘れられない教訓を与えるといってました。それが昨日のロップ・ノールでの起爆だったのです」

「しかしあれは、地下の貯蔵庫に残っていた爆弾が突然爆発したというのが統一見解のはずだったが」

「首相、あれは外国人記者用の説明です。事実は〃正義〃の仕業です。そこのところを間違ってもらっちゃ困ります」

「奴が日本人なら、日本政府につかまえさせればいいではないか」

「それについては、安全部や党中央情報部などの現場との間で話しましたが、不可能という結論に達したのです」

少将はいらいらしてきた。首相は人のいうことをまったく聞いていない。

「簡潔にいいましょう。今、北京のどこかに高性能核爆弾がおかれています。こちらが要求を受け入れないなら、相手はそれを起爆するといっているのです。爆発したら周囲五キロが塵になる。中南海も含めてといっています。すでにタイマーは動いています。爆発までさっきは九時間でしたが、あれから三十分たっていますから、八時間半です。現在五千人の兵士と武装警察を動員して捜させておりますが、見つかる可能性はないという前提で事を運ぶべきと考えます」

中南海も含めてという言葉に、国家主席と首相の顔色が変わった。

「その要求とは何なのだ」

国家主席が訊いた。

「まず国家主席にテレビ演説をしろというのです」

その内容について説明すると、国家主席の顔がみるみる赤みを帯びた。

「軍事費の五十パーセントを農村部へ!? それに農村のエイズ対策! そんなことをしたら、わが国の農村に一千万人以上のエイズ患者がいると宣伝するようなものではないか。反国家分裂法を撤回するなどもってのほかだ! 人権保護はわれわれの方法でやっている。環境保護もわが国の特別なやり方でやっているではないか」

「世界が納得いくやり方でやれといっているんでしょう」

「これらの要求を、少将、君は受け入れたのか?」

少将が首を振った。

「私が受け入れるわけはありません。その権限はありませんから。それは主席閣下が決めなくてはならぬことです」

「首相、あなたはどう思う?」

「もってのほかという以外言葉がありませんな」

「私もそう思う。党を裏切ることになるし、人民を裏切ることにもなる。絶対にだめだ。少将、君もそう思うだろう」

「率直にいわせていただけば、私は違う考えを持っています。ロップ・ノールのことを考えれば、私はあの男がブラッフをかけているとは思いません。まずあの男の要求を受け入れるべきと考えます。理由は、もしそれをせねば、北京の中心地は五キロ周辺が灰と化します。爆弾は多分旧ソ連製の高性能核爆弾〝ナスティ・ボーイ〟でしょう。そうなら放射能の放出量はかなり多い。北京中心部で起爆したら、爆発と熱で少なくとも五万人が即死、それから半月後に放射能で十万人はやられます。これは最小に見積もった数字です。もしこのようなことが起きたら、結果は明白です。外国の投資はすぐに引き揚げるでしょうし、上海、深圳《シェンジェン》、香港の株は大暴落します。アメリカや日本の株も暴落するでしょうが、彼らは資本主義がしっかりしてますから、耐えられます。都市部の住民と農民が組んだ大暴動があちこちで起きるでしょうし、軍部も分裂する可能性があります。そうなったらわが国の終わりの始まりです」

「〝身構える虎〟を今すぐ発動したらどうだろうか」

と首相。相変わらずピントが合っていない。

「準備ができていません。それに作戦を発動する前に爆弾は起爆します。〝身構える虎〟は忘れたほうがいいでしょう。それどころじゃない状況なのですから」

「なぜこんなことになってしまったのだ。しかも相手はひとりの気が狂った日本人ではないか」

国家主席の顔は苦悩に歪んでいた。

「狂っているかもしれませんが、戦略に長《た》けてることは確かです。天才といってもいいでしょう。悔しいことですが」

首相が口をとがらせた。

「よくそんなことがいえるな。君は国家防衛の責任者じゃないか」

「これが終わったら総括をします。自分の責任も含めて。しかし今重要なのは、織田の要求にこちらがどう反応するかです」

といって主席に向かって、

「閣下、時間は押し迫っています。どうかご決断を」

「…………」

これまでの主席の人生の中で最も苦渋に満ちた選択であることは間違いなかった。かつてチベット自治区の共産党書記だったころ、彼は反乱チベット人やラマ僧を大量にパージして、当時の指導者鄧小平《デンシャオピン》に認められた。その功績を土台として一躍中央の政治局に抜擢《ばってき》され、江沢民《ジャンズーミン》の後継者となった。

あのときのパージの際も彼は迷った。パージには虐殺はつきものである。人の命が自分の決断でどうにでもなることの恐ろしさを知った。しかし大中国の安定を考えれば、答えはひとつしかなかった。結果として、数千人のチベット人の命が失われた。

あのときにくらべても、今回の選択はあまりに重い。国家的屈辱を甘んじて受け入れるか、それとも大量破壊にさらされるか。どっちを選択しても大中国のプラスにはならない。

「ここはひとつ要求を受け入れるしかないでしょうな」

首相がいった。さっきいったこととは大分違う。

「一時しのぎの芸と思えばいいじゃないですか」

「というと?」

「その狂人のいう通りにするのです。強風の前には柳の枝になるしかありません。だが強風が去ったら、状況をもとに戻せばいいのです」

「ちょっと待ってください」

　少将がいった。

「一時しのぎとおっしゃいますが、そんな姑息なことが通用する相手とは思えませんが」

「ではどうしろというのだ。演説でいう通りのことを、この先忠実に政府が実践していくというのかね」

「農民の生活改善だけでも十年や二十年は必要です。どうせ政府はそれをやろうとしているわけですから、具体的なプロジェクトを組むなりすれば、十分説得力はあります」

「しかしそのために軍事費の五十パーセントをまわすなどもってのほかだ。それをやった途端、わが国は周囲の国々から甘く見られる。そしてそれこそアメリカの思う壺《つぼ》なのだ」

「人民の七十パーセントを占める農民を救えずして、アメリカの思う壺もないでしょう。国破れてミサイル残るでは悲しすぎます」

「余少将の話には一理ある」

　主席がいった。

「本意ではないがテレビに出よう」

三人が乗った貨物列車は安西《アンシー》の駅を通過していた。東の空が白みかかっていた。呉中尉とハッサン・イシマエルは広い貨車の中で高いびきをかいて眠っている。

時計を見て時間を確認した。携帯を取り出した。この時間に果たして少将がいるかどうか疑問だった。秘書が出た。朝方の五時近くに秘書がいるということは、総参謀部の幹部もいるということだ。

数秒後、少将が出た。

「軍事委員会を説得できたかね、少将」

織田が訊いた。

「軍事委員会は開かなかった。時間がなかったんでね。首相と三人で話し合った。首相の反対には遭ったが、結局国家主席はテレビで演説すると決断した。今その原稿を作っているところだ」

こころなしか余少将の声には元気がなかった。

「何時にオン エアーになるんだ」

「九時だ」

「エアー タイムはどのくらいになる?」

「十分」

「短いな」

「君のいったことをいうだけならそれで十分だ」

「まあいいだろう」

「終わったらすぐに爆弾のおかれた場所を知らせてくれるんだろうな」

「おれは武士だ。武士に二言はない」

「その言葉を信じよう。必ず電話をくれ」

それから約四時間後、貨物列車は酒泉《ジウチユアン》で停止した。時刻表によると三十分停車の予定だった。三人は貨車を降りて駅の待合室に行った。

そこにある大型テレビスクリーンの前に大勢の人がすわっていた。画面に漢字で何やら書かれている。

「出てますよ」

呉中尉が織田の耳元でささやいた。

「国家主席が緊急演説するといってます。主席になって初めてとのことです」

「ようく聞いて内容をおれに教えてくれ」

それから五分後、国家主席の顔が画面に現れた。緊張のためか顔が青白い。

「人民のみなさん、今わが中華人民共和国は国家として歴史的岐路に立っています」

演説は少将がいった通りぴったり十分で終わった。テレビの前に集まった人々は、国家主席の話が終わっても、しばらくその場を離れなかった。

「みな何といってるんだ」

織田が小声で訊いた。

「農民の生活がよくなるといっているが、本当にそうなるのだろうかと話し合ってます」

「軍事費五十パーセント削減はいったのか」

「それはいいました。しかし見てる者にはピンとこなかったでしょう。半分といってもいくらか、具体的数字は出さなかったですから。ただエイズについては、やっと政府が本腰を入れてくれると喜んでいます」

「反国家分裂法については?」

「それはいいました。はっきりと撤回すると」

「だが見てる人たちの反応はいまいちだったな」

「彼らにはわからないのです。中央と全人代だけで勝手にやったこととしか考えていません」

「人権、環境、ジャーナリストの釈放については?」

「全部カヴァーしています。もう少し迫力をもってやってくれたら、反応もよかったのでしょうがね」

「仕方ないよ。国内の視聴者より世界に語っていたのだから」

呉とイシマエルが朝飯を食うために駅を出た。織田は貨車に帰った。

余少将に電話を入れた。

「爆弾は見つかったかね、少将」

それには答えず少将が訊いた。

「国家主席の演説はあれでよかったかね」

「まあまあだったな。合格としておこう」

「それで爆弾はどこにあるんだ」

「まあそうせかすな。まだ時間は十分にある」

「解体に時間がかかるだろう」

「起爆装置さえ止めれば何ということはない。それより今回あんたが窓口になったのは、お互いよかった。話もできず融通も利かないばかな奴だったら、爆弾は爆発していたかもしれない。そうなったら、お互い不幸になる。おれは人を殺すことは何とも思ってないが、民間人を殺すと夢見が悪くなる。そっちはとんでもない破滅を経験する」

「それより私にとって、今回はこれまでの軍人人生で最も有意義だったよ。こういう戦いの仕方もあるということがわかっただけで、戦略や戦術を考える上で幅が広がった。

君のおかげでわが国の軍隊がいかに肥大化して使えなくなったかがわかった」

「大きくなればなるほど、人間も組織も血液の循環が悪くなるとおれは考えている。アメリカはそれに気づいたから、かつての国防長官ドナルド・ラムズフェルドは二十一世紀の戦争を戦えるアメリカ軍を作ることに着手したんだ」

「君の目から見て、わが人民解放軍の一番弱いところはどこだと思う?」

「はっきりいわせてもらえば、すべてだろうね。特に軍が官僚主義化してしまっている。例えば、うちのハイエナ軍団のコマンド部隊が、今回極東ロシアから黒河に渡ったとき、お宅の国境警備隊員十名以上が殺された。それに対して瀋陽軍管区から一万人の兵士が送られてきた。しかも送るのに二日以上かかった。かれらが現場に着いたころは、二十五人のコマンドは北東地域奥深くに潜入してしまっていた。次に二十五人が天津《ティエンチン》で地元の武装警察を襲って中隊を全滅させたとき、北京軍管区は戦車部隊を送ってきた。そのころすでにコマンドは天津から二百キロ離れたところに行ってしまっていた。コマンドに戦車部隊を送っても意味はないと思うがね。なぜ緊急展開部隊を送り込まないのか、おれには不思議でしょうがなかった。三百人の部隊でわれわれの部隊を簡単に潰すことがができたはずだった。それから新疆の油田を守るなら、少なくとも装甲車ぐらいを現場においとくべきだ。それにあんなに公安や兵士をおく必要はない。あれだけ多いと敵から見れば浸透しやすい。大勢おく代わりに情報部員をもっとおいたほうがいい。ひとりの優秀な情報部員は千人の兵士より価値があるとおれは思うがね」

「違った状況と違ったときに、君に会いたかったよ」

「その気持ちはお互い様だ。あんたは中国軍人にしては筋の通った人のようだからな」

といって腕の時計を見た。

「そろそろ爆弾を止めたほうがいいだろう。あと五十分ぐらいで起爆装置が働くようだからな」

「あと五十分！　そりゃまずいじゃないか！」

「少将、よく聞いてくれ。例の爆弾は紫禁城にある」

「……！　紫禁城のどこだ？」

「あの中の最も大きな木造建築があるだろう？」

「太和殿だな」

「太和殿の中に皇帝が使っていた椅子があるはずだ。その後ろに小さなベッドのようなものがある。それに布がかけられている。爆弾はその布の下だ」

「何か不測の事態になったら、君に連絡せねばならないかもしれない。電話番号を教えてくれ。頼む」

ここまできたら少将もへたなことはすまい。

「いいだろう」

織田が携帯の番号を教えた。

「爆発を止めるには、ただタイマーを切ればいいのか」

「タイマーのボタンを二度押して、確認か取り消しのサインが出たら取り消しを押す。その後でタイマーをもう一度押せば数字の動きが止まる。ただ数字が0030を切ってしまっていたら、自動的に起爆装置は機能することになっている。だから中を開いて線を切ってもタイマーを壊してもだめだ。聞き分けが悪くてね。だから〝ナスティ・ボーイ〟と呼ばれているんだ」

「やっぱり〝ナスティ・ボーイ〟か。早速現場に行ってくるよ」

「幸運を祈ってるぜ。またこの続きをやりたいものだ」

「そっちがやりたくても、私はこれで一線から退くことになるだろう」

「いやそれはない。あんたはおれとの窓口だ。あんたがいなくなったら連絡先がなくなる。国家主席はあんたを解任したくてもできないだろう」

「いったい何をいってるんだ。私の気持ちはもう決まったんだ。それにあんたのような男とは二度と戦いたくはない」

「ところが違う。あんたは辞められない。われわれはこれからもちょくちょく話すことになる。いわば一緒に仕事をやるわけだ」

「こっちはお断りだね」

電話を切ると、織田は東京の城島武士を呼び出した。

胡錦濤国家主席の緊急記者会見をテレビで見たかと訊くと、

「みなびっくりしてるよ。無責任な評論家や学者が主席の本音はどこにあるかなんて分析したり、なぜこの時期にこれまでの政策を百八十度変えることにしたのかなど、何も知らない中国人学生まで引っぱり出してきて、ご意見うかがいだ」

「さすが日本のテレビですね。ピンボケが徹底している。主席の本音はどこにもありませんよ。ただやらされているのですから」

「随分と抵抗はあっただろうな」

「特に首相は大分強硬に拒否したようですが、最後に少将が説得したらしいです」

「説得できなかったらどうなってたんだ」

「北京の中心部は五キロ四方が灰になっていたでしょう。即死者五万人、放射能汚染で死ぬ者十万人。首都は大パニックに陥ります」

「それだけでも十分な説得力だな。あるアメリカ人の解説者がいうには、日本とアメリカにはいろいろな問題がある。北朝鮮ひとつとっても、日本のやり方とアメリカのやり方では大きな違いがある。中国はアメリカのためならコリア カードを切る。だが日本のためにはしない。最終的に中国はアメリカが日本との同盟を破棄すると考えている。だが日本そして日本に取って代わるのが民主的中国。そのために今までやってきたことの懺悔《ざんげ》を行ったわけである、といったような分析をしていたよ」

「甘いですね。中国のような国は決して懺悔なんてしません」

「では、ただ形だけあのスピーチをやらせたというのか」

「いいえ、そんなことなら意味はありません。いったことには責任を持ってもらいます。国家主席や中国政府があのスピーチの一部分でも否定するような挙に出たら、それにストップをかけるメカニズムがあるのです」

「ほう。そのメカニズムとは？」

「それはあとでゆっくりお話しします。まだ終わったわけではありませんから。いずれにしても、これからの日中関係は非常にダイナミックかつ意味のあるものになっていきます。もちろん日本が脳死外交を捨てて、それなりに反応できればの話ですが。ところで城島さん、朱《ジュウ》さんとは最近お話ししてますか？」

「するもしないもないよ。毎日顔を合わせているんだ」

「といいますと？」

「彼女、一時東京に避難してるんだ。上海がホットになったんでね」

「でも彼女は関係ないじゃないですか」

「もしものことを考えてのことだ。国家安全部の連中が、何やら彼女のことを嗅《か》ぎまわっているらしい」

「心配しないように彼女にいっておいてください。誰も彼女には指一本触れさせはしませんから」

「いっておこう。世界一のボディガードに守ってもらうのだから何ものも恐れることはない、と」

「ああ、それからバーンズ氏に金を用意しておくようにいっておいてください」

城島との通話を終えた途端、携帯の呼び出し音が鳴り出した。

余少将だった。

「間に合ったよ。三十五分前で止めることができた。冷や汗ものだったよ」

「久しぶりにいい汗をかいてよかったじゃないか。それこそ国家のためにかいた汗だ」

「ちょっと待ってくれ。首相が話したいといってるんだ」

思わず耳をふさぎたくなるようなかん高い声が聞こえてきた。

「日本人の無頼の徒、織田とはお前か！」

織田がにやっと笑って、

「中国人のごろつき政治家とはお前か」

「お前のやったことは百度の公開処刑に値する。国家主席に恥をかかせ、わが国民を弄《もてあそ》び、中華人民共和国を侮蔑した。われわれはこれを決して忘れないであろう」

「あんたがぎゃあぎゃあいってるのがわからんね。この国が文明国家になるのを手助けしてやったんだから、感謝してほしいと思ってるんだ。国家主席の言葉は世界に感動をもたらした。農民生活がよくなり、人権が尊重される、そして反国家分裂法のような怖い法律もなくなる。ジャーナリストもへんな理由で逮捕されない。いいこと尽くしじゃないか」

首相が鼻で笑った。

「お前もあまり利口ではないな。建前だけを聞いて喜ぶなんて甘ちゃんそのものだ。そんなことをわれわれが本当に実行すると思っているのか。ええ、人類の盾の正義さんよ！」

「なーるほど、そういうことだったのかい。しかしあんたも愚か者だな。そんなことをいわなければ、もっと不愉快な思いをせずにすんだのに」

「……？」

「あんたに超トップシークレットを教えてやろう。実はな、高性能核爆弾はあと三つあるんだ」

「……!!!」

「こんなことがあろうと思って用意しておいたんだ。わかったか！」

首相が中国語で何やらわめきながら電話を余少将に渡した。

「いったいどういうことになってるんだ」

「お宅のＩＱ足らずの首相がいったことを聞いてたろう」

「ああ」

「こういうこともあろうと思ったんだ。だからおれはあと三つの爆弾を北京に隠した」

「な、な、なんだと!!」

「爆弾はみな〝ナスティ・ボーイズ〟だ。タイマーはセットしてないが、携帯で簡単にできる。直接起爆させることも可能だ」

余少将はあまりの驚きに言葉を失していた。

「あんた方相手では、勝利を確実にするためには保険が必要と思ってね」

「それらの爆弾が偶発的に爆発する恐れはないのか」

「確率は非常に低い。起爆装置が機能し始めなければ、まず大丈夫だ」

「しかしこれでは約束が違うではないか！」

「おれはこれまでの約束は守った。三つの爆弾に関しては何の約束もしていない」

「今度は何をしろというんだ？」

「国家主席が話したことが、どのくらいのペースでどれだけ真剣に取り組まれるかを考えることだ。例えば軍事費五十パーセントを削減して農村部にまわして、エイズ患者のための病院が建てられ始めたら〝ナスティ・ボーイ〟一個をそっちに渡す。そうやって段階的にやっていく。だから〝ナスティ・ボーイズ〟の恐怖から逃れたかったら、早急に主席がいったことを実現化するよう努力することだ」

少将のため息が聞こえた。

「完璧に王手をかけられたな。参ったよ」

「お互いよかったんじゃないかな。中国はこれまで傍若無人に振る舞ってきた。国家的エゴ剝き出しだった。だがこれからは少しはほかの国の声や国際世論に耳を傾けるだろう。こんな強硬な手段を使わなければならなかったのが残念だがね」

「嘘をつけ。楽しんでるくせに」

「戦ってるときは確かに楽しい。それが終わるとすべてがアンティクライマックスに感じられてしまう。そう思わないか」

しばしの沈黙のあと、余少将が、

「私はもうどうせ辞める。ほっとしてるよ」

「あんたは辞めてはいけない。あんたがいなくなったら〝ナスティ・ボーイ〟削減について、話し合う窓口がなくなるじゃないか」

「誰かいるさ」

「誰かじゃだめだ。おれはあんたとやり合いたいんだ。はっきりいって、おれは中国の政治家を信用していない。あんたが辞めたらあの〝ナスティ・ボーイズ〟はどうなると思う」

「それは私の知ったことではない」

「知ったことではない？　じゃこれからひとつ起爆しようか」

「冗談いうな！」

「本気さ」

「わかった、わかった。軍事委員会に諮《はか》ってみよう」

「オーケーと取っていいんだな」

「前向きに話してみるということだ」

織田が笑い出した。

「さっきいった通りだろう。われわれは一緒に働くことになる、と」

「しかし敵としてだ」

「お互いやり甲斐があるじゃないか」

「何とか君を破滅させる方法を考えるよ」

「あんたの闘争心に火がついてよかった。しかしできるかな」

「これからじっくり考えるさ。まずは君がやってきたことを徹底的に分析する。そして君の弱点を見つける。ちょうど君がわれわれの弱点を衝いたようにね。そして弱点を見つけたら、君を破滅に追い込むことにすべてを賭ける」

「その調子だよ、少将。敵を倒すために身を捧げる人間がおれは好きだ。幸運を祈る」

エピローグ

ブラボー島

織田が呉《ウー》中尉とハッサン・イシマエルを従えてブラボー島に帰ったとき、すでにほかの隊員たちは全員帰島していた。あれだけのオペレーションでガルシアも含めて死者二人というのは奇跡に近かった。

その夜久しぶりに織田は全員を食堂に集めて勝利の宴を開いた。

冒頭、織田が亡きジャンナーム軍曹について短いスピーチを行った。その最後に彼はいった。

「彼がここにいないことは悲しい。しかし彼は最前線で死んでいった。兵士として最高の栄誉だ。それはまたわれわれ傭兵の模範でもある。われわれに特定の墓場はない。アフリカのジャングル、中東の砂漠、中国の寂れた村、世界中がわれわれの死に場所なのだ。墓には墓碑銘はない。だがそこには戦士の魂が埋まっている。誇り高く生きた男の魂だ。ジャンナーム軍曹の魂が安らかに眠るよう、みなで祈ろう」

黙禱のあと宴が始まった。

極度の緊張感から解放されたせいか、みな飲むピッチが速かった。

「中佐殿！」

テーブルの真向かいにすわった呉中尉が声をかけた。

「さきほど斎《チー》大佐から電話がありまして、ぜひハイエナ軍団に入隊させてほしいといってました」

「今どこにいるんだ？」

「香港に脱出したそうです」

「家族は？」

「一緒とのことです。台湾へ亡命するそうです。台湾に家族を残してこちらに来たいといっておりました」

「だが百万ドルはもう払った。経済的に困窮してるわけではあるまい」

「それが困ったことに、彼は、私同様戦うことが大好きなのです。百万ドルは家族にやるといってました」

「まだ戦えるのか？」

「それについては何ともいえませんが、優秀なプランナーであることは確かです。それに部下を百人くらい連れてきたいともいっています」

「百人もか」

隣にすわった韓《ハン》大尉に、

「君はどう思う？」

「呉中尉の推薦ならいいと思います。どうせ隊員を増強しようとしてるところでしょう」

「よし。斎大佐に連絡して、テストを前提として受け入れると伝えろ。ただし大佐も含めてスタートラインではランクは一兵卒からだ」

「そう伝えます」

食事が終わってカラオケが始まった。曲目は日本の歌から中国、マレーシア、インド、タイ、シンガポール、パキスタン、フィリピン、インドネシア、韓国、北朝鮮など隊員全員の出身地のものが含まれていて、さながら国際のど自慢大会といったところだ。

そんな中で韓大尉だけがなぜか元気がない。思慮深い彼はめったに騒ぎ立てることはないが、今夜は何かを思い詰めたような表情をしている。

「大尉、どうした。もっと飲めよ」

織田が彼のグラスに酒を注いだ。

「中佐殿、差し出がましいことをいってよろしいでしょうか？」

「何なりと。今夜は無礼講だ」

「次の仕事として北朝鮮はどうでしょうか？」

「おいおい突然何をいうんだ」

「今回の仕事で自分は突撃隊を率いて黒竜江を渡って中国東北部に入りました。美しい山や川の景色は祖国に似ていました。黒竜江省から吉林省にかけては朝鮮民族が多く住んでいます。人民解放軍の兵士と撃ち合いになってある村に逃げ込んだのですが、そこの朝鮮人家族がわれわれを匿《かくま》って一晩泊めてくれたのです。彼らは脱北者で、彼ら自身危険な立場にある人々でした。別れるとき何を勘違いしたのか、その家の主人が自分にいいました。一日も早く祖国を金正日《キムジョンイル》の手から解放してください、と」

一気にいってグラスを口に運んだ。

織田は黙っていた。

韓が続けた。

「今の北朝鮮は簡単に潰せます。呉中尉がいったように斎大佐が百人の中国兵を連れてくれば、ゲリラ戦で十分に金王朝に挑めます。国民はわれわれの側につきます。楽勝です」

織田がちょっと間をおいてから、

「君の気持ちはわからぬでもない。だがクライアントがいない限りどうにもできんだろう。われわれは十字軍ではないんだし、救世軍でもない。プロの傭兵部隊なんだ」

「それはわかっております。しかしわが同胞があれほど苦しんでいるのに、日本やアメリカ、韓国が生ぬるい姿勢でいるのが我慢できないのです」

「良心のある人間はみなそう感じるだろう。だがその感情に負けて大切な隊員をつぎ込んだらどうなると思う。世界中の独裁国家に我慢ができないから戦うということにつながってしまいかねない。それはわれわれの仕事ではないんだ。逆に今回の仕事のように、中国相手でもわれわれが冒す命の危険に見合った見返りがあれば戦う。それがわれわれの世界なのだ。そうだろう?」

韓はしばし考え込んだ。そしてうなずきながら、

「おっしゃる通りです。つい感情に走りすぎました」

「だが悲観することもない。ひょっとしたら近々アメリカが依頼してくるかもしれないしな」

韓の顔が一瞬輝いた。

「その可能性はあるんですか」

「なきにしもあらずだろう。国際情勢は目まぐるしく変わっている。いいかげんに北朝鮮を叩かなければと考えてるワシントンの連中は多い。もしやるとなったら、彼らが最初にアプローチしてくるのはわれわれとなるだろう。今回の対中国作戦でハイエナ軍団

は比類なき実績を作ったからな」

「期待していいんですね」

「もちろん。ビジネスチャンスを逃す手はないよ。そのときには、君に作戦プランナーになってもらう」

「寧辺《ヨンビョン》の核施設の破壊は自分に任せてください。あそこについては自分の掌《てのひら》のように知ってますから」

「覚えておこう」

カラオケ大会は佳境に入っていた。

織田がそっと立ち上がった。

「大尉、全員に残金はスイス銀行に振り込んであると伝えておいてくれ。これから二ヵ月の休暇を与える。だが交替で常時十人は島に残ること。いいな」

いい残して織田が出ていった。

翌日、彼は東京へ発った。

東京

ホテル・ロイヤルの三十八階のスイートルームにチェックインしてすぐにシャワーを

浴び、バスローブのままでしばらくベッドに横になっていた。四十階での食事会にはまだ一時間ほど間がある。

考えてみると、こうしてキングサイズのベッドに大の字になってくつろげるのも随分久しぶりだ。いつもはただ横になっているときでも、精神的ガードが働いていて、それが肉体的ガードと直結している。完全なノーガードでいるということはあり得ない。これはブラボー島にいるときも戦いの場にいるときも変わらない。

しかし今は体の隅々までリラックスしている感じがする。

だいいち手榴弾をどこからぶち込まれるか心配をする必要はない。また狙撃手がどこから狙ってるのか気にかけることもない。たまには平和ボケに浸るのもいいことだ。うつらうつらしているとき枕元の電話が鳴った。

城島からだった。

「ハイエナ軍団の司令官に改めて敬意を表させてもらうよ」

「ちゃかさないでくださいよ」

「そんなつもりじゃない。君は勝った。そして無事に還ってきた」

そんなことをいうためにわざわざ城島が電話してきたのではないと織田は感じ取っていた。どうせ一時間後に会うのだ。社交的電話で時間を無駄にするような城島ではない。

「今ロビーにいるんだが、部屋に行ってもいいかな？　ちょっと話があるんだ」

思った通りだ。

数分後、城島が部屋にやってきた。

二人はバーボンのグラスを手に居間のバーカウンターを挟んですわった。

「いやぁ本当にお疲れさまだったな」

織田がにやっと笑って、

「公園の散歩ですよ」

「乾杯しよう」

「何に乾杯します」

「そうだなあ。北京オリンピック開催を祝って、はどうだろう」

「嫌みですね」

二人がグラスを合わせた。

「ところでお話というのは何でしょうか」

「実は朱英花《ジュウインホア》に関してなんだが」

「彼女に何かあったんですか？　まだ日本にいるのでしょう」

城島がうなずいて、

「このホテルにいる。実はいうべきかどうか迷ったんだが、彼女がすごく気にしてるんだ」

「何をです？」

「彼女、実は情報機関員だったんだ。以前君にもいったと思うが、おれはずっとそう考えていた。ごく最近打ち明けられたんだ。彼女がおれの会社で働く前、中国外交部で働いていたことは君も知ってるが、本当のところは党中央情報部のメンバーだった。しかしそれ以前に彼女はイギリスのＭＩ６に引き抜かれていた。いわばＭＩ６が中国の情報機関に植え込んだディープカヴァー　エージェント《潜入諜報員》だったんだ。上海で君と初めて会ったとき、彼女はすでに君がやらんとしていたミッションを知っていたといってたよ。わけはわからないが、最近中国国家安全部は彼女をマークし始めた。ＭＩ６は、彼女に中国を離れろと指示した。そのまま香港かロンドンに行くことはできたが、君への恋慕の情が上まわった。そこで日本に来たというわけだ」

織田はまばたきひとつせずに聞き入っていた。

「驚いていないようだな」

「別に驚くようなことじゃないでしょう。城島さん自身、以前、彼女が二重、三重スパイでも驚かないといってましたよね」

「君がもし彼女の正体を知ったらがっかりするんじゃないかと彼女は心配してるんだ」

「彼女がローマ法王の娘であってもびっくりしませんよ。彼女に対する気持ちはこれっぽっちも変わりません。それどころか、ますます彼女がいとおしくなりました」

「さすが織田信虎だ。戦いにも女にも一途さを貫く姿勢はあっぱれなものだ」

織田の顔が赤らんだ。

「一途なんて立派なものじゃありません。ただ彼女にめろめろなんです」

「ついでにひとつ教えてくれるかね」

「……？」

「このあいだ電話で話したとき、国家主席や中国政府があのスピーチ内容を否定するようなことをしたら、それを防ぐためのメカニズムがあるといったな」

「簡単なディフェンス　メカニズムなんです」

といって織田が核爆弾三個について説明した。

「まあ保険といったところですね」

ノンシャランな口調で織田がいった。

城島が織田を見据えた。その目が笑っていた。

「ブラッフだな」

「ばれましたか」

「だがここ一番の価値あるブラッフだ」

「いつか城島さんに教わったブラッフの意味を思い出したのです」

ずっと以前、織田が城島に従いてラスヴェガスに行ったとき、シーザーズ・パレスの特別室でポーカーをやったことがあった。そのころの織田は、アグレッシヴな性格をもろに出して、クソカードでもブラッフをかけてよく負けていた。

そのとき城島がいった。ブラッフというものはここ一番、最も価値のあるときに使わねば意味がない。何度も使っていたら、それはブラッフでなくなる。千ドル、二千ドルの勝負ではなく、百万ドルを賭けた勝負で初めて使うものだと諭した。

「まさに今回は百万ドルの勝負、ここ一番だと思いました。相手はひっかかりました」

とはいったものの、三つの〝ナスティ・ボーイズ〟についてのブラッフは、遅かれ早かれいずれ見破られるだろうと織田は思っていた。

「問題はいつまで引っ張れるかだな」

「多分、一、二年がいいとこでしょう」

「でもその間、あの国を鎖につないでおけるだけでも、世界にとっては大きなプラスだよ」

「国家主席があそこまでいったのですから、急に百八十度バックすることもできないでしょうね」

「だがブラッフとわかったら、彼らは必死になって君を抹殺しようとするだろうな。国家安全部は刺客を送ってくるだろうし、中国政府は日本政府に君の身柄を引き渡すよう求めてくるだろう」

「なにしろばかにされたと思ってますから、かなりしつっこいでしょうね」

しかしそれでいいのだと思っていた。自分はハイエナ軍団を率いて中国の野望〝身構える虎〟作戦の遂行を阻止した。クライアントから頼まれた任務は達成したのだ。

「達観してるようだな」

「いや、期待してるんです。そういうことになったら中国側にかなりのコラテラル　ダメージが発生しますよ」

四十階のレストラン〝ラ・ベル〟の個室での食事は静かなものだった。出席者は城島と朱英花のほかにジェームス・バーンズとイギリスから飛んできたニコラス・マクレイン。城島が気をきかせて織田と朱英花を隣どうしにすわらせた。

マクレインが織田に、イギリス首相が心から感謝していると伝えた。

「本来なら女王陛下が勲章をくださるのですが、事が事だけにそれはなりません。そこのところをご理解いただきたい」

ジョン　ブル的にかしこまった口調で彼がいった。

「当然です。好きな仕事をやって、その上勲章をいただくなんて罰が当たります」

それ以外は仕事に関しての話は出なかった。今回の織田の仕事についていろいろ訊いてみたいという思いがそれぞれの表情に表れていた。しかしそういう話をする場所ではないことをみなわきまえていた。

話題は当然どうでもいいようなものになる。バーンズがベースボールの話をすると、マクレインがクリケットの話を持ち出すといった具合で、ちぐはぐな会話となってしまう。織田と朱だけが楽しそうに話している。

食事を終えて個室から出てきたとき、マクレインが織田の耳元にささやいた。

「今回のミッションについてレポートを作成したいのですが、ご協力いただけますか」

「公開用ですか」

「いいえ、あくまでわが組織の歴史の記録のためです。〝アイズ オンリー〟ですから、決して部外者には見せません」

「いいでしょう。しかし条件があります」

「……？」

「朱英花さんに聞き役になってもらいます。それでどうです？」

マクレインが振り返って朱に尋ねた。朱が笑いながらうなずいた。

「彼女なら記録係として最高です。よろしくお願いします」

自室に帰った織田は何度か受話器を取り上げたが、そのたびに躊躇した。彼女に断られるのが怖かった。情けない男だと自分を嘲笑《ちょうしょう》していた。

電話をあきらめてテレビのスイッチを入れた。ＣＮＮ、ＢＢＣ、ＦＯＸなどのチャンネルは中国報道一色だった。ＡＢＣは北京から政府関係者とのインタヴューや街の状況を放映している。

チャイムが鳴った。もしやと感じて、バネで弾かれたようにソファから立ち上がってドアーに急いだ。

彼女が立っていた。

不安そうな眼差しで織田を見つめていた。

「信じられない……」

織田がぽつりといった。

彼女が不可解そうな表情で彼を見た。

「君が来てくれるなんて」

「あなたからの電話を待ってたの」

「すまない。何度もしようとしたができなかった。からっきし意気地がないんだ」

彼女がソファに腰を降ろした。

織田がワインを抜いてグラスに注いだ。

彼女がテレビに目をやりながら、

「これ、北京の総参謀部じゃない」

織田が画面に目をやった。軍服を着た男が流暢な英語で話していた。フリップにはジェネラル・ユー、PLA（人民解放軍）とある。

《「なぜあなた方は何の根拠もないことについて質問をするのだ」

厳しい表情で少将が記者にいった。

「しかしジェネラル、ロップ・ノールでの核爆発は、外交部スポークスマンによると、地下室に残された爆弾が何かの拍子で爆発したといってましたが、信頼できる筋によると、あれは地上で爆発したと伝えています。その裏づけとしての写真もあるとのことですが」

「その写真の出所はどこかの国の情報機関だろう。それを見てみたいね。彼らは他国を貶《おとし》めるためには何でもするのだ」

「農民暴動はこれからどの方向に向かうのでしょうか」

「暴動ではない。民主的デモだ」

「しかし噂では……」

「噂と事実を履き違えては困る」》

ジェネラルの顔が画面から消えた。

「あいつがユーか……」

「知ってるの？」

「電話で話しただけだがね。今回の中国側の窓口だったんだ。大分苦労してるようだな」

「あなたのせいだと恨んでるんじゃない。でもすごいわ、あなたがやったことは」

織田は何もいわなかった。

五年、十年後、中国は再び〝身構える《クラウチング》虎《タイガー》〟のような作戦を練り、それを実行する可能性は大きい。そのとき、台湾海峡は火の海と化し、東アジアはかつてない規模の戦乱に陥る。そしてそれが中国対アメリカのラスト ウォーに発展するかもしれない。

だがその前に、中国が内部から大爆発を起こして分裂する可能性も同じように大きい。そのときの殺戮《さつりく》のスケールと発生する難民の数は予測さえできない。いずれにしても東アジアの将来はそう明るくはない。

朱が立ち上がって窓辺に行った。眼下に夜の銀座のネオンが瞬いている。はるか彼方にはレインボー・ブリッジ。さらにその向こうに黒々とした房総半島が横たわっている。

「平和そのものね」

織田は黙ったまま窓辺に行き、彼女のそばに立った。

「これからどうなるのかしら」

「さあね。おれたちが心配しても、世界が変わるわけじゃない。それより精一杯仕事して、精一杯楽しく生きることを考えたほうがいいね」

「あなたはこれからどうするの？」

「新しいコントラクトを得たら戦いに出る。しかしその前に二ヵ月の休暇があるんだ。スペインのアンダルシアに小さな牧場を持ってるので、そこにしばらく行こうと思っている。あさって発ちたいんだが、飛行機の切符を一枚にしようか、二枚にしようか迷ってるんだ。どっちにしたらいいと思う？」

「それ、誘ってくれてるの」

「何もかも忘れて、一緒に命の洗濯をしにいかないか」

「本気なの？」

織田が彼女を見つめた。

「愛する人に本心をいわないで誰にいえる？」

そっと彼女を引き寄せて抱きしめた。その体の温もりが伝わってくる。かつて感じたことのない勇気と高揚感が彼の体を走り抜けた。このまま時が止まってくれればいいと願っていた。

この作品は二〇〇五年六月、集英社より刊行されました。

集英社文庫

虎《とら》を鎖《くさり》でつなげ

2007年2月25日　第1刷　　定価はカバーに表示してあります。

著　者　落合信彦《おちあいのぶひこ》

発行者　加藤　潤

発行所　株式会社　集英社
東京都千代田区一ツ橋2-5-10　〒101-8050
電話　03-3230-6095（編集）
03-3230-6393（販売）
03-3230-6080（読者係）

印　刷　中央精版印刷株式会社　株式会社美松堂

製　本　中央精版印刷株式会社

フォーマットデザイン　アリヤマデザインストア　　マークデザイン　居山浩二

ISBN978-4-08-746125-1 C0193